교과서 수필 다보기

2

C&A에듀

교과서 수필 다 보기 2

초판 1쇄 발행 | 2016년 10월 10일
2쇄 발행 | 2018년 2월 20일

엮은이 | 소혜란, 장원정
펴낸이 | 이재종
펴낸곳 | (주)C&A에듀
주소 | 서울시 강남구 도곡로 63길 23, 302호
전화 | 02-501-1681
팩스 | 02-569-0660
홈페이지 | www.cnaedu.co.kr
e_mail | rainbownonsul@hanmail.net

ISBN 978-89-6703-705-5
ISBN 978-89-6703-273-9(세트)

* 정답 해설은 출판사 홈페이지에서 확인할 수 있습니다.

* 책값은 뒤표지에 표시되어 있습니다.

* 잘못된 책은 구입하신 서점에서 바꾸어 드립니다.

교과서 수필 다보기

2

C&A에듀

교과서수필다보기를 펴내며

수필을 읽는다는 것은 '생활 속 철학'을 배우는 것입니다.

수필은 '생활 속의 철학'을 담은 글입니다. 우리는 수필을 통해 생활에 꼭 필요하고 적용할 수 있는 철학을 발견할 수 있습니다. 이에 씨앤에이에듀는 학생들이 중·고등 필독 수필을 읽으며 이를 통해 각자의 삶에서 생각의 깊이를 더할 수 있는 다양한 방법을 제시하고자 《교과서수필다보기》 시리즈를 기획하게 되었습니다. 《교과서수필다보기》 시리즈는 중·고등학생 및 청소년이 꼭 읽어야 하는 수필 작품을 엄선하고, 그와 관련된 토의, 토론, 논술 문제를 수록하여 자기주도형 독서는 물론 수필 작품에 대한 심층적인 이해가 가능할 수 있도록 구성한 도서입니다.

《교과서수필다보기 2》에는 수필 작품 총 33편을 수록하였습니다. 《교과서수필다보기 1》의 작품들이 중학생으로서 첫발을 내딛는 청소년을 위한 필독 수필이라면, 2권에서는 중학교 교과서뿐만 아니라 고등학교 국어·문학 교과서로까지 범위를 넓혀 작품을 엄선하였습니다. 그리고 이 작품들을 총 일곱 개의 주제로 나누어 엮었습니다.

첫 번째 '자아·관계'에는 '나'와 나를 둘러싼 관계 속에서 얻을 수 있는 깨달음이 담긴 글이 수록되어 있습니다. 두 번째 '사물 예찬'에는 우리 주변의 흔하디흔한 사물에서 찾을 수 있는 아름다움을 노래한 글을 모았고, 세 번째 '기행'에는 우리 국토의 아름다움을 느낄 수 있는 글과 여행을 통한 성장기를 다룬 글을 실었습니다. 네 번째 '문화·예술'에서는 자랑스러운 우리 전통문화의 소중함을 되새길 수 있는 글을, 다섯 번째 '비평·감상'에서는 다양한 문학 작품을 어떻게 감상하고 받아들일지에 대해 배울 수 있는 글을 수록하였습니다. 여섯 번째 '인물'에는 교과서에서만 만나 왔던 위인들의 삶을 되짚어 볼 수 있는 글이 수록되어 있고, 마지막 '고전'에는 시대를 넘어 오늘을 사는 우리에게도 깨달음을 주는 선조들의 지혜와 통찰력이 담긴 글이 실려 있습니다.

《교과서수필다보기 2》는 단순히 수필 작품을 읽고 넘기는 것이 아니라 생각을 키울 수 있도록 구성한 도서입니다. 각각의 작품을 읽은 다음 '생각해보기'에서는 글의 내용과 관련된 문제를 풀면서 작품을 얼마나 이해했는지 스스로 점검할 수 있습니다. 그리고 '확장해보기'에서는 토의·토론이 가능한 문제들을 마련해 놓았습니다. 이를 통해 내용 이해를 넘어 더 넓은 시각으로 생각을 확장할 수 있습니다. 그리고 마지막 다양한 글쓰기 문제를 통해 생각을 정리하고 직접 글을 쓰는 훈련을 할 수 있습니다.

《교과서수필다보기 2》를 통해 학생들은 자신의 생각과 철학을 키울 수 있고, 자기주도적 학습과 서술형 교과 내신을 동시에 해결해 나가는 힘을 기를 수 있을 것입니다.

차례

수필은 청자 연적(硯滴)이다.
수필은 난(蘭)이요, 학(鶴)이요,
청초하고 몸맵시 날렵한 여인이다.

피천득

　시인, 수필가 겸 영문학자. 서울 출생(1910~2007). 생활에 얽힌 서정적이면서도 주관적, 명상적
인 소재로 다양한 수필을 썼다. 섬세하면서도 다정다감한 문체로 서정의 세계를 수필로 표현한 작
가이다. 주요 저서로 수필집 《은전 한 닢》, 《인연》, 《눈보라 치는 밤의 추억》, 《기다리는 편지》 등과
시집 《서정소곡》 등이 있다.

수필 | 피천득

이 글은 수필 형식으로 쓴 수필론으로, 은유법을 적절히 구사하여
수필의 본질과 특징을 잘 나타낸 작가의 대표적 작품이다.

수필은 청자 **연적**(硯滴)이다. 수필은 난(蘭)이요, 학(鶴)이요, 청초하고 몸맵시 날렵한 여인이다. 수필은 그 여인이 걸어가는 숲속으로 난 평탄하고 고요한 길이다. 수필은 가로수 늘어진 **페이브먼트**가 될 수도 있다. 그러나 그 길은 깨끗하고 사람이 적게 다니는 주택가에 있다.

수필은 청춘의 글은 아니요, 서른여섯 살 중년 고개를 넘어선 사람의 글이며, 정열이나 심오한 지성을 내포한 문학이 아니요, 그저 수필가가 쓴 단순한 글이다.

수필은 흥미를 주지마는, 읽는 사람을 흥분시키지는 아니한다. 수필은 마음의 산책이다. 그 속에는 인생의 향취와 여운이 숨어 있는 것이다.

수필의 빛깔은 황홀 찬란하거나 진하지 아니하며, 검거나 희지 않고, 퇴락하여 추하지 않고, 언제나 **온아우미**하다. 수필의 빛은 비둘기 빛이거나 진주 빛이다. 수필이 비단이라면, 번쩍거리지 않는 바탕에 약간의 무늬가 있는 것이다. 그 무늬는 읽는 사람 얼굴에 미소를 띠게 한다.

수필은 한가하면서도 나태하지 아니하고, 속박을 벗어나고서도 산만하지 않으며, 찬란하지 않고 우아하며, 날카롭지 않으나 산뜻한 문학이다.

　수필의 재료는 생활 경험, 자연 관찰, 또는 사회 현상에 대한 새로운 발견 등 무엇이나 다 좋을 것이다. 그 제재가 무엇이든지 간에 쓰는 이의 독특한 개성과 그때의 기분에 따라, '누에의 입에서 나오는 액이 고치를 만들 듯이' 수필은 써지는 것이다. 수필은 플롯이나 클라이맥스를 필요로 하지는 않는다. 필자가 가고 싶은 대로 가는 것이 수필의 행로(行路)이다. 그러나 차를 마시는 것과 같은 이 문학은, 그 차가 **방향**을 가지지 아니할 때에는 수돗물같이 무미(無味)한 것이 되어 버리는 것이다.

수필은 독백(獨白)이다. 소설가나 극작가는 때로 여러 가지 성격을 가져 보아야 된다. 셰익스피어는 햄릿도 되고 **폴로니우스** 노릇도 한다. 그러나 수필가 램은 언제나 **찰스 램**이면 되는 것이다. 수필은 그 쓰는 사람을 가장 솔직히 나타내는 문학 형식이다. 그러므로 수필은 독자에게 친밀감을 주며, 친구에게 받은 편지와도 같은 것이다.

덕수궁 박물관에 청자 연적이 하나 있었다. 내가 본 그 연적은 연꽃 모양을 한 것으로, 똑같이 생긴 꽃잎들이 정연히 달려 있었는데, 다만 그중에 꽃잎 하나만이 약간 옆으로 꼬부라졌었다. 이 균형 속에 있는 눈에 거슬리지 않는 **파격**이 수필인가 한다. 한 조각 연꽃잎을 옆으로 꼬부라지게 하기에는 마음의 여유를 필요로 한다.

이 마음의 여유가 없어 수필을 못 쓰는 것은 슬픈 일이다. 때로는 억지로 마음의 여유를 가지려 하다가 그런 여유를 갖는 것이 죄스러운 것 같기도 하여, 나의 마지막 십 분지 일까지도 숫제 초조와 번잡에 다 주어 버리는 것이다.

연적(硯滴) 벼루에 먹을 갈 때 물을 담아 두는 그릇. 보통은 도자기로 만들지만 쇠붙이나 옥, 돌 따위로도 만든다.
페이브먼트(pavement) 포장한 도로.
온아우미(溫雅優美) 따뜻하고 우아한 아름다움.
방향(芳香) 꽃다운 향기.
폴로니우스(Polonius) 셰익스피어의 비극 《햄릿》에 등장하는 재상.
찰스 램(Charles Lamb, 1775~1834) 영국의 수필가. 대표작으로 《엘리아의 수필》이 있다.
파격(破格) 격식을 깨뜨리거나 벗어남. 또는 그 격식.

생각해보기

1 다음 구절에서 글쓴이가 표현하고자 한 수필의 특징이 무엇인지 써 봅시다.

(1) 수필은 청춘의 글은 아니요, 서른여섯 살 중년 고개를 넘어선 사람의 글이며, 정열이나 심오한 지성을 내포한 문학이 아니요, 그저 수필가가 쓴 단순한 글이다.

....

....

....

....

(2) 수필은 한가하면서도 나태하지 아니하고, 속박을 벗어나고서도 산만하지 않으며, 찬란하지 않고 우아하며, 날카롭지 않으나 산뜻한 문학이다.

....

....

....

....

(3) 수필의 재료는 생활 경험, 자연 관찰, 또는 사회 현상에 대한 새로운 발견 등 무엇이나 다 좋을 것이다. 그 제재가 무엇이든지 간에 쓰는 이의 독특한 개성과 그때의 기분에 따라, '누에의 입에서 나오는 액이 고치를 만들 듯이' 수필은 써지는 것이다.

....

....

....

....

2 이 글의 내용을 바탕으로 다음 표의 빈칸을 채우고, 이 표를 활용하여 수필이 소설이나 극문학과 어떤 차이점이 있는지 이야기해 봅시다.

	작가	서술자 혹은 주제 의식을 표현하는 인물
소설 또는 극문학	(㉠)	햄릿, 폴로니우스 등
수필	찰스 램	(㉡)

- ㉠ : ....
- ㉡ : ....
- 수필과 소설(또는 극문학)의 차이점 : ....
  ....
  ....

3 글쓴이는 좋은 수필을 쓰기 위해 필요한 것이 무엇이라고 했는지 찾아 써 봅시다.

....

....

....

....

....

....

....

자
아
·
관
계

첫번째

자아·관계

아무것도 갖지 않을 때
비로소 온 세상을 갖게 된다는 것은
무소유의 또 다른 의미이다.

법정

승려, 수필가. 전남 해남 출생(1932~2010). 한국 전쟁의 비극을 경험하고 삶과 죽음에 대해 고뇌하던 중 대학을 그만두고 진리의 길을 찾아 나섰으며, 1954년에 출가했다. 서울 봉은사에서 불교 경전을 번역하는 일을 하다 민주화 운동에 참여하기도 했다. 주요 저서로 수필집 《무소유》, 《서 있는 사람들》, 《홀로 사는 즐거움》 등이 있다.

무소유 | 법정

이 글은 소박한 삶을 중시했던 스님이 난(蘭) 기르기조차 집착과 소유욕을 불러일으킨다고
자책하는 모습을 통해 우리에게 무소유의 '날아갈 듯한 해방감'을 일깨워 주는 작품이다.
특히 인간의 역사가 모두 끊임없는 소유사(所有史)였으며
소유욕을 버려야 진정한 평화와 자유를 얻을 수 있다는 말이 인상적이며,
개인의 경험을 사회 문제로까지 확장시키고 있는 점이 매우 뛰어나다.

　사실, 이 세상에 처음 태어날 때 나는 아무것도 갖고 오지 않았었다. 살 만
큼 살다가 이 지상의 적에서 사라져 갈 때에도 빈손으로 갈 것이다. 그런데
살다 보니 이것저것 내 몫이 생기게 되었다. 물론 일상에 소용되는 물건들이
라고 할 수도 있다. 그러나 없어서는 안 될 정도로 꼭 요긴한 것들만일까? 살
펴볼수록 없어도 좋을 만한 것들이 적지 않다.

　우리들은 필요에 의해서 물건을 갖게 되지만, 때로는 그 물건 때문에 적잖
이 마음이 쓰이게 된다. 그러니까 무엇인가를 갖는다는 것은 다른 한편 무엇
인가에 얽매인다는 뜻이다. 필요에 따라 가졌던 것이 도리어 우리를 부자유
하게 얽어맨다고 할 때 주객이 전도되어 우리는 가짐을 당하게 된다. 그러므
로 많이 가지고 있다는 것은 흔히 자랑거리로 되어 있지만, 그만큼 많이 얽혀
있다는 측면도 동시에 지니고 있다.

　나는 지난해 여름까지 난초 두 **분**을 정성스레, 정말
정성을 다해 길렀었다. 3년 전 거처를 지금의 다래헌
(茶來軒)으로 옮겨 왔을 때 어떤 스님이 우리 방으로
보내 준 것이다. 혼자 사는 거처라 살아 있는 생물이

라고는 나하고 그 애들뿐이었다. 그 애들을 위해 관계 서적을 구해다 읽었고, 그 애들의 건강을 위해 비료를 구해 오기도 했었다. 여름철이면 서늘한 그늘을 찾아 자리를 옮겨 주어야 했고, 겨울에는 그 애들을 위해 실내 온도를 내리곤 했다.

이런 정성을 일찍이 부모에게 바쳤더라면 아마 효자 소리를 듣고도 남았을 것이다. 이렇듯 애지중지 가꾼 보람으로 이른 봄이면 은은한 향기와 함께 연둣빛 꽃을 피워 나를 설레게 했고, 잎은 초승달처럼 항시 청정했었다. 우리 다래헌을 찾아온 사람마다 싱싱한 난초를 보고 한결같이 좋아했다.

지난해 여름 장마가 갠 어느 날 봉선사로 운허 **노사**를 뵈러 간 일이 있었다. 한낮이 되자 장마에 갇혔던 햇빛이 눈부시게 쏟아져 내리고 앞 개울물 소리에 어울려 숲속에서는 매미들이 있는 대로 목청을 돋우었다.

아차! 이때서야 문득 생각이 난 것이다. 난초를 뜰에 내놓은 채 온 것이다. 모처럼 보인 찬란한 햇빛이 돌연 원망스러워졌다. 뜨거운 햇빛에 늘어져 있을 난초 잎이 눈에 아른거려 더 지체할 수가 없었다. 허둥지둥 그 길로 돌아왔다. 아니나 다를까, 잎은 축 늘어져 있었다. 안타까워하며 샘물을 길어다 축여 주고 했더니 겨우 고개를 들었다. 하지만 어딘지 생생한 기운이 빠져나간 것 같았다.

나는 이때 온몸으로 그리고 마음속으로 절절히 느끼게 되었다. 집착이 괴로움인 것을. 그렇다. 나는 난초에게 너무 집념한 것이다. 이 집착에서 벗어나야겠다고 결심했다. 난을 가꾸면서는 산철 — 승가(僧家)의 **유행기**에도 나그넷길을 떠나지 못한 채 꼼짝을 못했다. 밖에 볼일이 있어 잠시 방을 비울 때면 환기가 되도록 들창문을 조금 열어 놓아야 했고, 화분을 내놓은 채 나가다가 뒤미처 생각하고는 되돌아와 들여놓고 나간 적도 한두 번이 아니었다. 그것은 정말 지독한 집착이었다.

며칠 후, 난초처럼 말이 없는 친구가 놀러 왔기에 선뜻 그의 품에 분을 안겨

주었다. 비로소 나는 얽매임에서 벗어난 것이다. 날아갈 듯 홀가분한 해방감. 3년 가까이 함께 지낸 '**유정**'을 떠나보냈는데도 서운하고 허전함보다 홀가분한 마음이 앞섰다.

이때부터 나는 하루 한 가지씩 버려야겠다고 스스로 다짐을 했다. 난을 통해 무소유의 의미 같은 걸 터득하게 됐다고나 할까.

인간의 역사는 어떻게 보면 소유사(所有史)처럼 느껴진다. 보다 많은 자기네 몫을 위해 끊임없이 싸우고 있다. 소유욕에는 한정도 없고 휴일도 없다. 그저 하나라도 더 많이 갖고자 하는 일념으로 출렁거리고 있다. 물건만으로는 성에 차질 않아 사람까지 소유하려 든다. 그 사람이 제 뜻대로 되지 않을 경우는 끔찍한 비극도 불사하면서, 제 정신도 갖지 못한 처지에 남을 가지려 하는 것이다.

소유욕은 이해와 정비례한다. 그것은 개인뿐 아니라 국가 간의 관계도 마찬가지다. 어제의 **맹방**들이 오늘에는 맞서게 되는가 하면, 서로 으르렁대던 나라끼리 친선 사절을 교환하는 사례를 우리는 얼마든지 보고 있다. 그것은 오로지 소유에 바탕을 둔 이해관계 때문이다. 만약 인간의 역사가 소유사에서 무소유사로 그 방향을 바꾼다면 어떻게 될까. 아마 싸우는 일은 거의 없을 것이다. 주지 못해 싸운다는 말은 듣지 못했다.

간디는 이런 말을 했다.

"내게는 소유가 범죄처럼 생각된다……."

그가 무엇인가를 갖는다면 같은 물건을 갖고자 하는 사람들이 똑같이 가질 수 있을 때 한한다는 것. 그러나 그것은 거의 불가능한 일이므로 자기 소유에 대해서 범죄처럼 자책하지 않을 수 없다는 것이다.

우리들의 소유 관념이 때로는 우리들의 눈을 멀게 한다. 그래서 자기의 분수까지도 돌볼 새 없이 들뜬다. 그러나 우리는 언젠가 빈손으로 돌아갈 것이다. 내 이 육신마저 버리고 홀홀히 떠나갈 것이다. 하고많은 물량일지라도 우리를 어떻게 하지 못할 것이다.

크게 버리는 사람만이 크게 얻을 수 있다는 말이 있다. 물건으로 인해 마음을 상하고 있는 사람들에게는 한 번쯤 생각해 볼 말씀이다. 아무것도 갖지 않을 때 비로소 온 세상을 갖게 된다는 것은 무소유의 또 다른 의미이다.

분(盆) 흙을 담아 화초나 나무를 심는 그릇.
노사(老師) 나이 많은 승려를 높여 이르는 말.
유행기(遊行期) 불가에서 승려들이 세속을 돌아다니며 수행하는 기간.
유정(有情) 마음을 가진 살아 있는 중생을 이르는 말.
맹방(盟邦) 서로 동맹 조약을 체결한 당사국.

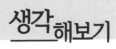

생각해보기

1 다음 상황에서 난초에 대한 글쓴이의 태도와 심경 변화를 파악해 봅시다.

(1) 난초를 처음 선물받고 기르기 시작했을 때

....

....

....

....

(2) 여름날 난초를 뜰에 두고 봉선사에 갔을 때

....

....

....

....

(3) 놀러 온 친구에게 난초를 주고 난 후

....

....

....

....

2 글쓴이가 말한 소유욕의 특징을 바탕으로, 인간의 소유욕이 역사에 어떤 영향을 미쳤는지 이야기해 봅시다.

• 소유욕의 특징 :

• 인간의 소유욕이 역사에 미친 영향 :

3 간디가 다음과 같이 말한 까닭이 무엇인지 이야기해 봅시다.

> 내게는 소유가 범죄처럼 생각된다…….

4 페이스북의 CEO 저커버크는 죽기 전 자신의 재산 99퍼센트를 사회에 기부하겠다고 말했고, 실제로도 기부를 실천하고 있습니다. 저커버크가 추구하는 삶의 목표가 무엇일지 이야기해 봅시다.

사람이 한세상 살아가는 데
그 험하고 위태함이야 강물보다 더한지라,
보고 듣는 것이 번번이 병이 될 것이 아닌가?

박지원

조선 후기 실학자, 소설가(1737~1805). 호는 연암(燕巖). 배청 의식이 강하게 작용하던 시기에
홍대용, 박제가 등과 함께 실학사상의 한 조류인 북학론을 주장하였으며, 중상주의를 주장하기도
하였다. 주요 저서로는 《열하일기》, 《허생전》, 《연암집》 등이 있다.

일야구도하기(하룻밤에 강을 아홉 번 건넌 이야기) 一夜九渡河記 | 박지원

이 글은 조선 후기에 박지원이 지은 산문으로,
시냇물 소리를 통하여 감각 기관과 마음의 상관관계를 설명하고 있다.
우리의 감관은 외물에 의하여 지배적 영향을 받게 되며,
이러한 상태에서는 사물의 정확한 실체를 살필 수가 없다는 것이 이 글의 핵심이다.

강물이 두 산 사이에서 흘러나와 바위와 마주쳐 싸우는 듯 거세게 흐른다. 놀란 파도, 성난 물결, 우는 여울, 흐느끼는 돌창이 굽이를 치고 뒤섞이면서 울부짖는 듯 고래고래 소리를 치는 듯 만리장성을 부서뜨릴 기세다. 전차 만 대, 군마 만 마리, 대포 만 틀, 쇠북 만 개쯤으로는 그 야단스러운 소리를 형용할 수 없다.

모래밭에는 큰 바윗돌이 우뚝이 떨어져 섰고, 강 둔치 버드나무 숲은 까마득하게도 어두컴컴하여 물귀신과 강 도깨비가 다투어 사람을 놀리는 듯하다. 이곳이 옛 전쟁터여서 강물이 이렇게 운다고 하나 그런 까닭도 아니다. 물소리란 듣기에 달린 것이다.

연암 산골 집 앞에 큰 개울이 있다. 해마다 여름철에 소낙비가 한바탕 지나가면 개울물이 갑자기 불어나 늘 수레 소리, 말 달리는 소리, 대포 소리, 전쟁의 북소리를 듣게 되니, 아주 귀에 탈이 날 지경이었다.

나는 언젠가 문을 닫고 누워 물소리를 다른 소리에 견주어 들어 보았다. 깊숙한 소나무가 퉁소 소리를 내는 듯하니 이는 청아한 마음으로 들은 것이다. 산이 찢어지고 절벽이 무너지는 듯한 것은 분노하는 마음으로 들은 것이요,

뭇 개구리가 다투어 운다 싶은 것은 발칙스러운 마음으로 들은 것이다. 수없는 축이 마주 어울려 내는 듯한 소리는 성난 마음으로 들은 것이다. 벼락이 치고 천둥이 우는 듯한 것은 놀란 마음으로 들은 것이요, 찻물이 보글보글 끓는 듯한 소리는 운치 있는 마음으로 들은 것이다. 거문고가 높고 낮은 가락으로 어우러져 나는 듯한 소리는 슬퍼하며 들은 것이요, 창호지 우는 듯한 소리는 의심스럽게 들은 탓이다. 무엇이나 제 소리대로 듣지 못하고, 더구나 가슴속에 무슨 딴생각을 먹고 있으면 그것이 귀에서 소리가 되는 것이다.

오늘 나는 한밤중에 한줄기 강물을 아홉 번이나 건넜다. 강물은 북쪽 변방에서 흘러나와 만리장성을 뚫고 유하와 조하와 황화, 진천 등 여러 강물과 한군데 모여 밀운성 아래를 거쳐 백하가 된다. 나는 어제 배로 백하를 건넜는데, 바로 이 강의 하류다.

내가 요동에 처음 들어섰을 때는 한여름이었다. 뙤약볕 아래 길을 가다가 갑자기 큰 강이 앞을 가로막는데, 붉은 흙탕물이 산처럼 솟구쳐 끝이 보이지 않았다. 이런 때는 대체로 천 리 밖 상류에 폭우가 내린 까닭이다.

강물을 건널 때 사람들이 고개를 쳐들고 하늘을 우러러보는 것을 보고 나는 하늘에 비는가 보다 생각했다. 훨씬 뒤에야 알았지만, 물을 건너는 사람이 늠실늠실 소용돌이쳐 돌아가는 강물을 보면 제 몸이 물을 거슬러 올라가는 것 같고 눈은 강물을 따라 내려가는 것만 같아서, 갑자기 빙빙 도는 듯 어지럼증이 생기면서 물에 빠진다고 한다. 그러니 고개를 젖히고 우러러보는 것은 하늘에 대고 기도를 하는 것이 아니라 물을 보지 않으려 함이다. 역시 그렇다. 목숨이 경각에 달렸는데 어느 겨를에 기도할 수 있으랴.

이토록 위험하다 보니 물소리도 미처 듣지 못하는 것이다. 다들 말하기를 요동벌은 넓고 평평하기 때문에 물소리가 요란하지 않다고 한다. 허나 이는 물소리를 모르는 말이다. 요동 땅 강물들이 물소리를 안 내는 것이 아니라 밤에 건너지 않았기 때문이다. 낮에는 눈으로 물을 볼 수 있으니 눈이 위험한 데

에만 쏠려, 눈 달린 것을 걱정해야 할 판이다. 그러니 귀에 무엇이고 들릴 리가 있겠는가?

오늘 나는 밤중에 물을 건너는지라 눈으로는 위험을 볼 수 없다. 그러니 위험은 듣는 데만 쏠려, 귀가 무서워 부들부들 떨리니 걱정을 놓을 수 없다.

나는 오늘에야 이치를 알았다. 마음이 고요한 사람은 귀와 눈이 탈이 될 턱이 없으나, 귀와 눈만 믿는 사람은 보고 듣는 힘이 밝아져서 더욱 병이 되는 것이다.

오늘 나의 마부가 발을 말발굽에 밟혀서 뒤따라오는 수레에 실려 가고 보니, 나는 하는 수 없이 혼자 고삐를 늦추어 물에 들어갔다. 무릎을 오그려 발을 모으고 안장 위에 앉았다. 한번만 까딱하면 바로 강물로 떨어져, 물로 땅을 삼고, 물로 옷을 삼고, 물로 몸을 삼고, 물로 마음을 삼을 터. 이때야 나는 마음속으로 떨어짐을 각오하였다. 그러자 내 귓속에는 드디어 물소리가 없어지고 무릇 아홉 번이나 물을 건너는 데도 마치 방석 위에서 앉고 눕고 하는 것처럼 아무렇지도 않았다.

옛날 우임금이 강물을 건널 때 누런 용이 배를 등으로 떠밀어 몹시 위험했다. 그러나 죽고 사는 것이 마음에 먼저 분명하게 서고 보니 용이든 지렁이든 크고 작은 것이 아무 상관 없었다.

소리와 빛깔은 내 마음 밖에 있는 외물(外物)이다. 이는 언제나 귀와 눈에 탈이 되어 이렇게도 사람들이 똑바로 보고 듣는 힘을 잃도록 만든다. 더구나 사람이 한세상 살아가는 데 그 험하고 위태함이야 강물보다 더한지라, 보고 듣는 것이 번번이 병이 될 것이 아닌가?

내가 사는 연암골로 돌아가면 앞개울의 물소리를 다시 들으면서 이를 가늠해 보리라. 그리하여 제 몸가짐에 능란하며 스스로 총명한 체하는 자들에게 경계하련다.

생각해보기

1 연암골에서 물소리를 듣던 당시 글쓴이의 마음 상태를 연결해 봅시다.

① 깊숙한 소나무가 퉁소 소리를 내는 듯하다.	㉠ 분노하는 마음
② 산이 찢어지고 절벽이 무너지는 듯하다.	㉡ 청아한 마음
③ 벼락이 치고 천둥이 우는 듯하다.	㉢ 놀란 마음
④ 찻물이 보글보글 끓는 듯하다.	㉣ 운치 있는 마음

2 이 글을 쓸 당시 글쓴이의 상황을 알 수 있는 구절을 찾아 써 봅시다.

③ 낮에 강을 건너는 사람들의 모습과 밤에 강을 건너는 글쓴이의 모습을 비교해 보고, 글쓴이가 깨달은 바를 써 봅시다.

낮	
밤	

➡ 글쓴이는 ....

....

....

④ 여행에서 얻은 깨달음을 바탕으로, 글쓴이가 지향하는 삶의 태도가 무엇인지 추론해 봅시다.

....

....

....

....

아버지는 천성적으로 착하셔서
자식 마음에 조그만 그늘도 남기고 싶어 하지 않는
그런 분이었다.

박동규

문학가, 산문가. 경북 월성 출생(1939~). 시인 박목월의 장남으로 서울대학교 국어국문학과에서 수학하였으며 동 대학원에서 석·박사를 지냈다. 1990년대에는 잡지《심상》의 편집 고문을 맡기도 했다. 주요 저서로는 논문집《한국 현대 소설의 비평적 분석》, 수필집《사랑하는 나의 가족에게》,《내 생애 가장 따뜻한 날들》 등이 있다.

나의 아버지 | 박동규

〈나그네〉를 쓴 시인으로 널리 알려진 박목월 선생. 그러나 글쓴이에게 박목월 선생은
한 가정을 건사하는 평범한 아버지이자 존경할 수밖에 없는 단 하나뿐인 아버지였다.
글쓴이는 교과서 속 시인 박목월의 모습 뒤에 숨겨진 가난한 아버지 박목월에 관한 여러 이야기를 통해
아버지가 자신에게 어떤 영향을 주었는지 이야기하고 있다.

100점과 양과자

국민학교 1학년 때 우리 가족은 대구로 이사를 왔다. 시인이셨던 아버지는
해방이 된 후 모교인 계성 학교에 선생님으로 부임하셨다. 우리 집은 계성 학
교 담장에 붙은 한옥으로 된 **관사**였다. 나는 학교에서 가까운 수창 국민학교
에 들어갔다. 시장 근처였다. 그러다 삼덕동에 있는 일본식 집으로 옮겼다.
계성 학교와 삼덕동은 먼 거리여서 아침이면 아버지는 나를 데리고 시장 근처
에 와서 나를 수창 국민학교에 넣고 자신의 학교로 들어가셨다. 아버지는 헤
어질 때면 꼭 "학교가 파하면 아버지한테 오너라, 함께 집에 가자."라고 하시
곤 했다.

나는 학교가 끝나면 시장을 지나 계성 학교 운동장에 와 축구부원들이 공
차는 것을 언덕에 앉아서 보거나 그것이 지루해지면 학교 체육실에서 큰 형들
이 유도하는 것을 보며 시간을 보냈다. 그러고 있으면 아버지는 용케 나를 찾
아 "동규야." 하고 다가와 내 손을 잡았다. 언제부터인가 나 혼자서도 집에 돌
아갈 수 있게 되어 아버지가 늦어질 것이라고 생각이 되면 혼자 집으로 가곤
했다. 그런 날이면 아버지는 집에 돌아와서 언제나 "잘 왔니?" 하고 묻곤 하셨다.

어느 날 국민학교에서 시험을 쳤는데 100점을 맞았다. 빨간 연필로 모두가 동그라미인 답안지를 집에 오는 길에 아버지에게 내밀었다. 아버지는 내 머리를 쓰다듬고 **양과자** 집에 데리고 가서 양과자 몇 개를 사 주었다. 그러면서 "100점을 맞으면 꼭 아버지를 기다려라. 그러면 과자를 사 줄게."라고 하셨다. 그 주 내내 나는 줄곧 100점을 맞았다. 나는 아버지를 계성 학교 본관으로 올라가는 계단에서 기다리다가 불쑥 답안지를 내밀었고 아버지는 웃으며 내 손을 잡고 과자 집으로 가셨다. 하지만 그 주가 지나자 나는 시험에서 100점을 맞지 못하고 꼭 98점 아니면 96점을 맞게 되었다. 아버지가 100점을 맞으면 기다리라던 말이 생각이 나서 나는 계성 학교 운동장에서 놀면서 아버지를 기다리다가도 아버지가 나오면 얼른 나무 뒤에 숨거나 담장에 숨어 있다가 아버지가 길로 나가시면 그 뒤를 졸졸 따라서 집으로 왔다.

100점은 쉽게 따지지 않았다. 한 주일 동안 아버지를 10미터쯤 뒤에서 따라 집으로 오던 어느 날이었다. 그날도 100점을 맞지 못해서 아버지 뒤를 졸졸 따라오는데 어느 가게 앞에서 아버지가 갑자기 고개를 뒤로 돌려 나를 보면서 "이놈아, 왜 뒤를 졸졸 따라오니. 아버지한테 오지."라고 하셨다. 나는 울컥 울음이 터져 나와 울먹이며 "100점을 못 맞았어요."라고 하였다. 그러자 아버지는 나를 품에 껴안고 내 머리를 만지며 "내가 말을 잘못했구나. 100점을 맞으면 과자를 사 준다고 했지, 100점을 못 맞으면 오지 말라는 뜻은 아니었는데."라고 하셨다. 아버지는 이 일이 있고 난 다음부터는 꼭 나에게 무엇이라고 이야기를 하고 난 다음에는 다시 확인하시곤 했다. 아버지는 이 일이 그리 마음 아팠던 것이다. 내가 대학생이 되어서도 여전히 아버지는 철없는 내가 아버지의 마음을 잘못 알까 봐 재차 물어 확인하곤 했다.

내 어린 날 겪었던 이 일이 평생 아버지와 나를 끊을 수 없는 정으로 연결하는 고리가 될 줄은 몰랐다. 아버지는 항상 엄격하게 나를 대하셔서 늘 눈에 불이 날 정도로 꾸중을 하시곤 했지만 그런 밤이면 틀림없이 내 방에 들어와 다

큰 아들의 머리를 쓰다듬고 나가시곤 했던 것이다. 나는 자는 척하고 누워 있었지만 아버지의 큰 손이 내 머리를 만지고 있음을 알고 있었고 아버지가 나간 다음이면 내 잘못을 생각하며 혼자 울기도 했다.

아버지는 천성적으로 착하셔서 자식 마음에 조그만 그늘도 남기고 싶어 하지 않는 그런 분이었다. 지금도 나는 한밤에 자다가 깨면 누가 내 머리를 쓰다듬거나 내 손을 잡고 있는 듯한 환상에 빠질 때가 있다. 그리고 조금 있다가 우산도 없이 비 오는 거리에서 비를 그대로 맞고 서 있는 듯한 처량함을 느끼게 되는 것은 아버지가 곁에 없기 때문임을 깨닫곤 한다.

크리스마스의 행복

내가 고등학교 1학년 때였다. 어머니는 무엇을 사 달라고 하면 언제나 "크리스마스에 보자."라고 했다. 그래서 크리스마스가 오면 선물 하나를 사 주었다. 가난했기에 다섯 형제들이 무엇을 사 달라고 하면 견딜 수가 없었던 탓이었을 것이다. 그해 봄 고등학교 입학식에 가 보니 반 아이들 대부분이 구두를 신고 있었다. 나는 속이 상했다. 그래서 '올해 크리스마스에는 구두를…….' 하고 마음에 품었다.

12월 20일 저녁에 아버지는 저녁을 먹고 우리 다섯 형제를 안방에 불러 앉혔다. 그리고 어머니를 곁에 앉게 한 다음 막내부터 "무엇을 사줄까?"라고 물었다. 아버지는 노트와 연필을 들고 있었다. 막내는 썰매를 사 달라고 했다. 이렇게 해서 여동생 차례가 되었다. 국민학교 5학년이었던 여동생은 다른 형제와는 달리 벌떡 일어서더니 "아버지, 털 오버가 입고 싶어요. 털 오버 사 주세요."라고 하는 것이었다. 순간 우리 모두가 놀랐다. 지금 생각해 보면 1년에 겨우 한 번 아이들 선물을 사 주는 그런 집이었는데 가난한 시인이었던 아버지가 주머니에 얼마를 넣고 아이들 앞에 앉아 있었겠는가. 아버지의 얼굴은 하얗게 변했고, 손에 든 연필과 노트는 떨리고 있었다. 이렇게 되자 어머니가 소리를 질렀다.

"우리 집 형편에 털 오버 입게 생겼어? 돈이 얼만데 사 달라고 해?"

아버지는 고개를 숙이고 있었다. 한참 후 아버지는 약속을 한 것이라 사 주어야 한다고 생각했는지 고개를 들면서 "그래, 사 줄게. 그런데 아버지가 이번 크리스마스에는 준비가 되지 않았어. 겨울이 가기 전에 네 어깨에 따뜻한 털 오버를 입혀 줄게."라고 하셨다.

그다음에 아버지는 나를 보면서 "무엇을 사 줄까?" 하고 물었다. 나에게는 연필과 노트를 들고 떨고 있던 아버지의 모습만 보였지 구두 생각은 떠오르지 않았다. 그래서 아무 생각 없이 "털장갑이요."라고 했다. 아버지는 이상했는지 다시 한 번 물었다.

"털장갑?"

나는 "네."라고 하였다. 이것으로 끝났다. 밤이 되어 내 방에 가서 전등을 끄고 이불 속에 들어갔다. 이불을 덮고 나니 너무 서러웠다. 누구에게 원망할 수도 없었고 불쌍한 아버지 얼굴을 생각하면 어찌할 수 없었지만, 거품처럼 사라진 구두는 쓸데없는 눈물을 나오게 하였다. 그때 방문을 열고 누가 들어왔다. 아버지였다. 아버지는 내 머리맡에 앉아서, 울고 있는 내 얼굴을 닦아 주며 "이게 철이 들어서, 철이 들어서……."라고 하면서 우셨다. 나에게는 불쌍한 아버지의 얼굴을 한 번 본 것이 성장의 매듭이 되었다.

나에게 가장 행복했던 순간들은 가족의 울타리 안에서 사는 뜨거운 인간다움의 발견에서 얻어진 것들이다.

관사(官舍) 관청에서 관리에게 빌려주어 살도록 지은 집.
양과자(洋菓子) 서양식으로 만든 과자.

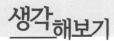

① 다음 제시문에서 글쓴이는 밑줄 친 부분을 어떻게 받아들였고, 이렇게 말을 한 아버지의 의도는 무엇이었는지 이야기해 봅시다.

> 빨간 연필로 모두가 동그라미인 답안지를 집에 오는 길에 아버지에게 내밀었다. 아버지는 내 머리를 쓰다듬고 양과자 집에 데리고 가서 양과자 몇 개를 사 주었다. 그러면서 "<u>100점을 맞으면 꼭 아버지를 기다려라. 그러면 과자를 사 줄게.</u>"라고 하셨다.

• 글쓴이의 생각 :

• 아버지의 의도 :

② 이 글의 내용을 바탕으로 알 수 있는 아버지의 성품을 이야기해 봅시다.

3 다음 상황에서 각 인물의 속마음을 상상해 빈칸을 채워 봅시다.

(1) 여동생 차례가 되었다. 국민학교 5학년이었던 여동생은 다른 형제와는 달리 벌떡 일어서더니 "아버지, 털오버가 입고 싶어요. 털 오버 사 주세요."라고 하는 것이었다.

아마도 ....

....

.... 마음에서 나온 말일 것이다.

(2) 그다음에 아버지는 나를 보면서 "무엇을 사 줄까?" 하고 물었다. 나에게는 연필과 노트를 들고 떨고 있던 아버지의 모습만 보였지 구두 생각은 떠오르지 않았다.

....

....

....라는 생각이 들었다. 그래서 "털장
갑이요."라고 했다. 아버지는 이상했는지 다시 한 번 물었다.

(3) 아버지는 내 머리맡에 앉아서, 울고 있는 내 얼굴을 닦아 주며 "이게 철이 들어서, 철이 들어서…….

....

....

...."라고 하면서 우셨다.

며칠 동안 몰래 적은 이 글월을
들키지 않고 내어보낼 궁리를 하는 동안에
비는 어느덧 멈추고 날은 오늘도 저물어 갑니다.

_____
심훈

소설가, 시인, 영화인. 서울 출생(1901~1936). 호는 해풍(海風). 1919년 3·1 운동에 가담했다가 옥고를 치렀으며, 출소한 직후 중국으로 망명했다. 귀국한 다음부터는 독립 의지와 계몽 정신이 담긴 연극 및 영화 제작과 소설 집필 등에 몰두했다. 시집 《그날이 오면》, 소설 《상록수》, 《탈춤》 등을 발표했으며 영화 〈먼동이 틀 때〉 등을 각색하였다.

옥중에서 어머니께 올리는 글월 | 심훈

이 글은 3·1 운동으로 감옥에 갇힌 글쓴이가 자신을 걱정하고 있는 어머니를 위로하고
조국 독립의 의지가 변하지 않는다는 사실을 확고히 하기 위해 쓴 글이다.
글쓴이의 가치관과 어머니를 걱정하는 효심이 잘 드러난다.

어머니!

오늘 아침에 **차입**해 주신 고의적삼을 받고서야 제가 이곳에 와 있는 것을
집에서도 아신 줄 알았습니다. 잠시도 어머니의 곁을 떠나지 않던 막내둥이
의 생사를 한 달 동안이나 아득히 아실 길 없으셨으니 그동안에 오죽이나 애
를 태우셨겠습니까?

저는 이곳까지 굴러 오는 동안에 꿈에도 생각지 못하던 고생을 겪었지만,
그래도 몸 성히 **배포 유하게** 큰집에 와서 지냅니다. 쇠고랑을 차고 **용수**는 썼
을망정 난생처음으로 자동차에다가 보호 순사까지 앉히고 거들먹거리며 남
산 밑에서 무학재 밑까지 내려 긁는 맛이란 바로 개선문으로 들어가는 듯하였
습니다.

어머니!

날이 몹시도 더워서 풀 한 포기 없는 감옥 마당에 뙤약볕이 내리쪼이고, 주
황빛의 벽돌담은 화로 속처럼 달고 방 속에는 똥통이 끓습니다. 밤이면 가뜩
이나 다리도 뻗어 보지 못하는데, 빈대, 벼룩이 다투어 가며 진물을 살살 뜯습

니다. 그래서 한 달 동안이나 쪼그리고 앉은 채 날밤을 새웠습니다. 그렇건만 대단히 이상한 일이 있지 않겠습니까? 생지옥 속에 있으면서 괴로워하는 사람이 하나도 없습니다. 누구의 눈초리에도 뉘우침과 슬픈 빛은 보이지 않고, 도리어 그 눈들이 샛별과 같이 빛나고 있습니다.

더구나 노인네의 얼굴은 앞날을 점치는 선지자(先知者)처럼, 고행하는 도승처럼 그 표정조차 엄숙합니다. 날마다 이른 아침 전등불이 꺼지는 것을 신호 삼아 몇천 명이 같은 시간에 마음을 모아서 정성껏 같은 발원(發願)으로 기도를 올릴 때면, 극성맞은 간수도 칼자루 소리를 내지 못하며, 감히 들여다보지도 못하고 발꿈치를 돌립니다.

어머니!

어머니께서는 조금도 저를 위하여 근심하지 마십시오. 지금 조선에는 우리 어머니 같으신 어머니가 몇천 분이요, 또 몇만 분이나 계시지 않습니까? 그리고 어머니께서도 이 땅의 이슬을 받고 자라나신 공로 많고 소중한 따님의 한 분이시고, 저는 어머니보다도 더 크신 어머니를 위하여 한 몸을 바치려는 영광스러운 이 땅의 사나이외다.

콩밥을 먹는다고 끼니때마다 눈물겨워하지도 마십시오. 어머니께서 마당에서 절구에 메주를 찧으실 때면 그 곁에서 한 주먹씩 주워 먹고 배탈이 나던, 그렇게도 삶은 콩을 좋아하던 제가 아닙니까? 한 알만 마루 위에 떨어져도 흘금흘금 쳐다보고 다른 사람이 먹을세라 주워 먹기가 한 버릇이 되었습니다.

어머니!

며칠 전에는 난생처음으로 감방 속에서 죽는 사람의 임종을 같이하였습니다. 돌아간 사람은 먼 시골의 무슨 교(敎)를 믿는 노인이었는데, 경찰서에서 다리 하나를 못 쓰게 되어 나와서 이곳에 온 뒤에도 밤이면 몹시 앓았습니다.

병감은 만원이라고 옮겨 주지도 않고, 쇠잔한 몸에 그 독은 나날이 **뼈**에 사무쳐 그날에는 아침부터 신음하는 소리가 더 높았습니다.

밤이 깊어 **약박골** 약물터에서 단소 부는 소리도 끊어졌을 때, 그는 가슴에 손을 얹고 가쁜 숨을 몰아쉬기 시작했습니다. 우리는 모두 일어나 그의 머리맡을 에워싸고 앉아서 죽음의 그림자가 시시각각으로 덮쳐 오는 그의 얼굴을 묵묵히 지키고 있었습니다.

그는 희미한 눈초리로 5촉밖에 안 되는 전등을 멀거니 쳐다보면서 무슨 깊은 생각에 잠긴 듯 추억의 날개를 펴서 기구한 일생을 더듬는 듯하였습니다. 그의 호흡이 점점 가빠지는 것을 본 저는 무릎을 베개 삼아 그의 머리를 괴었더니, 그는 떨리는 손을 더듬더듬하여 제 손을 찾아 쥐더이다. 금세 운명을 할 노인의 손아귀 힘이 어쩌면 그다지도 굳셀까요, 전기나 통한 듯이 뜨거울까요?

어머니!

그는 마지막 힘을 다하여 몸을 벌떡 솟구치더니 '여러분!' 하고 큰 목소리로 무겁게 입을 열었습니다. 찢어질 듯이 긴장된 얼굴의 힘줄과 표정, 그날 수천 명 교도(敎徒) 앞에서 연설을 할 때의 그 목소리가 이와 같이 우렁찼을 것입니다. 그러나 우리는 마침내 그의 연설을 듣지 못했습니다. '여러분!' 하고는 뒤미처 목에 가래가 끓어올랐기 때문에…….

그러면서도 그는 우리에게 무엇을 바라는 것 같았습니다. 그래서 어느 한 분이 유언할 것이 없느냐 물으매 그는 조용히 머리를 흔들어 보였습니다. 그래도 흐려지는 눈은 꼭 무엇을 애원하는 듯합니다마는, 그의 마지막 소청을 들어줄 그 무엇이나 우리가 가졌겠습니까? 우리는 약속이나 한 듯이 나직나직한 목소리로 그날에 여럿이 떼 지어 부르던 노래를 일제히 부르기 시작했습니다. 떨리는 목소리로 첫 소절도 다 부르기 전에 설움이 북받쳐서, 그와 같은 신도인 상투 달린 사람은 목을 놓고 울더이다.

어머니!

그가 애원하던 것은 그 노래가 틀림없었을 것입니다. 우리가 가진 최후일각의 원혼을 위로하기에는 가슴 한복판을 울리는 그 노래밖에 없었습니다. 후렴이 끝나자, 그는 한 덩이 시뻘건 선지피를 제 옷자락에 토하고는 영영 숨이 끊어지고 말더이다.

그러나 야릇한 미소를 띤 그의 영혼은 우리가 부른 노래에 고이고이 싸이고 받들려 쇠창살을 새어 나가 새벽하늘로 올라갔을 것입니다. 저는 감지 못한 그의 두 눈을 쓰다듬어 내리고 날이 밝도록 그의 머리를 제 무릎에서 내려놓지 않았습니다.

어머니!

며칠 동안 몰래 적은 이 글월을 들키지 않고 내어보낼 궁리를 하는 동안에 비는 어느덧 멈추고 날은 오늘도 저물어 갑니다.

구름 걷힌 하늘을 우러러 어머니의 건강을 비올 때, 비 뒤의 신록은 담 밖에 더욱 아름답사온 듯 먼 천(川)의 개구리 소리만 철창에 들리나이다.

차입(差入) 교도소나 구치소에 갇힌 사람에게 음식, 의복, 돈 등을 들여보냄.
배포 유하다(柔-) 서두르거나 조급하게 굴지 않고 성미가 유들유들하다.
용수 죄수의 얼굴을 보지 못하도록 머리에 씌우는 둥근 통 같은 기구.
병감(病監) 교도소에서 병든 죄수를 따로 두는 감방.
악박골 서울 서대문 형무소 부근의 옛 이름.

생각해보기

1 다음 제시문을 바탕으로 글쓴이가 처한 상황이 어떠한지 이야기해 봅시다.

> 오늘 아침에 차입해 주신 고의적삼을 받고서야 제가 이곳에 와 있는 것을 집에서도 아신 줄 알았습니다. 잠시도 어머니의 곁을 떠나지 않던 막내둥이의 생사를 한 달 동안이나 아득히 아실 길 없으셨으니 그동안에 오죽이나 애를 태우셨겠습니까?
>
> 저는 이곳까지 굴러 오는 동안에 꿈에도 생각지 못하던 고생을 겪었지만, 그래도 몸 성히 배포 유하게 큰집에 와서 지냅니다. 쇠고랑을 차고 용수는 썼을망정 난생처음으로 자동차에다가 보호 순사까지 앉히고 거들먹거리며 남산 밑에서 무학재 밑까지 내려 굵는 맛이란 바로 개선문으로 들어가는 듯하였습니다.

_____

_____

_____

2 다음 제시문을 읽고 물음에 답해 봅시다.

> **가** 〈옥중에서 어머니께 올리는 글월〉은 심훈이 3·1 운동에 가담한 죄로 체포되어 서대문 형무소에 수감되었을 때 어머님께 보낸 편지글로, 발표된 심훈의 작품 중 가장 오래된 글이다.
>
> **나** 생지옥 속에 있으면서 괴로워하는 사람이 하나도 없습니다. 누구의 눈초리에도 뉘우침과 슬픈 빛은 보이지 않고, 도리어 그 눈들이 샛별과 같이 빛나고 있습니다.
> 더구나 노인네의 얼굴은 앞날을 점치는 선지자(先知者)처럼, 고행하는 도승처럼 그 표정조차 엄숙합니다. 날마다 이른 아침 전등불이 꺼지는 것을 신호 삼아 몇천 명이 ㉠ 같은 시간에 마음을 모아서 정성껏 같은 발원(發願)으로 기도를 올릴 때면, 극성맞은 간수도 칼자루 소리를 내지 못하며, 감히 들여다보지도 못하고 발꿈치를 돌립니다.
>
> **다** 그가 애원하던 것은 ㉡ 그 노래가 틀림없었을 것입니다. 우리가 가진 최후일각의 원혼을 위로하기에는 가슴 한복판을 울리는 그 노래밖에 없었습니다.

라 ⓒ 그날이 오면 그날이 오면은
　　삼각산이 일어나 더덩실 춤이라도 추고
　　한강 물이 뒤집혀 용솟음칠 그날이
　　이 목숨이 끊기기 전에 와 주기만 할 양이면
　　나는 밤하늘에 날으는 까마귀와 같이
　　종로의 인경을 머리로 들이받아 울리오리다.
　　두개골은 깨어져 산산조각이 나도
　　기뻐서 죽사오매 오히려 무슨 한이 남으오리까.

　　그날이 와서 오오 그날이 와서
　　육조(六曹) 앞 넓은 길을 울며 뛰며 뒹굴어도
　　그래도 넘치는 기쁨에 가슴이 미어질 듯하거든
　　드는 칼로 이 몸의 가죽이라도 벗겨서
　　커다란 북을 만들어 들쳐 메고는
　　여러분의 행렬에 앞장을 서오리다.
　　우렁찬 그 소리를 한 번이라도 듣기만 하면
　　그 자리에 거꾸러져도 눈을 감겠소이다.

　　　　　　　　　　　　　　　　　　　　　－ 심훈, 〈그날이 오면〉

(1) 제시문 (가)를 바탕으로 (나)에서 감옥 안의 사람들이 보이는 태도의 의미를 생각해 봅시다.

....

....

(2) 문제 (1)의 내용을 바탕으로 ㉠~㉢의 의미를 추론해 봅시다.

....

....

....

누군가는 말했다.
친구 없이 사는 일만큼 무서운 사막은 없다고.

양귀자

소설가. 전북 전주 출생(1955~). 감각적이고 세련된 문체로 일상적 삶의 모습을 정답게 그려 내는 작가로, 1986년부터 〈멀고 아름다운 동네〉, 〈원미동 시인〉, 〈비오는 날이면 가리봉동에 가야 한다〉 등의 《원미동 사람들》 연작을 발표하면서 문단의 주목을 받기 시작했다. 주요 저서로는 《나는 소망한다, 내게 금지된 것을》, 《천년의 사랑》 등이 있다.

사막을 같이 가는 벗 | 양귀자

이 글은 진정한 친구의 의미에 대해 쓴 글이다.
글쓴이는 거짓과 불화로 가득하고 두려움과 고난투성이인 세상을 살아가기 위해서는
영혼을 함께 나눌 참다운 벗이 필요하다고 이야기한다.
또한 우정은 상호 간의 교류이므로 자신이 먼저 참다운 벗이 되어야 한다고 말하고 있다.

학창 시절에는 유별나게도 학년이 바뀌고 반이 바뀌어 친구들과 뿔뿔이 흩어져야 하는 신학기가 싫었다. 마음으로 간절히 원했던 친구는 거의 언제나 다른 반으로 가 버렸고, 한 반이 되지 않기를 빌고 빌었던 친구는 어김없이 한 반으로 편성되곤 하는 불행 아닌 불행 앞에서 얼마나 많이 속상해했는지 모른다.

그래서 학년이 바뀌면 처음 얼마 동안은 늘 마음을 잡지 못했다. 아침에 눈을 떠 학교에 갈 일을 생각하면 가슴 한쪽이 싸늘해지곤 하던 그 느낌을 지금도 나는 선연히 떠올릴 수가 있다.

특히 운동장 조회나 체육 시간 같은 때 친한 친구도 없이 외따로 떨어져 그 지겨운 시간을 견딜 생각을 하면 어디론가 도망가고 싶을 지경이었다. 게다가 점심시간은 또 얼마나 **무렴**한지, 친하지도 않은 짝과 김칫국물 흐른 도시락을 꺼내 놓고 밥알 씹는 소리까지 서로 환히 들어 가며 밥 먹을 생각을 하면 입맛도 달아나 버렸다.

그런데 다른 아이들은 그렇지 않은 것 같았다. 가만히 살펴보면 어느새 하나둘씩 친한 친구를 만들어 저희들끼리 밥도 먹고 조회 시간에도 나란히 서서 다정하게 속살거리는데, 그 속에서 혼자만 외톨이로 빙빙 돌고 있는 아이는

나 하나뿐인 것처럼 생각되곤 했다.

그 지독한 소외감은 물론 시간이 흐르면서 조금씩 나아지기는 했다. 여름 방학을 할 때쯤이면 운동장 조회나 점심시간을 외롭게 하지 않을 단짝 한 명 정도는 발견하기 마련이니까 결국은 시간이 해결해 주었던 셈이다.

그러나 역시 시간이 흐르면 신학기 또한 어김없이 다시 찾아오는 것이었다. 그러면 이별과 탐색, 그리고 그 지독한 소외감에 시달리는 쓸쓸한 나날이 잊지도 않고 이어지는 것이었다.

이제는 반이 나뉘고 새로운 급우들한테서 낯섦을 실컷 맛봐야 하는 신학기 따위는 영영 내 곁에서 사라졌다. 그 대신 사랑하고 믿어 주는 것보다 시기하고 미워하며, 또는 빼앗고 속이는 일이 더 많은 황폐한 세상살이에 낯가림하며 사는 나날 속으로 내던져지고 말았다.

망망대해를 헤매는 것처럼 힘든 인생의 항해는 신학기 잠시의 외로움을 극복하는 일 따위와는 비교도 할 수 없을 만큼 두려움 가득한 일이다. 삶은 고난 투성이고 끝없는 인내를 요구하기만 하는데, 홀로 헤치는 파도는 높고 거칠기만 한 것이다.

바로 이때에 영혼을 함께 나눌 친구가 절실히 필요해진다. 인생이란 험난한 항해를 같이 겪고 있다는 동지애를 느낄 수 있는 친구, 혹은 내 삶의 따뜻한 동반자라는 느낌이 전해져 오는 친구와 같이 있는 시간에는 이 세상도 한번 살아 볼 만하다는 용기가 솟는다. 그런 친구와 돈독한 우정을 서로 교환하고 있는 이들이라면, 적어도 실패한 삶은 아니라고 단정할 수 있는 것이다.

살아가면서 그런 우정을 가꾸는 이들을 종종 만난다. 비록 나의 친구는 아니지만 그 모습을 보는 일은 참 아름답다. 언젠가 친구가 사업에 실패해서 **낙향**하여 쓸쓸히 살아가는 것을 안쓰러워하다 못해 자기도 다니던 직장을 정리하고 가족과 함께 시골로 내려가 친구 옆에서 땅을 일구는 사람을 만난 적이 있었다.

　이미 결혼하여 각각의 식솔을 이끌고 있는 두 사람한테는 참으로 어려운 결정이었겠지만, 양쪽 집의 가족들 모두는, 한결같이 이렇게 말하였다. 냉혹한 이 세상에 대항하기 위해 두 집이 힘을 합쳤으니 얼마나 든든하냐고.

　누군가는 말했다. 친구 없이 사는 일만큼 무서운 사막은 없다고. 또 누군가는 말했다. 친구 없이 사는 것은 증인 없이 사라지는 일이라고.

　그 말들을 새기고 있으면 불현듯 마음이 찡해 온다. 나는 지금 무서운 사막을 홀로 걷고 있는 것은 아닌지, 지금 내 삶의 의미를 설명해 줄 단 한 사람의 증인도 없이 마음을 닫고 살아가는 것은 아닌지.

　하지만 우정은 상호 간의 교류이다. 일방적인 행위가 결코 아니다. 말하자면 내가 먼저 쌓아야 할 탑이고 내가 밭을 경작해서 맺어야 할 열매인 것이다. 그럼에도 불구하고 탑을 제대로 쌓는 사람, 혹은 빛깔 곱고 아름다운 열매를 맺는 사람은 참 드물다. 친구는 많지만 진정으로 벗이라 부를 만한 이는 몇이나 되는지, 그것만이라도 한 번쯤 되새겨 보며 살아야 하는 것 아닐까. 우리한테 참다운 벗이 없다는 말은 곧 우리가 누군가에게 참다운 벗이 되어 주지 않았다는 말과 조금도 다름이 없다.

　세상이 참 각박하다고들 말한다. 세상이 온통 거짓과 불화로 가득 차 있다고 말한다. 그러면 그럴수록, 그렇기 때문에 더욱 우리에게 필요한 것은 누군가의 따뜻한 가슴일 것이다. 그리고 또한 누군가에게 따뜻한 가슴이 되어 주는 일일 것이다.

무렴(無廉) 염치가 없음을 느껴 마음이 부끄럽고 거북함.
낙향(落鄕) 시골로 거처를 옮기거나 이사함.

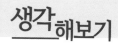

1 이 글의 글쓴이가 신학기에 느끼는 감정이 무엇인지, 본문에 나온 단어를 활용해 한 문장으로 써 봅시다.

....

....

2 다음 구절의 의미는 무엇인지 이야기해 봅시다.

> 누군가는 말했다. 친구 없이 사는 일만큼 무서운 사막은 없다고. 또 누군가는 말했다. 친구 없이 사는 것은 증인 없이 사라지는 일이라고.

....

....

3 이 글의 흐름에 따른 글쓴이의 생각을 정리해 보고, 글쓴이가 참된 친구를 사귀기 위해 강조하는 태도는 무엇인지 이야기해 봅시다.

> 우정은 ㉠ ....(이)다. 일방적인 행위가 결코 아니다.

⬇

> 내가 먼저 쌓아야 할 탑이고 내가 밭을 경작해서 맺어야 할 열매이다.

⬇

> 우리한테 참다운 벗이 없다는 말은 곧 ㉡ ....
> .... 말과 같다.

➡ 따라서 참된 친구를 사귀려면 ....

....

확장 해보기

01 한걸음 ▶

소유와 행복

동서고금의 많은 철학자들은 소유와 행복의 관계를 고민해 왔습니다. 여러 철학자들의
의견을 살펴보고, 소유와 행복의 관계를 생각해 봅시다.

㉮ 우리들의 소유 관념이 때로는 우리들의 눈을 멀게 한다. 그래서 자기의 분수까지도 돌볼 새 없
이 들뜬다. 그러나 우리는 언젠가 빈손으로 돌아갈 것이다. 내 이 육신마저 버리고 홀홀히 떠나갈
것이다. 하고많은 물량일지라도 우리를 어떻게 하지 못할 것이다.

크게 버리는 사람만이 크게 얻을 수 있다는 말이 있다. 물건으로 인해 마음을 상하고 있는 사람
들에게는 한 번쯤 생각해 볼 말씀이다. 아무것도 갖지 않을 때 비로소 온 세상을 갖게 된다는 것은
무소유의 또 다른 의미이다.

– 법정, 〈무소유〉

㉯ 소유의 인간이 소유에 의지하고, 존재의 인간이 존재에 의지하고 있는 가운데, 그들이 자신을
버리고 응답할 용기만 있다면 그들이 살아 있는 한 뭔가 새로운 것이 태어날 것이다. 그들은 대화
를 통해서 완전히 살아 있는 상태가 된다. 자신이 가진 것에 대한 걱정에 자신을 옭아매지 않아도
되기 때문이다. 그들의 살아 있음은 전염성이 있으며 다른 사람들이 자신들의 자기중심성을 극복
하는 것을 도와주기도 한다. 따라서 대화를 상품(지식, 정보, 지위 등)의 교환으로 여기는 것을 중
지하면, 누가 옳은가는 중요하지 않은 것이 될 수 있다.

– 에리히 프롬, 〈소유냐 존재냐〉

㉰ 쾌락과 욕망은 육체적(물질적)인 것과 정신적인 것으로 나눌 수 있다. 아무리 즐겁고 재미있는
게임을 해도 나중에는 몸과 마음이 힘들다. 아무리 맛있는 음식을 먹었다 할지라도 나중에는 배가
불러 고통스럽다. 지나친 것은 차라리 부족한 것만 못하다. 육체적, 물질적 쾌락은 그 쾌락의 순간
이 지나면 오히려 고통을 가져오기도 한다. 마약이나 흡연, 알코올 중독으로 인해 고통을 받는 사
람들을 보라. 배부름의 순간, 달콤한 순간은 금방 지나간다. 쾌락은 지속성이 없으며, 쾌락의 순간
이 지나가면 오히려 고통이 된다. 이것을 '쾌락의 역리 현상'이라 한다.

그러나 정신적 쾌락은 생각만 하면 느낄 수 있고 즐거워질 수 있다. 정신적 쾌락은 쾌락의 지속
이 오래 간다. 여러분이 감명 깊게 읽은 책이나, 어려운 이웃을 도와주었을 때 느꼈던 그 가슴 떨
리는 마음은 영원하다고 할 수 있다. 에피쿠로스학파가 추구한 행복은 검소한 생활을 통해 마음과
정신의 평화를 가져오는 것이었다. 이런 점에서 에피쿠로스학파도 쾌락주의가 아닌 금욕주의라고
할 수 있다.

– 이수석, 〈춤추며 지저귀며 배우며〉

라 경제적으로 생활이 안정되지 않아도 항상 바른 마음을 가질 수 있는 것은 오직 뜻있는 선비만 가능한 일입니다. 일반 백성에 이르러서는 경제적 안정이 없으면 항상 바른 마음을 가질 수 없습니다. 항상 바른 마음을 가질 수 없다면 방탕하고 편벽되며 부정하고 허황되어 이미 어찌할 수가 없게 됩니다. 그들이 죄를 범한 후에 법으로 그들을 처벌한다는 것은 곧 백성을 그물질하는 것과 같습니다.

《맹자》에 나오는 '무항산무항심(無恒産無恒心)'의 내용이다. 공자는 군사와 경제와 신의(信義) 중에서 제일 중요한 것이 신의라고 말했다. 그러나 이건 오직 선비만이 할 수 있다고 맹자는 이야기한다. 사람은 생활 근거가 없으면 일정한 마음을 지닐 수 없는 게 일반적이다. '사흘 굶어 도적질 안 하는 놈 없다'는 속담은 이러한 점을 잘 나타낸다.

— 이수석, 《춤추며 지저귀며 배우며》

1_ 제시문 (나)와 (다)의 관점에서 (가)의 밑줄 친 문장의 의미를 생각해 봅시다.

....

....

2_ 다음은 영국의 철학자 존 스튜어트 밀의 주장입니다. 이와 관련하여 제시문 (다)의 '에피쿠로스'와 (라)의 '맹자'가 나누는 가상 대화를 만들어 봅시다.

> 배부른 돼지보다 배고픈 소크라테스가 낫다. 물욕, 지배욕과 같은 동물의 쾌락은 얻으려 하면 할수록 다른 사람들에게 피해가 돌아간다. 따라서 질적으로 더 높은 인간의 쾌락이 그보다 못한 동물의 쾌락보다 훨씬 더 바람직하다. 결국, 만족한 돼지보다는 불만족한 사람이 더 낫고, 만족한 바보보다는 불만족하는 소크라테스가 더 낫다.

• 에피쿠로스 :

....

....

• 맹자 :

....

....

감각과 인식

'눈에 보이는 것을 믿는다'는 것은 상식적인 일입니다. 우리의 감각은 정말 객관적일까요?
감각과 인식의 관계를 살펴보고, 박지원이 전하는 삶의 태도에 대해 생각해 봅시다.

㉮ 강물을 건널 때 사람들이 고개를 쳐들고 하늘을 우러러보는 것을 보고 나는 하늘에 비는가 보다 생각했다. 훨씬 뒤에야 알았지만, 물을 건너는 사람이 늠실늠실 소용돌이쳐 돌아가는 강물을 보면 제 몸이 물을 거슬러 올라가는 것 같고 눈은 강물을 따라 내려가는 것만 같아서, 갑자기 빙빙 도는 듯 어지럼증이 생기면서 물에 빠진다고 한다. 그러니 고개를 젖히고 우러러보는 것은 하늘에 대고 기도를 하는 것이 아니라 물을 보지 않으려 함이다. 역시 그렇다. 목숨이 경각에 달렸는데 어느 겨를에 기도할 수 있으랴.

이토록 위험하다 보니 물소리도 미처 듣지 못하는 것이다. 다들 말하기를 요동벌은 넓고 평평하기 때문에 물소리가 요란하지 않다고 한다. 허나 이는 물소리를 모르는 말이다. 요동 땅 강물들이 물소리를 안 내는 것이 아니라 밤에 건너지 않았기 때문이다. 낮에는 눈으로 물을 볼 수 있으니 눈이 위험한 데에만 쏠려, 눈 달린 것을 걱정해야 할 판이다. 그러니 귀에 무엇이고 들릴 리가 있겠는가?

오늘 나는 밤중에 물을 건너는지라 눈으로는 위험을 볼 수 없다. 그러니 위험은 듣는 데만 쏠려, 귀가 무서워 부들부들 떨리니 걱정을 놓을 수 없다.

나는 오늘에야 이치를 알았다. 마음이 고요한 사람은 귀와 눈이 탈이 될 턱이 없으나, 귀와 눈만 믿는 사람은 보고 듣는 힘이 밝아져서 더욱 병이 되는 것이다. ─ 박지원, 〈일야구도하기〉

㉯ 다음 실험을 해보자. 두 사람이 책상을 바라보자. '나'는 책상의 바로 위를 내려다보며 서 있고 친구는 교실 저편에서 책상을 본다. 그리고 각자 자신이 본 것에 대해 정확하게 설명해 보자. 실제로 보고 지각한 대상만 묘사해야 한다.

두 사람의 시각적 경험에 차이가 있을 것이다. 아마 친구는 '나'보다 크기가 좀 더 작게 책상을 묘사할 것이다. 모양 역시 '나'는 사각형으로, 친구는 마름모로 볼 것이다. 친구가 책상을 바라본 거리와 각도가 '나'와 다르기 때문이다. 실험을 한 교실의 조명에 따라 색에 대해서도 다르게 묘사할 수 있다.

버트런드 러셀(Bertrand Russell, 1872~1970)은 저명한 수학자이자 철학자이다. 그는 《철학의 문제들》이라는 책에서 인간은 엄밀히 말해 물체의 색, 형태, 느낌 등 감각을 통해 얻은 정보만을 안다고 주장한다. 사물을 볼 때 우리는 그것을 직접 인식하는 것이 아니라 사물에 대한 자신의 경험을 인식한다는 뜻이다. 철학자들은 이러한 경험을 '감각 자료'라고 부른다. 어떤 정보든 '감각에 제공'되었다면 모두 감각 자료인 셈이다.

그러나 사람들은 같은 사물에 대해서도 서로 다른 감각 자료를 갖는다. 그래서 여러 사람의 감각 자료가 같은 사물을 가리키는지 분명치 않을 때도 있다. 결국 감각 자료가 다르면 모든 개인의 경험은 특별해지는 것일까? 내가 보고 있는 물체가 다른 사람에게도 같은 물체라는 사실을 어떻게 알 수 있을까? 우리는 그것이 같은 물체라는 사실을 추론할 수 있을 뿐, 지각하지는 못한다. 개인이 지각하는 대상은 그 사람에게만 해당할 뿐이기 때문이다. 즉 감각 자료는 한 사람에게만 의미가 있으며, 다른 사람의 감각 자료는 나의 감각 자료와 얼마든지 달라질 수 있는 것이다.

– 데이비드 A. 화이트, 《철학하는 십대가 세상을 바꾼다》

다 소리와 빛깔은 내 마음 밖에 있는 외물(外物)이다. 이는 언제나 귀와 눈에 탈이 되어 이렇게도 사람들이 똑바로 보고 듣는 힘을 잃도록 만든다. 더구나 사람이 한세상 살아가는 데 그 험하고 위태함이야 강물보다 더한지라, 보고 듣는 것이 번번이 병이 될 것이 아닌가?

내가 사는 연암골로 돌아가면 앞개울의 물소리를 다시 들으면서 이를 가늠해 보리라. 그리하여 제 몸가짐에 능란하며 스스로 총명한 체하는 자들에게 경계하련다.

– 박지원, 《일야구도하기》

1_ 제시문 (나)를 바탕으로 (가)의 글쓴이가 깨달은 감각과 인식의 관계를 파악해 봅시다.

....

....

....

....

2_ 제시문 (다)에서 글쓴이가 경계하는 태도는 무엇인지 살펴보고, 이를 극복하기 위해 어떤 태도를 가져야 할지 이야기해 봅시다.

....

....

....

....

나를 성장시키는 관계

'나'는 누구일까요? '나'를 성장시킨 사람들은 누구일까요? '나'를 만들어 가는 요인들에 대해 생각해 봅시다.

가 '나는 누구이며, 무엇을 하는 사람인가?' 인간은 누가 묻지 않아도 자신에게 끊임없이 이러한 질문을 던진다. 인간은 동물과 달리 사고를 하는 정신적 존재이며 그러한 사고를 통해 사회 속에서 끊임없이 자신의 의미를 찾고자 하는 존재이기 때문이다. 만약 인간이 스스로 이러한 질문에 대해 고민하지 않는다면 인생은 무질서해지고 의미를 갖지 못하게 될 것이다. 내가 어떤 사람이 될지, 이 세상에서 무엇을 해야 할지에 대한 지향점이 없다면 내게 주어진 삶은 아무 의미 없는 시간이 될 수 있다. 이와 같이 자아에 대한 질문은 인간이 보다 의미 있는 삶을 살 수 있도록 해 주기 때문에 중요하다. 나아가 인간은 이러한 질문에서 그치는 것이 아니라 그에 대한 답을 찾는 노력을 기울여야 한다. 자신이 어떤 존재인가라는 질문에 대한 해답이 바로 자아정체성이기 때문이다. (중략) 인간은 사회적 존재이므로, 자아정체성 형성에는 개인의 노력뿐 아니라 주변 사람들의 행동 양식과 가치관, 자연환경, 사회적 조건 등이 영향을 미친다. 이러한 요소들이 종합적으로 작용한 결과 한 인간의 자아가 형성되는데, 개인이 처한 환경이 같을 수 없듯이 자아정체성이 형성되는 양상은 사람에 따라 다르게 나타난다.

나 이불을 덮고 나니 너무 서러웠다. 누구에게 원망할 수도 없었고 불쌍한 아버지 얼굴을 생각하면 어찌할 수 없었지만, 거품처럼 사라진 구두는 쓸데없는 눈물을 나오게 하였다. 그때 방문을 열고 누가 들어왔다. 아버지였다. 아버지는 내 머리맡에 앉아서, 울고 있는 내 얼굴을 닦아 주며 "이게 철이 들어서, 철이 들어서……."라고 하면서 우셨다. 나에게는 불쌍한 아버지의 얼굴을 한 번 본 것이 성장의 매듭이 되었다.

나에게 가장 행복했던 순간들은 가족의 울타리 안에서 사는 뜨거운 인간다움의 발견에서 얻어진 것들이다.

— 박동규, 〈나와 아버지〉

다 망망대해를 헤매는 것처럼 힘든 인생의 항해는 신학기 잠시의 외로움을 극복하는 일 따위와는 비교도 할 수 없을 만큼 두려움 가득한 일이다. 삶은 고난투성이고 끝없는 인내를 요구하기만 하는데, 홀로 헤치는 파도는 높고 거칠기만 한 것이다.

바로 이때에 영혼을 함께 나눌 친구가 절실히 필요해진다. 인생이란 험난한 항해를 같이 겪고 있다는 동지애를 느낄 수 있는 친구, 혹은 내 삶의 따뜻한 동반자라는 느낌이 전해져 오는 친구와 같이 있는 시간에는 이 세상도 한번 살아 볼 만하다는 용기가 솟는다. 그런 친구와 돈독한 우정을 서로 교환하고 있는 이들이라면, 적어도 실패한 삶은 아니라고 단정할 수 있는 것이다.

— 양귀자, 〈사막을 같이 가는 벗〉

라 어머니께서는 조금도 저를 위하여 근심하지 마십시오. 지금 조선에는 우리 어머니 같으신 어머니가 몇천 분이요, 또 몇만 분이나 계시지 않습니까? 그리고 어머니께서도 이 땅의 이슬을 받고 자라나신 공로 많고 소중한 따님의 한 분이시고, 저는 어머니보다도 더 크신 어머니를 위하여 한 몸을 바치려는 영광스러운 이 땅의 사나이외다.

　　　　　　　　　　　　　　　　　　　　　　　　　　　　　－ 심훈, 〈옥중에서 어머니께 올리는 글월〉

1_ 제시문 (나)~(라)에서 각 관계가 글쓴이에게 미친 영향을 생각해 봅시다.

....

....

....

....

2_ '나'를 만드는 데 가장 큰 영향을 미친 세 사람을 생각해 보고, 어떤 영향을 받았는지 이야기해 봅시다.

....

....

....

....

수필써보기

■ 아래 내용을 주제로 수필을 써 봅시다.

┌─────────────────────────────────────┐
│ 　　'나'와 '나'를 만든 사람들 　　 │
└─────────────────────────────────────┘

사
물
예
찬

두번째

사물 예찬

낮은 논에도, 높은 밭에도, 산등성이 위에도
보리다.
푸른 보리다. 푸른 봄이다.

한흑구

수필가, 번역 문학가. 평양 출생(1909~1979). 1929년 미국으로 건너가 영문학과 신문학을 공부
하였다. 《태평양》, 《백광》의 창간을 주도하였으며 《어떤 젊은 예술가》, 《사형제》 등의 소설 집필과
번역 및 평론을 함께했다. 흥사단 사건에 연루되어 피검된 후 이를 계기로 글을 쓰지 않았다. 저서
로는 수필집 《동해 산문》과 《인생 산문》 등이 있다.

보리 | 한흑구

글쓴이는 한겨울의 억센 추위 속에서도 푸른 생명을 잃지 않는
보리의 끈질긴 생명력과 인내력을 시적인 표현과 격정적인 감정을 동원하여 찬미한다.
어떠한 시련과 고난이 닥치더라도 결실에의 희망을 잃지 않고 끈질긴 생명력으로 견딘다면
반드시 보람을 얻게 되리라는 인생의 교훈을 담고 있다.

1

보리.

너는 차가운 땅속에서 온 겨울을 자라 왔다.

이미 한 해도 저물어, 벼도 아무런 곡식도 남김없이 다 거두어들인 뒤에, 해
도 짧은 늦은 가을날, 농부는 밭을 갈고, 논을 잘 손질하여서, 너를 차디찬 땅
속에 깊이 묻어 놓았었다.

차가움에 응결된 흙덩이들을, 호미와 **고무래**로 낱낱이 부숴 가며, 농부는
너를 추위에 얼지 않도록 주의해서 굳고 차가운 땅속에 깊이 심어 놓았었다.

"씨도 제 키의 열 길이 넘도록 심어지면, **움**이 나오기 힘이 든다."

옛 늙은이의 가르침을 잊지 않으며, 농부는 너를 정성껏 땅속에 묻어 놓고,
이에 늦은 가을의 짧은 해도 서산을 넘은 지 오래고, 날개를 자주 저어 까마귀
들이 **깃**을 찾아간 지도 오랜, 어두운 들길을 걸어서, 농부는 희망의 봄을 머릿
속에 간직하며, 굳어진 허리도 잊으면서 집으로 돌아오곤 했다.

온갖 벌레들도, 부지런한 꿀벌들과 개미들도, 다 제 구멍 속으로 들어가고, 몇 마리의 산새들만이 나지막하게 울고 있던 무덤가에는, 온 여름 동안 키만 자랐던 억새풀 더미가 갈대꽃 같은 솜꽃만을 싸늘한 하늘에 날리고 있었다.

물도 흐르지 않고, 다 말라 버린 갯강변 밭둑 위에는 앙상한 가시덤불 밑에 늦게 핀 들국화들이 찬 서리를 맞고 고개를 숙이고 있었다.

논둑 위에 깔렸던 잔디들도 푸른빛을 잃어버리고, 그 맑고 높던 하늘도 검푸른 구름을 지니고 찌푸리고 있는데, 너, 보리만은 차가운 대기(大氣) 속에서도 솔잎과 같은 새파란 머리를 들고, 하늘을 향하여, 하늘을 향하여 솟아오르고만 있었다.

이제, 모든 화초는 **지심**(地心) 속에 따스함을 찾아서 다 잠자고 있을 때, 너, 보리만은 그 억센 팔들을 내뻗치고, 샛말간 얼굴로 생명의 보금자리를 깊이 뿌리박고 자라 왔다.

날이 갈수록 해는 빛을 잃고, 따스함을 잃었어도, 너는 꿈쩍도 아니하고, 그 푸른 얼굴을 잃지 않고 자라 왔다.

칼날같이 매서운 바람이 너의 등을 밀고, 얼음같이 차디찬 눈이 너의 온몸을 덮어 엎눌러도, 너는 너의 푸른 생명을 잃지 않았다.

지금, 어둡고 찬 눈 밑에서도, 너, 보리는 장미꽃 향내를 풍겨 오는 그윽한 유월의 훈풍(薰風)과, 노고지리 우짖는 새파란 하늘과, 산 밑을 훤히 비추어 주는 태양을 꿈꾸면서, 오로지 기다림과 희망 속에서 아무 말이 없이 참고 견디어 왔으며, 삼월의 맑은 하늘 아래서 아직도 쌀쌀한 바람에 자라고 있었다.

3

춥고 어두운 겨울이 오랜 것은 아니었다.

어느덧 남향 언덕 위에 누렇던 잔디가 파아란 속잎을 날리고, 들판마다 민들레가 웃음을 웃을 때면, 너, 보리는 논과 밭과 산등성이에까지, 이미 푸른 바다의 물결로써 온 누리를 뒤덮는다.

낮은 논에도, 높은 밭에도, 산등성이 위에도 보리다.

푸른 보리다. 푸른 봄이다.

아지랑이를 몰고 가는 봄바람과 함께 온 누리는 푸른 봄의 물결을 이고, 들에도, 언덕 위에도, 산등성이 위에도, 봄의 춤이 벌어진다.

푸르른 생명의 춤, 샛말간 봄의 춤이 흘러 넘친다.

이윽고 봄은 너의 얼굴에서, 또한 너의 춤 속에서 노래하고 또한 자라난다.

아침 이슬을 머금고, 너의 푸른 얼굴들이 새날과 함께 빛날 때에는, 노고지리들이 쌍쌍이 짝을 지어 너의 머리 위에서 봄의 노래를 자지러지게 불러 대고, 또한 너의 깊고 아늑한 품속에 깃을 들이고, 사랑의 보금자리를 틀어 놓는다.

4

어느덧 갯가에 서 있는 수양버들이 그의 그늘을 시내 속에 깊게 드리우고, 나비들과 꿀벌들이 들과 산 위를 넘나들고, 뜰 안에 장미들이 그 무르익은 향기를 솜같이 부드러운 바람에 풍겨 보낼 때면, 너, 보리는 고요히 머리를 숙이기 시작한다.

온 겨울의 어둠과 추위를 다 이겨 내고, 봄의 아지랑이와, 따뜻한 햇볕과 무르익은 장미의 그윽한 향기를 온몸에 지니면서, 너, 보리는 이제 모든 고초와 비명을 다 마친 듯이 고요히 머리를 숙이고, 성자인 양 기도를 드린다.

5

이마 위에는 땀방울을 흘리면서, 농부는 기쁜 얼굴로 너를 한 아름 덥석 안아서, 낫으로 스르릉스르릉 너를 거둔다.

너, 보리는 그 순박하고, 억세고, 참을성 많은 농부들과 함께 자라나고, 또한 농부들은 너를 심고, 너를 키우고, 너를 사랑하면서 살아간다.

6

보리, 너는 항상 순박하고, 억세고, 참을성 많은 농부들과 함께, 이 땅에서 영원히 사라지지 않을 것이다.

고무래 곡식을 그러모으고 펴거나, 밭의 흙을 고르거나 아궁이의 재를 긁어모으는 데에 쓰는 'ㄐ'자 모양의 기구.
움 풀이나 나무에 새로 돋아 나오는 싹.
깃 보금자리.
지심(地心) 지구의 중심.

생각해보기

① 이 글에서 가장 많이 사용한 비유법을 찾아보고, 그 효과를 이야기해 봅시다.

....

....

....

....

② 글 ❷에서 보리와 대조되고 있는 자연물의 모습을 찾아보고, 글쓴이가 강조하고 있는 보리의 덕목을 써 봅시다.

....

....

....

....

③ 글 ❸에서 주로 드러난 심상(이미지)을 살펴보고, 그 효과를 이야기해 봅시다.

....

....

....

....

4 글 ❹의 주된 내용을 한 문장의 비유적 표현으로 요약하고, 그 대상에 비유한 까닭을 이야기해 봅시다.

늦봄의 보리는 ....(이)다.

왜냐하면 ....
....
....
....
....

5 보리와 농민의 공통점을 생각해 보고, 보리에 대한 글쓴이의 태도를 정리해 봅시다.

• 보리와 농민의 공통점 : ....
....
....
....
....

• 보리에 대한 글쓴이의 태도 : ....
....
....
....
....

내가 만일 여자로 태어날 수 있다 하면
그믐달 같은 여자로 태어나고 싶다.

나도향

소설가. 서울 출생(1902~1926). 《백조》의 동인으로 참가한 것이 문단 진출의 계기가 되었다. 초기에는 〈젊은이의 시절〉과 같은 애상적이고 감상적인 작품을 주로 썼다. 이후에 〈17원 50전〉 등과 같은 작품에서 객관적인 문학 세계를 보여 주었으며, 〈물레방아〉, 〈벙어리 삼룡이〉 등의 단편을 통해 주관적 애상과 감상을 극복한 사실주의 경향을 내비쳤다.

그믐달 | 나도향

이 글은 그믐달을 예쁜 계집, 원부(怨婦), 쫓겨난 공주, 청상(靑孀) 등
여러 여성에 견주는 비유법이 두드러진다. 그믐달은 강하고 화려하기보다는 현실에서 버림받거나
실패한 사람의 이미지를 지니며, 따라서 글쓴이와 같이 한(恨)을
가진 사람들이 자신과 동일시하는 대상이 된다.

나는 그믐달을 몹시 사랑한다. 그믐달은 너무 요염하여 감히 손을 댈 수도
없고 말을 붙일 수도 없이 깜찍하게 어여쁜 계집 같은 달인 동시에 가슴이 저
리고 쓰리도록 가련한 달이다. 서산 위에 잠깐 나타났다 숨어 버리는 초승달
은 세상을 후려 삼키려는 **독부**(毒婦) 아니면 철모르는 처녀 같은 달이지마는
그믐달은 세상의 갖은 풍상을 다 겪고 나중에는 그 무슨 원한을 품고서 애처
롭게 쓰러지는 원부(怨婦)와 같이 애절하고 애절한 맛이 있다. 보름에 둥근달
은 모든 영화와 끝없는 숭배를 받는 여왕 같은 달이지마는 그믐달은 애인을
잃고 쫓겨남을 당한 공주와 같은 달이다.

초승달이나 보름달은 보는 이가 많지마는 그믐달은 보는 이가 적어 그만큼
외로운 달이다. **객창한등**에 정든 임 그리워 잠 못 들어 하는 이나 못 견디게
쓰린 가슴을 움켜잡은 무슨 한 있는 사람이 아니면 그 달을 보아 주는 이가 별
로 없을 것이다. 그는 고요한 꿈나라에서 평화롭게 잠든 세상을 저주하며 홀
로이 머리를 풀어뜨리고 우는 청상(靑孀)과 같은 달이다. 내 눈에는 초승달 빛
은 따뜻한 황금빛에 날카로운 쇳소리가 나는 듯하고 보름달을 쳐다보면 하얀
얼굴이 언제든지 웃는 듯하지마는 그믐달은 공중에서 번듯하는 날카로운 비

수와 같이 푸른빛이 있어 보인다. 내가 한 있는 사람이 되어서 그리한지는 모르지마는 내가 그 달을 많이 보고 또 보기를 원하지만 그 달은 한 있는 사람만 보아 주는 것이 아니라 늦게 돌아가는 술주정꾼과 노름하다 오줌 누러 나온 사람도 보고 어떤 때는 도적놈도 보는 것이다. 어떻든지 그믐달은 가장 정 있는 사람이 보는 중에 또는 가장 한 있는 사람이 보아 주고, 또 가장 무정한 사람이 보는 동시에 가장 무서운 사람들이 많이 보아 준다.

내가 만일 여자로 태어날 수 있다 하면 그믐달 같은 여자로 태어나고 싶다.

독부(毒婦) 성품이나 행동이 몹시 악독한 여자.
객창한등(客窓寒燈) 나그네가 머무는 방에 비치는 쓸쓸한 불빛.

생각해보기

1 글쓴이는 다양한 비유법을 사용하여 그믐달을 설명합니다. 이 글에서 그믐달을 나타낸 표현이 <u>아닌</u> 것을 <u>모두</u> 골라 봅시다.

① 감히 손을 댈 수도 없고 말을 붙일 수도 없게 깜찍하게 어여쁜 계집이면서도 가슴이 저리고 쓰리도록 가련한 존재

② 세상을 후려 삼키려는 독부(毒婦) 아니면 철모르는 처녀

③ 세상의 갖은 풍상을 다 겪고 애처롭게 쓰러지는 원부(怨婦)

④ 모든 영화와 끝없는 숭배를 받는 여왕

⑤ 애인을 잃고 쫓겨남을 당한 공주

⑥ 평화롭게 잠든 세상을 저주하며 홀로이 머리를 풀어뜨리고 우는 청상(靑孀)

2 그믐달을 보는 사람들은 주로 어떤 사람들인지 써 봅시다.

....

....

....

3 글쓴이가 그믐달을 가장 사랑하는 까닭을 참고하여, 다음 구절이 의미하는 바가 무엇인지 이야기해 봅시다.

> 내가 만일 여자로 태어날 수 있다 하면 그믐달 같은 여자로 태어나고 싶다.

....

....

....

....

아름다운 물, 기쁜 물, 고마운 물,
지자(智者) 노자(老子)는 일찍
상선약수(上善若水)라 하였다.

이태준

소설가. 강원도 철원 출생(1904~?). 호는 상허(尙虛). 1925년 〈시대일보〉에 〈오몽녀〉를 발표
하면서 등단했고, 구인회 회원으로 활동하기도 했다. 해방 직후 조선 문학가 동맹에 가담했다가
월북했다. 월북 후에는 북조선 문학예술 총동맹 부위원장 등을 지냈으나 얼마 후 숙청되었다. 〈달밤〉,
〈복덕방〉, 〈해방 전후〉 등의 단편 소설과 《황진이》, 《농토》 등의 장편 소설을 썼다.

물 | 이태준

이 글은 물의 덕성으로 크게 세 가지를 꼽는다. 첫째는 남의 더러움을 씻고 맑게 해주는 아름다움, 둘째는 고이면 고인 대로 흐르면 흐르는 대로 자연에 맡기는 삶이 주는 즐거움, 셋째는 그 안에 사는 생명을 기르고 땅을 기름지게 하는 성스러움이다.

나는 물을 보고 있다.

물은 아름답게 흘러간다.

흙 속에서 스며 나와 흙 위에 흐르는 물, 그러나 흙물이 아니요 정한 유리그릇에 담긴 듯 진공 같은 물, 그런 물이 풀잎을 스치며 조각돌에 잔물결을 일으키며 푸른 하늘 아래에 즐겁게 노래하며 흘러가고 있다.

물은 아름답다. 흐르는 모양, 흐르는 소리도 아름답거니와 생각하면, 이의 맑은 덕, 남의 더러움을 씻어는 줄지언정, 남을 더럽힐 줄 모르는 어진 덕이 이에게 있는 것이다. 이를 대할 때 얼마나 마음을 맑힐 수 있고 이를 사귈 때 얼마나 몸을 깨끗이 할 수 있는 것인가!

물은 보면 즐겁기도 하다. 이에겐 언제든지 커다란 즐거움이 있다. 여울을 만나 노래할 수 있는 것만 이의 즐거움은 아니다. 산과 산으로 가로막되 덤비는 일 없이 고요한 그대로 고이고 고이어 나중 날 넘쳐 흘러가는 그 유유무언(悠悠無言)의 낙관(樂觀), 얼마나 큰 즐거움인가! 독에 퍼 넣으면 독 속에서, 땅속 좁은 철관에 몰아넣으면 몰아넣는 그대로 능인자안(能忍自安)한다.

　물은 성(聖)스럽다. 무심히 흐르되 **어별**(魚鼈)이 이의 품에 살고 논, 밭, 과수원이 이 무상한 이로 인해 윤택하다.

　물의 덕을 힘입지 않는 생물이 무엇인가!

　아름다운 물, 기쁜 물, 고마운 물, 지자(智者) 노자(老子)는 일찍 상선약수(上善若水)라 하였다.

어별(魚鼈) 물고기와 자라. 또는 바다 동물들을 통틀어 이르는 말.

생각해보기

1 다음 한자어의 뜻을 찾아 써 봅시다.

(1) 유유무언(悠悠無言) :

(2) 능인자안(能忍自安) :

(3) 상선약수(上善若水) :

2 다음 구절에서 글쓴이가 말하는 물의 덕이 무엇인지 써 봅시다.

(1) 물은 아름답다. 흐르는 모양, 흐르는 소리도 아름답거니와 생각하면, 이의 맑은 덕, 남의 더러움을 씻어는 줄지언정, 남을 더럽힐 줄 모르는 어진 덕이 이에게 있는 것이다.

(2) 산과 산으로 가로막되 덤비는 일 없이 고요한 그대로 고이고 고이어 나중 날 넘쳐 흘러가는 그 유유무언 (悠悠無言)의 낙관(樂觀), 얼마나 큰 즐거움인가!

(3) 물은 성(聖)스럽다. 무심히 흐르되 어별(魚鼈)이 이의 품에 살고 논, 밭, 과수원이 이 무상한 이로 인해 윤택 하다. 물의 덕을 힘입지 않는 생물이 무엇인가!

사물 예찬   75

"별 하나, 나 하나,
별 둘, 나 둘, 별 셋, 나 셋."

김동인

소설가. 평양 출생(1900~1951). 《창조》에 〈약한 자의 슬픔〉을 발표하며 등단했다. 사업 실패로 경제적 어려움을 겪었으나 다수의 역사 소설과 사담 집필을 하며 생활고를 해결했다. 최초의 문예 동인지 《창조》와 《영대》를 창간했으며, 현진건과 더불어 근대 단편 소설을 완성한 작가로 평가받고 있다. 주요 작품으로는 〈배따라기〉, 〈감자〉 등의 단편 소설과 《운현궁의 봄》 등의 장편 소설이 있다.

별 | 김동인

이 글은 별에 대한 상념들을 사색적으로 기록하고 있는 수필로
현실적인 이유로 별을 바라보지 않게 된 '나'의 삶에 대한 반성을 담고 있다.
별이라는 소재를 통해 순수한 자연의 모습과 세속적인 자신의 모습을 대조적으로 그려 내면서
다시 별을 바라보고 싶은 바람을 드러낸다.

무슨 글자를 보느라고 옥편을 뒤지다가 별 성(星) 자를 보았다. 성 자를 보고 생각하는 동안 문득 별에 대한 정다움이 마음속에 일어났다. 별을 못 본 지 얼마나 오래인지 별의 빛깔조차 기억에 희미하다. 보려면 오늘 저녁이라도 뜰에 나가서 하늘을 우러러보면 있을 것이건만.

밤길을 다니는 일이 적은 나요. 그 위에 밤길을 다닌다 해도 위를 우러러보는 일이 적은 데다가 고층 **거루**가 즐비하고 전등불이 휘황한 도회지에 사는 탓으로 참 별을 우러러본 기억이 **요연**(窈然)**하다**. 물론, 그 사이에도 무의식적으로 별을 본 일이 있기는 있을 것이다. 그러나 '별을 본다'는 의식을 가지지 않고 보았겠는지라 별을 의식한 기억은 까맣다.

"별 하나, 나 하나, 별 둘, 나 둘, 별 셋, 나 셋."

여름날 뜰에 모여서 목청을 돋우며 세어 나가던 그 시절의 별이나 지금의 별이나 변함은 없을 것이며, 그 뒤 중학 시대에 음울한 소년이 탄식으로 우러러보던 그 시절의 별이나 지금의 별이나 역시 변함이 없을 것이며, 또는 그 뒤 장성하여 시적(詩的) 흥취에 넘친 청년이 **마상이**를 대동강에 띄워 놓고 거기 누워서 물결 소리를 들으면서 탄미하던 그 별과 지금의 별이 변함이 없으련

만. 그리고 그 시절에는 날이 흐려서 하루 이틀만 별이 안 보이더라도 마음이 **조조(躁躁)하여** 마치 사랑을 따르는 처녀와 같이 안타까워했거늘 지금 이렇듯 별의 빛깔조차 잊어버리도록 오래 별을 보지 않고도 그다지 부족함을 느끼지 않고 살아 나가는 이 심경은 어찌 된 셈일까.

세상만사에 대하여 이젠 흥분과 감동을 잊었나. 혹은 별을 보고 싶은 감정이 생기지 못하도록 현대인의 감정이란 빽빽하고 기계적인 것인가. 지금도 별을 우러러보면 옛날의 그 시절과 같이 괴롭고도 즐거운 감동에 잠길 수가 있을까. 그렇지 않으면 전등만큼 밝지 못한 것이라고 경멸해 버릴 만큼 마음이 변했을까.

지금 생각으로는 오늘 저녁에는 꼭 다시 별을 우러러보려 한다. 그러나 저녁이 되어도 그냥 이 마음이 그대로 있을지부터가 의문이다. 날이 춥다는 핑계가 있고 바쁜 원고가 많다는 핑계가 있고 그 위에 오늘이 음력 팔 일이니 그믐 별이 아니고야 무슨 흥취가 있겠느냐는 핑계도 있고 하니 어찌 될는지 의문이다.

보면 새고 안 보면 문득 솟아오르던 별. 저 별은 장가를 가지 않는가 하고 긴 밤을 지키고 있던 별. 내 별 네 별 하여 동생과 그 **광휘**를 경쟁하던 별. 생각하면 생각할수록 언제 다시 잠 못 자는 한밤을 별을 우러러보며 새우고 싶다.

그러나 현 시대의 생활과 감정이 너무 복잡다단함을 어찌하랴. 별을 쌀알로 보고 싶을 터이며 달을 금덩이로 보고 싶을 테니까 이런 감정으로는 본다 한들 아무 감흥도 없을 것이다.

거루 건물.
요연하다(窈然—) 아득하다.
마상이 돛이 없이 노를 저어 운행하는 작은 배.
조조하다(躁躁—) 성질 따위가 몹시 급하다.
광휘(光輝) 환하고 아름답게 눈이 부심. 또는 그 빛.

생각해보기

1 이 글의 글쓴이에 대한 설명으로 적절하지 <u>않은</u> 것을 골라 봅시다.

① 글쓴이는 밤길을 자주 다니지 않는 편이다.
② 글쓴이는 의식을 가지고 별을 본 적이 없다.
③ 글쓴이는 여유 있는 삶으로 돌아가고 싶어 한다.
④ 글쓴이는 현대인들의 태도에 대한 비판적 시각을 가지고 있다.
⑤ 글쓴이는 옥편을 뒤지다가 별 성(星)자를 보고 이 글을 쓰게 되었다.

2 글쓴이에게 '별을 본다'는 행위가 지닌 의미로 가장 적절한 것을 골라 봅시다.

① 현재 삶의 성찰의 계기이자 시련과 역경의 의지를 나타내는 행위이다.
② 자연에 대한 동경의 행위이자 전원으로의 회귀를 희망하는 행위이다.
③ 과거를 회상하는 계기이자 자신의 삶을 긍정하는 행위이다.
④ 순수함을 추구하는 행위이자 자신의 감정을 스스로 돌아보는 행위이다.
⑤ 정신적 가치를 희구하는 행위이자 예술 창작의 열정을 나타내는 행위이다.

3 다음 제시문에 나타난 '별'과 '나'의 모습을 비교해 보고, 별에 대한 글쓴이의 태도를 정리해 봅시다.

> 여름날 뜰에 모여서 목청을 돋우며 세어 나가던 그 시절의 별이나 지금의 별이나 변함은 없을 것이며, 그 뒤 중학 시대에 음울한 소년이 탄식으로 우러러보던 그 시절의 별이나 지금의 별이나 역시 변함이 없을 것이며, 또는 그 뒤 장성하여 시적(詩的) 흥취에 넘친 청년이 마상이를 대동강에 띄워 놓고 거기 누워서 물결 소리를 들으면서 탄미하던 그 별과 지금의 별이 변함이 없으련만. (중략)
> 세상만사에 대하여 이젠 흥분과 감동을 잊었다. 혹은 별을 보고 싶은 감정이 생기지 못하도록 현대인의 감정이란 빡빡하고 기계적인 것인가. 지금도 별을 우러러보면 옛날의 그 시절과 같이 괴롭고도 즐거운 감동에 잠길 수가 있을까. 그렇지 않으면 전등만큼 밝지 못한 것이라고 경멸해 버릴 만큼 마음이 변했을까.

....

....

....

나무는 훌륭한 견인주의자(堅忍主義者)요,
고독의 철인(哲人)이요,
안분지족(安分知足)의 현인이다.

이양하

수필가, 영문학자. 평안남도 출생(1904~1963). 연희전문학교, 경성대학교, 서울대학교 교수를
역임하고 미국 하버드 대학교에서 영문학을 연구하였다. 1953년 미국에서 현지 교수와 함께 《한미
사전》을 편찬하였으며, 피천득 등과 함께 베이컨의 작품 등 정통 유럽풍의 수필을 도입하고 본격적
으로 작품을 발표하였다. 〈봄을 기다리는 마음〉, 〈신록예찬〉 등을 수록한 《이양하 수필집》 외에 여
러 권의 수필집을 펴냈다.

나무 | 이양하

이 글은 나무를 의인화하여 성자나 철학자와 같은 나무의 삶을 칭송하고
나무를 닮은 삶을 살고자 하는 글쓴이의 의지를 드러내는 작품이다.
자연물인 나무를 인격체에 비유하여,
나무처럼 타고난 천성을 묵묵히 받아들이는 삶을 살고자 하는 철학과 의지가 담겨 있다.

나무는 덕을 지녔다. 나무는 주어진 분수에 만족할 줄을 안다. 나무로 태어난 것을 탓하지 아니하고, 왜 여기에 놓이고 저기 놓이지 않았는가를 말하지 아니한다. 등성이에 서면 햇살이 따사로울까, 골짜기에 내려서면 물이 좋을까 하여, 새로운 자리를 엿보는 일도 없다. 물과 흙과 태양의 아들로 물과 흙과 태양이 주는 대로 받고, **후박**(厚薄)과 불만족을 말하지 아니한다. 이웃 친구의 처지에 눈떠 보는 일도 없다. 소나무는 진달래를 내려다보되 깔보는 일이 없고, 진달래는 소나무를 우러러보되 부러워하는 일이 없다. 소나무는 소나무대로 스스로 족하고, 진달래는 진달래대로 스스로 족하다.

나무는 고독하다. 나무는 모든 고독을 안다. 안개에 잠긴 아침의 고독을 알고, 구름에 덮인 저녁의 고독을 안다. 부슬비 내리는 가을 저녁의 고독도 알고, 함박눈 펄펄 날리는 겨울 아침의 고독도 안다. 나무는 파리 옴짝 않는 한여름 대낮의 고독도 알고, 별 얼고 돌 우는 동짓달 한밤의 고독도 안다. 그러나 나무는 어디까지든지 고독에 견디고 고독을 이기고 또 고독을 즐긴다.

나무에 아주 친구가 없는 것은 아니다. 달이 있고, 바람이 있고, 새가 있다. 달은 때를 어기지 아니하고 찾고, 고독한 여름밤을 같이 지내고 가는 의리 있

고 다정한 친구다. 웃을 뿐 말이 없으나, 이심전심 의사가 잘 소통되고 아주 비위(脾胃)에 맞는 친구다. 바람은 달과 달라 아주 변덕 많고 수다스럽고 믿지 못할 친구다. 그야말로 바람잡이 친구다. 자기 마음 내키는 때 찾아올 뿐 아니라, 어떤 때는 쏘삭쏘삭 알랑대고, 어떤 때는 난데없이 휘갈기고, 또 어떤 때는 공연히 뒤틀려 우악스럽게 남의 팔다리에 생채기를 내 놓고 달아난다. 새역시 바람같이 믿지 못할 친구다. 역시 자기 마음 내키는 때 찾아오고, 자기 마음 내키는 때 달아난다. 그러나 가다 믿고 와 둥지를 틀고, 지쳤을 때 찾아와 쉬며 푸념하는 것이 귀엽다. 그리고 가다 흥겨워 노래할 때 노래 들을 수 있는 것이 또한 기쁨이 되지 아니할 수 없다.

　나무는 이 모든 것을 잘 가릴 줄 안다. 그러나 좋은 친구라 하여 달만을 반기고, 믿지 못할 친구라 하여 새와 바람을 물리치는 일도 없다. 그리고 달을 유달리 후대(厚待)하고 새와 바람을 박대(薄待)하는 일도 없다. 달은 달대로, 새는 새대로, 바람은 바람대로 다 같이 친구로 대한다. 그리고 친구가 오면 다행으로 생각하고, 오지 않는다고 하여 불행해하는 법이 없다. 같은 나무, 이웃 나무가 가장 좋은 친구가 되는 것은 두말할 것이 없다. 나무는 서로 속속들이 이해하고 진심으로 동정하고 공감한다. 서로 마주 보기만 해도 기쁘고, 일생을 이웃하고 살아도 싫증 나지 않는 참다운 친구다. 그러나 나무는 친구끼리 서로 즐긴다느니보다는 제각기 하늘이 준 힘을 다하여 널리 가지를 펴고, 아름다운 꽃을 피우고, 열매를 맺는 데 더 힘을 쓴다. 그리고 하늘을 우러러 감사하고 찬송하고 묵도(默禱)하는 것으로 일삼는다. 그러기에 나무는 언제나 하늘을 향하여 손을 쳐들고 있다. 그리고 온갖 나뭇잎이 우거진 숲을 찾는 사람이 거룩한 전당에 들어선 것처럼 엄숙하고 경건한 마음으로 자연 옷깃을 여미고 우렁찬 찬가에 귀를 기울이게 되는 이유도 여기 있다.

　나무에 하나 더 원하는 것이 있다면, 그것은 천명(天命)을 다한 뒤에 하늘 뜻대로 다시 흙과 물로 돌아가는 것이다. 그러나 사람은 가다 장난삼아 칼로 제 이름을 새겨보고, 흔히는 자기 쓸 곳 닿는 대로 가지를 쳐 가고, 송두리째 베어 가곤 한다. 나무는 그래도 원망하지 않는다. 새긴 이름은 도리어 그들의 원대로 키워지고, 베어 간 재목이 혹 자기를 해칠 도낏자루가 되고 톱 손잡이가 된다 하더라도 이렇다 하는 법이 없다. 나무는 훌륭한 **견인주의자**(堅忍主義者)요, 고독의 **철인**(哲人)이요, 안분지족(安分知足)의 현인이다. 불교의 소위 윤회설이 참말이라면 나는 죽어서 나무가 되고 싶다.

'무슨 나무가 될까?' 이미 나무를 뜻하였으니 진달래가 될까, 소나무가 될까는 가리지 않으련다.

후박(厚薄) 많고 넉넉함과 적고 모자람.
후대(厚待) 아주 잘 대접함. 또는 그런 대접.
묵도(默禱) 눈을 감고 말없이 마음속으로 빎. 또는 그런 기도.
견인주의자(堅忍主義者) 욕망이나 욕심을 의지의 힘으로 굳게 참고 견디어 억제하려는 태도를 지닌 사람.
철인(哲人) 어질고 밝은 사람. 또는 철학가.

생각해보기

1 이 글에 나타난 글쓴이의 깨달음의 과정을 다음과 같이 정리했을 때, 그 내용으로 적절하지 <u>않은</u> 것을 골라 봅시다.

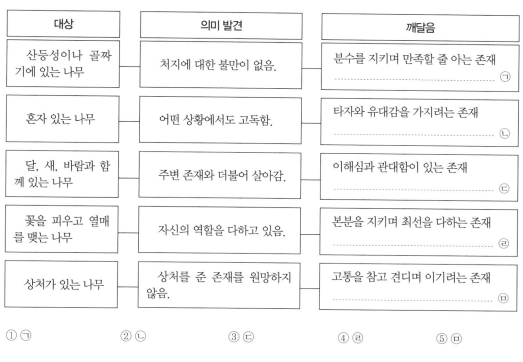

대상	의미 발견	깨달음
산등성이나 골짜기에 있는 나무	처지에 대한 불만이 없음.	분수를 지키며 만족할 줄 아는 존재 ···········○ ㉠
혼자 있는 나무	어떤 상황에서도 고독함.	타자와 유대감을 가지려는 존재 ···········○ ㉡
달, 새, 바람과 함께 있는 나무	주변 존재와 더불어 살아감.	이해심과 관대함이 있는 존재 ···········○ ㉢
꽃을 피우고 열매를 맺는 나무	자신의 역할을 다하고 있음.	본분을 지키며 최선을 다하는 존재 ···········○ ㉣
상처가 있는 나무	상처를 준 존재를 원망하지 않음.	고통을 참고 견디며 이기려는 존재 ···········○ ㉤

① ㉠   ② ㉡   ③ ㉢   ④ ㉣   ⑤ ㉤

2 이 글에서 두드러지게 나타나는 표현 기법을 정리해 봅시다.

(1) 이 글에서 나무를 인간에 빗대어 표현한 부분을 찾아 써 봅시다.

....

....

(2) 이 글에 쓰인 다른 표현 기법을 더 찾아보고, 이러한 기법을 통해 얻을 수 있는 효과를 이야기해 봅시다.

....

....

....

확장해보기

01 한걸음 ▶

문학의 아름다움 - 빗대어 말하다

창조적 비유는 작가가 표현하고자 하는 바를 효과적으로 전달하고 문학적 아름다움을 풍부하게 표현합니다. 작품에 드러난 비유적 표현을 감상해 봅시다.

가 시는 비유적 언어로 표현된다. 비유적 표현은 일상적인 언어생활에서도 널리 사용되지만, 이러한 비유가 모두 시적인 표현이 되는 것은 아니다. 시인의 개인적인 체험과 상상이 언어적 직관에 의해 새롭게 결합될 때, 창조적인 비유가 가능해지는 것이다. (중략) 비유적 표현은 시에서 구체적 이미지를 나타내기 위하여 사용된다. 그러므로 비유 자체가 온당하면서도 새롭고 신선한 느낌을 주어야 한다. '태양처럼 빛나는'이라든지, '꽃처럼 아름다운'과 같은 직유는 너무 흔한 것이기 때문에, 새로운 느낌을 주지 못한다. 은유는 그 표현이 암시적이므로, 숨어 있는 이 비유적 표현이 생명력 있는 시적 언어가 되기 위해서는 의미의 함축성과 이미지의 구체성을 동시에 살릴 수 있어야 한다. (중략) 시에서 많이 활용되는 활유 또는 의인화의 방법은 은유적 표현의 변형에 해당한다. '나즈막히 속삭이는 비'라든지 '푸른 들녘을 달려오는 바람'과 같이 무생물을 살아 있는 것으로 그리거나, 자연물을 인간화하여 그 움직임과 성질을 구체화하여 보여 주는 방법이다. 이러한 표현에서는 대상의 본질과 그 특성에 대한 치밀한 관찰이 요구된다.

― 권영민, 《문학의 이해》

나 어느덧 갯가에 서 있는 수양버들이 그의 그늘을 시내 속에 깊게 드리우고, 나비들과 꿀벌들이 들과 산 위를 넘나들고, 뜰 안에 장미들이 그 무르익은 향기를 솜같이 부드러운 바람에 풍겨 보낼 때면, 너, 보리는 고요히 머리를 숙이기 시작한다.

온 겨울의 어둠과 추위를 다 이겨 내고, 봄의 아지랑이와, 따뜻한 햇볕과 무르익은 장미의 그윽한 향기를 온몸에 지니면서, 너, 보리는 이제 모든 고초와 비명을 다 마친 듯이 고요히 머리를 숙이고, 성자인 양 기도를 드린다.

― 한흑구, 〈보리〉

다 그러나 나무는 친구끼리 서로 즐긴다느니보다는 제각기 하늘이 준 힘을 다하여 널리 가지를 펴고, 아름다운 꽃을 피우고, 열매를 맺는 데 더 힘을 쓴다. 그리고 하늘을 우러러 감사하고 찬송하고 묵도(默禱)하는 것으로 일삼는다. 그러기에 나무는 언제나 하늘을 향하여 손을 쳐들고 있다. 그리고 온갖 나뭇잎이 우거진 숲을 찾는 사람이 거룩한 전당에 들어선 것처럼 엄숙하고 경건한 마음으로 자연 옷깃을 여미고 우렁찬 찬가에 귀를 기울이게 되는 이유도 여기 있다. (중략)

나무는 훌륭한 견인주의자(堅忍主義者)요, 고독의 철인(哲人)이요, 안분지족(安分知足)의 현인이다.

― 이양하, 〈나무〉

라 나는 그믐달을 몹시 사랑한다. 그믐달은 너무 요염하여 감히 손을 댈 수도 없고 말을 붙일 수도 없이 깜찍하게 어여쁜 계집 같은 달인 동시에 가슴이 저리고 쓰리도록 가련한 달이다. 서산 위에 잠깐 나타났다 숨어 버리는 초승달은 세상을 후려 삼키려는 독부(毒婦) 아니면 철모르는 처녀 같은 달이지마는 그믐달은 세상의 갖은 풍상을 다 겪고 나중에는 그 무슨 원한을 품고서 애처롭게 쓰러지는 원부(怨婦)와 같이 애절하고 애절한 맛이 있다. 보름에 둥근달은 모든 영화와 끝없는 숭배를 받는 여왕 같은 달이지마는 그믐달은 애인을 잃고 쫓겨남을 당한 공주와 같은 달이다.

– 나도향, 〈그믐달〉

1_ 제시문 (나)~(라)에 쓰인 의인화의 효과를 이야기해 봅시다.

2_ 제시문 (다)와 (라)에 나타나는 비유적 표현의 원관념과 보조관념을 찾고, 제시문 (가)를 바탕으로 이 표현을 평가해 봅시다.

	원관념	보조관념	평가
(다) 은유			
(라) 직유			

3_ 문제 1, 2에 나타난 문학적 표현을 잘 활용하고 이해하기 위해 필요한 자세는 무엇인지 생각해 봅시다.

'물'에서 인생을 배우다

동양 철학에서 '물'을 바라보던 관점을 살펴보고, 선조들이 이를 어떻게 받아들였는지 생각해 봅시다.

가 물은 아름답다. 흐르는 모양, 흐르는 소리도 아름답거니와 생각하면, 이의 맑은 덕, 남의 더러움을 씻어는 줄지언정, 남을 더럽힐 줄 모르는 어진 덕이 이에게 있는 것이다. 이를 대할 때 얼마나 마음을 맑힐 수 있고 이를 사귈 때 얼마나 몸을 깨끗이 할 수 있는 것인가!

물은 보면 즐겁기도 하다. 이에겐 언제든지 커다란 즐거움이 있다. 여울을 만나 노래할 수 있는 것만 이의 즐거움은 아니다. 산과 산으로 가로막되 덤비는 일 없이 고요한 그대로 고이고 고이어 나중 날 넘쳐 흘러가는 그 유유무언(悠悠無言)의 낙관(樂觀), 얼마나 큰 즐거움인가! 독에 퍼 넣으면 독 속에서, 땅속 좁은 철관에 몰아넣으면 몰아넣는 그대로 능인자안(能忍自安)한다.

물은 성(聖)스럽다. 무심히 흐르되 어별(魚鼈)이 이의 품에 살고 논, 밭, 과수원이 이 무상한 이로 인해 윤택하다.

물의 덕을 힘입지 않는 생물이 무엇인가!

아름다운 물, 기쁜 물, 고마운 물, 지자(智者) 노자(老子)는 일찍 상선약수(上善若水)라 하였다.

— 이태준, 〈물〉

나 知者樂水仁者樂山
　지　자　요　수　인　자　요　산
　知者動仁者靜知者樂仁者壽
　지　자　동　인　자　정　지　자　락　인　자　수

지혜로운 자는 물을 좋아하고 어진 자는 산을 좋아한다.
지혜로운 자는 움직이고 어진 자는 조용하며 지혜로운 자는 즐겁게 살고 어진 자는 오래 산다.

— 《논어(論語)》, 〈옹야(雍也)〉

다 강희안(姜希顔, 1417~1464)은 조선의 명신(名臣)이며 서예가, 화가, 시인이다. 1441년 급제하여 집현전 직제학 등을 지냈으며, 그림과 글씨에 능했다. 세종이 옥새의 글씨를 맡길 정도로 당시에 그를 따를 만한 사람은 없었다. 세조 때에는 사육신 사건에 휘말려 혹독한 고문을 당하기도 하였으나, 성삼문이 그의 뛰어난 재능을 아낀 나머지 변호해 주어 목숨만은 건졌다.

만년에는 시, 글씨, 그림으로 소일하였으나 스스로를 천하다 하여 타인의 부탁에 응하지 않았고 필적을 남기기도 꺼렸다. 그는 집현전에서 신숙주, 성삼문, 정인지 등과 함께 훈민정음에 대한 해석을 붙이는 일에 직접 참여하였으며 《용비어천가》의 주석을 붙이는 일에도 참여하였다. 대표작으로 〈고사관수도〉가 있으며, 저서로 《청천양화소록》이 있다.

1_ 제시문 (가)와 (나)에서 공통으로 예찬하고 있는 대상의 덕목을 생각해 봅시다.

2_ 제시문 (다)를 참고하여, 다음 그림 속 선비의 마음을 상상해 봅시다.

| 강희안, 〈고사관수도(高士觀水圖)〉
고결한 선비가 물을 바라보는 그림이다.

 세걸음 ▶▶▶

자연과 인간

인간과 자연은 어떤 관계일까요? 동양적 자연관을 바탕으로 자연에서 우리가 얻을 수 있는 깨달음을 생각해 봅시다.

가 《대학(大學)》에서는 올바른 삶을 위한 진정한 지식을 얻는 방법으로 '격물(格物)'과 '치지(致知)'를 내세운다. 격물은 '사물에 나아가 사물의 이치를 파악한다'는 의미이고, 치지는 '격물을 통해 지식이 지극해진다'는 뜻이다. 인간을 포함한 세계의 모든 사물은 하늘의 명령을 품고 있다. 격물은 다른 사물에 깃든 하늘의 이치를 파악함으로써 인간 본성을 알아 가는 과정이다. 나의 본래 모습은 외부의 원인 때문에 훼손된 상태이므로 우선은 본연의 모습이 온전히 보전되어 있는 다른 사물에 비추어 본성을 깨닫는 것이다. 사물마다 나타나는 현상은 다르지만 사물에 내재된 이치는 하나이다. 그 공통된 이치를 인식하기 위해 사물 하나하나에 접근하는 과정을 격물이라고 할 수 있다. 그리고 치지는 그러한 지식들을 통해 세상이 돌아가는 이치를 깨닫고 한층 성숙한 판단력을 갖추는 것이다.

나 한 송이의 국화꽃을 피우기 위해 / 봄부터 소쩍새는 / 그렇게 울었나 보다

　한 송이의 국화꽃을 피우기 위해 / 천둥은 먹구름 속에서 / 또 그렇게 울었나 보다

　그립고 아쉬움에 가슴 조이던 / 머언 먼 젊음의 뒤안길에서 / 이제는 돌아와 거울 앞에 선
내 누님같이 생긴 꽃이여

　노오란 네 꽃잎이 피려고 / 간밤엔 무서리가 저리 내리고 / 내게는 잠도 오지 않았나 보다

　서정주의 〈국화 옆에서〉는 많은 관계 속에서 국화꽃 한 송이가 피는 것처럼, 세상의 모든 사물들이 서로 촘촘한 관계를 맺고 있으며 이러한 관계에 의해 세상이 돌아간다는 불교의 연기(緣起)에 바탕을 둔 세계관을 담고 있다. 불교에서는 연기설에 따라 하찮은 미물 하나도 함부로 죽여서는 안 된다고 가르친다. 세계를 하나의 큰 유기체와 같다고 보는 유기체적 세계관은 동양의 전통 사상에서 인간과 자연과의 관계를 바라보던 중심 관점이다. 유기체적 세계관에 따르면 인간은 자연과 분리된 존재가 아니라 자연의 일부이고, 바람직한 인간의 삶은 자연의 법칙에 맞추어 순리대로 사는 것이다. 따라서 전통적으로 동양에서는 자연을 인간이 정복해야 할 대상이 아니라 공존해야 할 대상으로 보았다. 자연적으로 주어진 상황 때문에 사람이 조금 불편하더라도, 그것을 일부러 고치기보다는 순응하고 적응하는 편이 바람직하다고 생각했다. 한 예로 동양의 전통 건축물을 보면 서양의 건축물들에 비해 주변 환경을 인위적으로 변형시키는 일이 적고 풍광과 자연스럽게 조화를 이루도록 지어졌다는 것을 알 수 있다.

다 나무는 주어진 분수에 만족할 줄을 안다. 나무로 태어난 것을 탓하지 아니하고, 왜 여기에 놓이고 저기 놓이지 않았는가를 말하지 아니한다. 등성이에 서면 햇살이 따사로울까, 골짜기에 내려서면 물이 좋을까 하여, 새로운 자리를 엿보는 일도 없다. 물과 흙과 태양의 아들로 물과 흙과 태양이 주는 대로 받고, 후박(厚薄)과 불만족을 말하지 아니한다. 이웃 친구의 처지에 눈떠 보는 일도 없다. 소나무는 진달래를 내려다보되 깔보는 일이 없고, 진달래는 소나무를 우러러보되 부러워하는 일이 없다. 소나무는 소나무대로 스스로 족하고, 진달래는 진달래대로 스스로 족하다. (중략)

나무는 훌륭한 견인주의자(堅忍主義者)요, 고독의 철인(哲人)이요, 안분지족(安分知足)의 현인이다. 불교의 소위 윤회설이 참말이라면 나는 죽어서 나무가 되고 싶다. '무슨 나무가 될까?' 이미 나무를 뜻하였으니 진달래가 될까, 소나무가 될까는 가리지 않으련다.

— 이양하, 〈나무〉

1_ 제시문 (가)와 (나)에 나타난 공통적인 태도는 무엇인지 이야기해 봅시다.

....

....

....

2_ 다음 빈칸을 채우고, 그 까닭을 이야기해 봅시다.

> 불교의 소위 윤회설이 참말이라면 나는 죽어서 (   )이/가 되고 싶다.

....

....

....

수필 써보기

■ 주변의 자연물을 골라 그 대상에서 인간이 배울 만한 덕이 무엇인지 생각해 보고, 이를 주제로 수필을 써 봅시다.

기행

세번째

기행

땅이 끝나는 곳에서
비로소 시작되는 이승의 시간들,
꿈들, 사랑들…….

곽재구

시인. 전남 광주 출생(1954~). 전남대학교 국어국문학과를 졸업했다. 1981년 중앙일보 신춘문예에 시가 당선되어 작품 활동을 시작했다. 시집으로 《사평역에서》, 《전장포 아리랑》, 《서울 세노야》, 《참 맑은 물살》, 《와온 바다》 등이 있고, 기행 산문집으로는 《내가 사랑한 사람 내가 사랑한 세상》, 《곽재구의 포구 기행》 등이 있다.

땅끝에서 바다로 이어지는 **신비의 바닷길**
_ 참으로 깊고 맑은 예술혼의 길 | 곽재구

이 글은 해남 지역을 여행한 글쓴이의 경험을 바탕으로 하는 수필이다.
글쓴이는 다만 자신의 여행 경험을 사실적으로 묘사하는 것에 그치지 않고,
그 여로에서 과거 선조들의 삶을 떠올리고 이에 대한 경의를 표한다.
이를 통해 여행지에 대한 감상뿐만 아니라 선조의 예술혼을 환기시키는 작품이다.

　　광주에서 나주를 거쳐 완도로 가는 13번 국도는 해남군의 옥천면에서 또
하나의 길과 만난다. 18번 국도, 나라 안의 많은 길들 중에서 나는 이 길을 유
독 사랑한다. 길 위에서 길을 꿈꾸는 나그네가 자신이 걷고 있는 길의 거칠고
부드러움을 구분 짓고 탓한다면 이미 나그네로서의 격을 잃었을 터이지만,
이 길 위에 서면 내 마음은 여름날 강변 미루나무 잎새들처럼 싱싱해지고 잘
삭은 토하젓에 버무린 비빔밥 한 그릇처럼 따뜻해진다.

　　내가 이 길을 좋아하는 이유는 이 길이 지닌 맑은 영혼 때문이다. 이 길은
지리산의 화엄사에서 시작된다. 나라 안의 가장 **웅숭깊은** 땅의 기운을 안고,
길은 곧장 구례의 섬진강 변을 따라 흐르다 이윽고 보성강과 탐진강을 따라
차례로 흐르게 된다. 그윽하고 수려한 필치로 그려진 **남종 문인화**와 같은 남
도의 세 강변을 그대로 답파하는 것이다. 그 강변에 모여 사는 사람들의 꿈과
사랑과 한숨 같은 것들……. 길은 해남에서 곧장 진도로 이어진다. 예부터 보
배의 섬으로 불린 진도는 평범한 사람들이 삶 속에서 이루어 낸 생활 예술의
지극한 경지를 이룬다. 진도 소리의 본향으로 길은 **육자배기** 한 자락처럼 선
선히 풀어지는 것이다. 그러니 어찌 이 길이 지닌 그 맑은 영혼을 사랑하지 않

| 해남 녹우당

을 수 있을 것인가.

차는 해남읍의 연동으로 들어선다. 녹우당(綠雨堂)은 해남 윤씨 종가의 이름이다. 집 앞에 선 4백 년 묵은 은행나무에서 떨어지는 은행잎이 '녹색의 비' 같아서 이름 지어진 이 집의 당호(堂號)는 우리 역사를 들춰 보았을 때 단순한 '은행잎의 비' 이상의 의미를 지닌다. 고산(孤山) 윤선도와 공재(恭齋) 윤두서, 다산(茶山) 정약용의 숨결이 이 집 곳곳에 스며 있으니 해남을 찾는 여행자가 그 첫 발걸음으로 녹우당을 향하는 것은 지극히 자연스런 일이다.

효종이, 그의 스승이었던 고산 윤선도를 위하여 **하사**한 이 집은 원래 수원에 있었던 것을 옮긴 것이다. 안채가 550년쯤, 사랑채가 360년쯤의 나이를 먹었으며 효종이 하사한 것은 그 가운데 사랑채다.

임금의 스승이라는 명예와는 별도로 생애 20년의 귀양살이와 17년의 은둔 생활을 경험했던 고산은 그 험난한 세상살이의 이력으로부터 '조선의 말과 조선의 자연이 함께 어울린 가장 조선적인 시들'을 써냈다는 후세 평론가들의 평을 얻었다. 한 개인의 고통과 방황의 흔적들이 예술혼과 만나 꽃을 피워 내는 상징으로 녹우당은 존재하는 것이다.

이런 예술혼은 공재 윤두서와 다산 정약용으로 이어진다. 유물 전시관에서 윤두서의 작품 〈자화상(自畵像)〉을 볼 수 있다는 것은 여행자로선 큰 기쁨이다. 윤두서의 회화 정신이 그대로 깃든 이 그림 앞에서 여행자는 삶을, 그 진한 고통의 바다를 훌훌 털어 내는 청정한 예술혼을 만나게 된다.

공재의 손녀가 다산의 어머니이니 녹우당은 다산 정약용의 먼 외가이기도 하다. 조선 실학의 집대성자로서 다산의 정신과 학문의 맥이 녹우당 옛 당주들의 혼과 면면히 이어져 있음을 생각할 때 가을바람에 흩날리는 이 집의 은행잎들이 평범한 낙엽으로 보이지 않는다.

차는 이제 대둔사로 길을 잡는다. 얼마 전까지 대흥사란 이름으로 더 많이 불린 이 절집은 서산 대사의 **의발**(衣鉢)이 전해짐으로써 큰 이름을 얻게 되었다.

그리고 일지암으로 이어지는 숲길. 숲길은 며느리밥풀꽃으로 작은 군락을 이루고 있다. 자주색 꽃잎 위에 내려앉은 두 개의 밥풀 모양 꽃술이 앙증맞기도 하고 조금 처량하기도 하다.

암자의 대나무 툇마루에 앉아 산새 울음소리를 듣다가 멀리 펼쳐지는 해남 바다의 모습을 본다. 선승의 먹옷 자락처럼 길게 길게 뻗어 나가는 산자락 끝에 펼쳐져 있는 은빛 바다의 모습은 일지암만이 지닌 경치이다. 그 또한 **선다일여**(禪茶─如)의 경지 탓인가.

해남을 여행하는 여행자는 근본적으로 땅끝에 대한 깊은 향수를 지닌다. 잠시 백두대간에 대해서 이야기하자. 백두산에서 뻗어 내린 산맥의 큰 힘과 꿈은 금강산과 설악산, 태백산을 거쳐 내려오며 우리 국토의 척추를 이룬다. 그 척추뼈가 마지막 마침표를 찍는 땅의 이름은, 얘기하는 사람에 따라서 조금씩 다르다. 지리산 천왕봉에서 그 거대한 숨결이 용솟음치며 마감을 했다고 얘기하는 사람이 있고, 어떤 이는 해남 땅 달마산에서 그 숨결이 한결 편안하게 골라져 지금의 땅끝 마을에 이른다는 것이다.

미황사(美黃寺)는 달마산 자락에 자리하고 있다. 해발 489미터. 결코 높지 않은 산봉우리지만 온통 암벽으로 이루어진 길이가 십 리쯤 되는 바위산 봉우리들은 그 기품이 첫눈에도 예사롭지 않다. 주지인 금강 스님 덕분에 녹차 **공양**을 받는다. 뜨내기 여행객들이 적지 않을 텐데 기꺼이 차 공양을 하는 스님의 이마와 눈빛이 차 향기만큼 맑다. 여덟 잔, 아니 아홉 잔은 마신 것 같다. 스님으로부터 절집의 **내력** 등에 대해 이야기를 듣는 동안 전갈이 왔다. 저녁 공양이 준비됐다는 것이다. 박속나물과 숙주나물이 나온 저녁 공양은 꿀처럼 달았다. 산사가 지닌 미덕은 예나 지금이나 같다. 배고프고 고통받는 뭇 **중생**을 그 자신의 몸 안에 끌어안는 것이다.

공양 후에 세 마장쯤 떨어진 **부도** 밭으로 걸음을 옮겼다. 나는 정암 선사(晶岩禪師)의 부도 앞에 앉았다. 내가 처음 미황사의 부도 밭에 들어섰을 때는 겨울날이었다. 군데군데 잔설이 있었고 나뭇가지들은 잎이 다 떨어져 있었다. 산기슭에는 빈 가지들을 스쳐 온 바람 소리가 만만치 않았다. 그런데 부도 밭에 들어서는 순간 달랐다. 지극히 포근하고 아늑한 기운들이 초면인 여행자를 감싸 안았던 것이다. 나는 한 부도 앞에 쭈그리고 앉았다가 결국 잘 마른 풀숲 위에서 잠이 들고 말았다. 그 잠이 또한 전혀 춥지 않았다. 그 부도가 바로 정암 선사의 부도였다.

여행지에서 돌아온 나는 정암 선사의 기록을 찾았다. 그는 대덕(大德)들 중에서도 **자비행**으로 이름이 높았다. 그는 자신이 얻은 모든 재물을 중생에게 나누어 주었으며 그 자신은 늘 한 끼의 공양도 제대로 갖추지 못했다. '정암 스님 계신 곳에서 양식을 구걸하는 자는 추방한다.' 오죽하면 미황사 일대의 걸인들이 이런 결정을 내렸을까.

길은 땅끝 마을로 이어진다. 이곳의 길은 나라 안의 어떤 길보다도 땅기운이 유순하다. 터벅터벅 아무리 걸어도 싫증나지 않는다. 운이 좋은 여행자라면 1일과 6일에 서는 송지 장터에 들러 아직도 온기가 식지 않은 옛 닷새 장의 흥취를 맛볼 수도 있다.

이골이 난 여행자라면 당연히 해가 질 무렵 땅끝에 도착한다. 바다 위로 지는 해를 천천히 바라보며 지금껏 자신이 걸어온 길을, 그 길의 영혼을 응시하게 된다. 힘들고, 쓸쓸하고, 두렵고, 어리석었던 세상의 시간들이여 안녕. 그러고는 비록 여관방의 한 구석에서나마 파도 소리와 함께 밤을 새우고 싱싱하게 솟구쳐 오르는 땅끝의 태양을, 햇살을 온 가슴에 받아들이는 것이다. 땅이 끝나는 곳에서 비로소 시작되는 이승의 시간들, 꿈들, 사랑들……

웅숭깊다 사물이 되바라지지 아니하고 깊숙하다.
남종 문인화(南宗文人畫) 문인들이 비직업적으로 수묵과 담채를 써서 내면세계의 표현에 치중한 그림의 경향.
육자배기(六字—) 남도 지방에서 부르는 잡가의 하나.
하사(下賜) 임금이 신하에게, 또는 윗사람이 아랫사람에게 물건을 줌.
의발(衣鉢) 승려의 옷과 공양 그릇을 이르는 말.
선다일여(禪茶一如) 참선을 하는 것과 차를 마시는 것이 같음.
공양(供養) 절에서, 음식을 먹는 일.
내력(來歷) 지금까지 지내온 경로나 경력.
중생(衆生) 모든 살아 있는 무리.
부도(浮屠) 부처의 사리를 안치한 탑.
자비행(慈悲行) 남을 깊이 사랑하고 가엾게 여기는 행동.

생각 해보기

1 다음은 글쓴이의 여정에 따른 견문과 감상을 정리한 것입니다. 빈칸에 들어갈 알맞은 말을 써 봅시다.

고산 윤선도, 공재 윤두서, 다산 정약용의 숨결이 스며 있는 (㉠   )에서 선인들의 삶과 정신, 예술혼을 느끼고 스스로의 삶을 돌아본다.

⬇

(㉡   )에서 (㉢   )(으)로 이어지는 숲길에 핀 며느리밥풀꽃의 모습에서 처량함을, 암자 앞에 펼쳐진 풍광에서 선다일여의 경지를 느낀다.

⬇

(㉣   )의 내력을 들으며 정암 선사의 자비행을 생각하고, 산사의 미덕과 정암 선사의 고결한 정신을 느낀다.

⬇

(㉤   )의 노을을 보며 이 길의 흥취를 느끼고, 해거름이 지는 것을 보며 삶에 대한 성찰과 미래의 꿈을 떠올린다.

2 이 글에서 알 수 있는 '녹우당'에 대한 설명으로 옳지 <u>않은</u> 것을 골라 봅시다.

① 해남읍 연동에 자리한 해남 윤씨 종가의 이름이다.
② 집 앞에 선 4백 년 묵은 은행나무에서 떨어지는 은행잎이 '녹색의 비' 같다 하여 지어진 당호(當號)이다.
③ 본래 수원에 있던 것을 옮긴 안채는 윤선도의 제자였던 효종이 하사한 것이다.
④ 윤선도 개인의 고통과 방황의 흔적들이 예술혼과 만나 꽃을 피워 내는 상징으로서 존재한다.
⑤ 녹우당의 당주였던 윤선도, 윤두서의 예술혼은 정약용의 정신과 학문의 맥과 이어져 있다.

3 이 글을 읽은 뒤 '작가의 개성'에 대해 이야기한 내용으로 적절하지 <u>않은</u> 것을 골라 봅시다.

① 18번 국도에 대한 표현으로 보아 향토적이고 토속적 정감을 지닌 인물이야.

② 선다일여(禪茶一如)의 경지를 스스로 체득한 것으로 보아 관찰력과 지혜를 갖춘 인물이라고 생각해.

③ 작은 자연물에도 관심을 기울이고 처량함을 느끼는 것을 보아 자연에 대한 애정과 섬세한 감수성을 지닌 인물인 것 같아.

④ 여행지에서 돌아와 정암 선사의 기록을 찾아보는 모습으로 보아 역사와 인물에 대한 관심이 깊은 사람이야.

⑤ 백두대간에 대한 표현으로 보아 문화재뿐만 아니라 우리 국토에 대한 애정도 깊은 사람이야.

4 자신이 좋아하는 길이 있다면 다음 제시문을 참고하여 소개해 봅시다.

> 내가 이 길을 좋아하는 이유는 이 길이 지닌 맑은 영혼 때문이다. 이 길은 지리산의 화엄사에서 시작된다. 나라 안의 가장 웅숭깊은 땅의 기운을 안고, 길은 곧장 구례의 섬진강 변을 따라 흐르다 이윽고 보성강과 탐진강을 따라 차례로 흐르게 된다. 그윽하고 수려한 필치로 그려진 남종 문인화와 같은 남도의 세 강변을 그대로 답파하는 것이다. 그 강변에 모여 사는 사람들의 꿈과 사랑과 한숨 같은 것들⋯⋯. 길은 해남에서 곧장 진도로 이어진다.

내가 이 길을 좋아하는 이유는 ....

....

....

....

....

산등성이에 올라서니
새파란 바다, 검은 자갈밭,
절을 하듯 바다를 향해 몸을 구부리고 서 있는
늙은 소나무와 동백나무의 무리,
기와집보다 초가집이 많은 마을이 한눈에 내려다보였다.

신경림

시인, 교수. 충북 충주 출생(1936~). 1955년에 《문학예술》에 인간 삶의 보편적인 쓸쓸함과 고적함을 그린 〈갈대〉, 〈묘비〉 등이 추천되어 등단했다. 첫 시집인 《농무》 이후 농민의 고달픔을 다루면서도 항상 따뜻하고 잔잔한 감정을 바탕으로 하는 작품을 펴내고 있다. 주요 저서로는 《새재》, 《민요 기행 1, 2》, 《남한강》 등이 있다.

민요 기행 1_진도에서 보길도까지 | 신경림

이 글은 시인 신경림이 전국을 돌아다니며 직접 보고 들으며 채록한 민요 약 36편을 포함한 기행문이다.
사라지고 잊혀 가는 우리 조상의 정신문화 유산인 민요를 다시 발굴하고 복원하고자 하는
글쓴이의 간절한 바람과 열정에서 비롯된 작품이다.

명맥이 유지된 독특한 문화

광주에서 진도까지 가는 직행버스가 있길래 **연륙교**(連陸橋)로 섬이 육지에 이어진 줄 알았더니, 해남 땅인 옥동에서 육지는 끝났다. 거기서 버스가 **너벅선**을 타고 바다를 건너 진도로 들어서게 되는 것이었다.

진도는 전체적으로 기름지고 넉넉한 느낌을 주었다. 산과 들의 나무와 풀들은 싱싱하고 윤기가 있는 듯 보였다. 학교 같은 공공건물 주위에 유달리 크고 잘 뻗은 나무들이 많이 서 있는 것도 눈길을 끌었다. 땅이 비옥해서, 1년 농사해서 3년을 먹는 곳이 진도라는 얘기가 실감 있게 느껴졌다. 뒤에 들은 얘기지만, 땅이 기름지다 해서 한때는 옥주(沃州)라 불리던 진도에서는 주민들 거의가 농업에 종사하고 있으며, 수산업 전문은 거의 없다 한다. 땅만 가지고도 얼마든지 여유 있게 살 수 있으니 힘들게 바다에 나가 일할 필요가 없었던 것이다.

진도읍에 닿으니 6시가 다 되어 있다. 진도 토박이인 지인(知人)이 기다리고 있었다.

"내가 진도 사람이라서 그러는 게 아니라 진도에는 진도에서 만들어진, 중

앙과는 다른 진도만의 독특한 문화가 아직 명맥을 유지하고 있습니다. 연륙교가 개통되면 이것도 중앙에서 일방적으로 흘러들어오는 문화에 의해서 완전히 깨뜨려지겠지요."

그는 우리를 집으로 데리고 들어가 저녁을 먹이고 진도를 구경시키기 위해서 다시 밖으로 데리고 나왔다. 우리는 택시를 타고 바닷가를 향해서 갔다. 구름이 잔뜩 끼어 별 하나 보이지 않는 하늘이었지만, 바다에서 불어오는 바람은 찜찔하면서도 상쾌했다.

우리는 녹진까지 가서 방파제에서 가까운, 역시 그림의 고장답게 벽에 동양화가 걸려 있는 가겟집에 앉아서 어두워 아무것도 보이지 않는 바다를 내다보다 읍내로 되돌아왔다.

노래와 그림과 놀이의 고장

세 시간쯤 잠을 자고 아침을 먹었다. 그러고는 마침 이곳도 장날이어서 장구경을 했다. 해산물보다 농산물이 더 많고 고기잡이 도구보다 농사일에 필요한 물건들이 더 많아, 비록 섬이라고는 하나 주민 대부분이 농업에 종사하고 있음을 알 수 있었다. 구기자와 그 가공품도 많이 나와 있었다.

지인이 영 일어나지 못하는 것을 억지로 깨워 가지고, 택시를 타고 임회면 석교리로 갔다. 진도의 민속 문화에 미쳐, 그것을 찾아내어 알리고 보급하느라고 적잖이 가산(家産)을 탕진하기까지 했다는 장병천 씨를 찾아보기 위해서였다. 가면서 보니 언덕이며 산비탈에는 무꽃이 하얗게 피어 있었다. 전국의 무와 배추의 씨앗 중 60퍼센트가 여기서 채종(採種)된다고 한다. 땅이 기름지기 때문에 이곳에서 채종된 씨앗의 품질이 좋다는 것이다. 파도 전국 시장의 20퍼센트를 진도 파가 차지하고 있다고 한다.

장병천 씨는 텃밭에서 잔일을 하다가 우리를 맞았다. 한때 면장 일도 했다는 그의 집은 **울안**이 넓고, 온통 꽃밭으로 가꾸어져 있었다. 그리고 마루 벽에도, 방 벽에도 그림이 걸려 있었다. 장병천 씨가 옷을 입고 나오기를 기다리는 동안 내가 그림을 구경하고 서 있자니까, 진도에는 화가와 그림을 공부하는 젊은이들이 많다고 지인이 설명해 주었다.

그림을 공부하는 젊은이들은 실력을 가꾸어 진도에서 인정을 받은 다음 중앙으로 진출하는 것이 정해진 코스라는 것이었다. 진도 사람들의 특성은 그림 좋아하고, 노래 좋아하고, 놀기 좋아하는 것 같다고 했더니, 그도 올바른 지적이라고 인정했다.

장병천 씨는 우리에게 진도 들노래의 발상지인 지산면 인지리를 가보라고 권했다. 우리는 장병천 씨와 헤어져 무꽃이 하얗게 피어 있는 언덕과 산길을 지나 곧장 지산면 인지리로 찾아갔다. 인지리는 뒤에는 산이 있고 앞에는 내가 흐르는 아름다운 마을이었다. 마을 앞에는 늙은 소나무들이 서 있고 뒷산에는 깎아지른 바위가 있어 마을에 운치를 더해 주고 있었다. 인천과 독치라는 두 자연 부락으로 이루어진 이 마을이 6백여 년이나 된 오랜 마을이란 것도 뒤에 들은 얘기이다.

우리는 진도 들노래 기능 보유자를 찾아가서 목화밭을 맬 때나 **대동**(大同) **놀음**을 할 때 여럿이서 함께 부르는 노래인 〈염장〉을 들었다. 가락은 구성지고도 신명이 났다.

아— 하— 하하 산이래도 이리래로구나
에헤 헤헤 아 어디로 가자넘
좋다 좋다 에이시나 워리 (후략)

더 듣고 싶은 노래가 있었으나 한창 모내기로 바쁜 철이어서 동네가 텅 비어 있었기 때문에 여럿이 함께 부르는 소리를 들을 수 없었던 것은 유감이었다.

진도는 한 번 스쳐 지나갈 곳이 아니었다. 흔히 진도를 가리켜 '민속의 보고'라고 하지만, 이곳이야말로 며칠이라도 묵으면서 생활, 역사, 방언, 무속, 신앙, 그림, 노래 등을 깊이 있게 조사해 볼 만한 곳이었다. 언젠가는 이 일을 꼭 해 보겠다고 속으로 다짐하면서 진도에서의 노래 듣기는 여기서 끝내기로 했다.

배에서 들은 〈둥덩에 타령〉

아침 6시가 조금 넘어 진도에서 버스를 타고 해남까지 나갔다가, 거기서 차를 바꾸어 타고 완도로 들어가 보길도행 여객선을 탔다. 갑판에 있던 나는 한 할아버지께 어느 아낙네가 소리를 하고 있더라는 말을 듣고 객실(客室)로 내려가 그녀에게 대뜸 한 곡조를 청했다. 그녀는 마주 앉은 동년배에게 동의를 구하더니 구성진 목소리로 〈진도 아리랑〉을 불러 나갔다. 그러자 여기저기서 노래에 끼어들었다. 이 근처 주민치고 〈진도 아리랑〉 한두 대목 부르지 못하는 아낙네는 없는 것 같았다. 〈진도 아리랑〉은 다른 데서도 많이 들은 노래. 그래서 내가 심드렁하고 있자니까, 아낙네가 곧 눈치를 알아차리고 소리를 바꾸었다. 나는 이내 그것이 〈둥덩에 타령〉이란 것을 알 수 있었다.

둥덩에덩 둥덩에덩 덩기둥덩에 둥덩에덩
사사랑방 아니냐 고공부방 아니냐
잠들기 전에는 임 생각난다. 덩기둥덩에 둥덩에덩

둥덩에덩 둥덩에덩 덩기둥덩에 둥덩에덩
장판방 장판방 니구석이 장판방
니구석이 빤듯하니 징하게 좋게도 잘났다. (후략)

여인이 신명이 나자 가죽 가방을 앞에 놓고 장단을 쳤다. 몇 아낙네들이 "둥덩에덩 둥덩에덩 덩기둥덩에 둥덩에덩." 하고 뒷소리를 받았지만 앞소리는 혼자서 불러 나갔다.

이 여인은 〈둥덩에 타령〉이 품앗이로 명주실을 **자을** 때 고되면 나오는 노래

| 동천석실에서 바라본 부용동 마을 전경

라고 설명했다. 창에 대고 활을 튕기면서 하기도 하고, 바가지 장단을 치면서 하기도 했다. 어깨춤이 절로 나오는 신명 나는 노래였다.

　보길도에 도착해서 보길 초등학교 직원의 안내를 받으면서 윤선도의 정원 한 부분인 연못을 구경했다. 여기서 보니 보길도는 뛰어나게 아름다운 섬이었다. 과연 넌덜머리 나는 당쟁과 병자호란의 치욕에 세상이 싫어진 윤선도가 탐라(제주도)에 들어가 일생을 마치려다가, 우연히 지나게 된 보길도 산수(山水)의 아름다움에 반하여 여기 머물러 이곳을 '부용동'이라 이름하고, '낙서재'를 지어 평생을 지낼 땅으로 정할 만한 고장이었다.

　내 벗이 몇이냐 하니 수석(水石)과 송죽(松竹)이라.
　동산에 달 오르니 그것 더욱 반갑구나.
　두어라, 이 다섯밖에 또 더하여 무엇하리.

　　　　　　　　　　　　　　　　－ 윤선도, 〈오우가(五友歌)〉 중 첫 수

연못을 구경하고는 낙서재 터로 가기 위해서 개울을 따라 난 길을 걷기 시작했다. 마을들은 초가와 기와집이 반반이었고, 돌담이 높고 대나무밭이 우거진 것이 자못 남국의 정취를 느끼게 했다. 한창 보리 베기 철이어서 곳곳에서 땀을 뻘뻘 흘리면서 보리를 베고 있는 농사꾼들과 마주치지 않으면 안 되었다.

점심을 먹고 우리는 다시 길을 걷기 시작했다. 높은 돌담, 새파란 대숲, 돌담 뒤에 웅크린 초가지붕, 나무와 바위가 조화를 이룬 산들……. 이것들을 바라보면서 걷는다는 것은 즐거운 일이었지만, 땀을 흘리며 일하는 이들에게 번번이 길을 묻기란 고통스러운 일이었다. 그러나 사람들은 한결같이 친절했고, 우리에게 전혀 적의를 가지고 있는 것 같지 않아 여간 다행이 아니었다. 밭머리에 앉아서 아기에게 젖을 물리고 있던 한 젊고 예쁜 아낙네는 우리가 찾는 길을 알려 주고는 그 반대쪽을 가리키면서 그곳에도 볼 만한 것이 있다고 자세히 관광 안내까지 했다. 그녀의 진한 남도 사투리와 맑은 목소리는 우리의 피로를 풀어 주고도 남았다.

낙서재 터를 구경하고는 예송리로 넘어가는 산등성이로 올랐다. 산등성이에 올라서니 새파란 바다, 검은 자갈밭, 절을 하듯 바다를 향해 몸을 구부리고 서 있는 늙은 소나무와 동백나무의 무리, 기와집보다 초가집이 많은 마을이 한눈에 내려다보였다.

연륙교(連陸橋) 육지와 섬을 이어 주는 다리.
너벅선(一船) 너비가 넓은 배.
울안 울타리를 둘러친 안.
대동 놀음(大同一) 전통적으로 전해 오는 우리나라 농민의 단체 놀이.
잣다 물레 따위로 섬유에서 실을 뽑다.

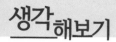

① 이 글에서 알 수 있는 진도의 지역적 특징과 상황으로 옳지 않은 것을 골라 봅시다.

   ① 땅이 기름지다 해서 한때는 옥주(沃州)라 불렸으며, 주민들 대부분이 농업에 종사하고 있다.

   ② 씨앗의 품질이 좋아서 전국의 무와 배추의 씨앗 중 60퍼센트가 진도에서 채종(採種)된다.

   ③ 노래와 그림과 놀이의 고장답게 화가가 많고 그림을 공부하는 젊은이들이 많다.

   ④ 연륙교가 개통되면서 중앙에서 흘러들어온 문화에 의해 지역 문화가 많이 훼손되었다.

   ⑤ 생활, 역사, 방언, 무속, 신앙, 그림, 노래 등을 깊이 있게 조사해 볼 만한 '민속의 보고'로서 가치가 있다.

② 글쓴이가 진도와 해남에서 들은 노래를 통해 알 수 있는 민요의 가치는 무엇인지 이야기해 봅시다.

③ 다음 제시문에서 글쓴이의 심경이 어땠을지 생각해 봅시다.

> 점심을 먹고 우리는 다시 길을 걷기 시작했다. 높은 돌담, 새파란 대숲, 돌담 뒤에 웅크린 초가지붕, 나무와 바위가 조화를 이룬 산들……. 이것들을 바라보면서 걷는다는 것은 즐거운 일이었지만, 땀을 흘리며 일하는 이들에게 번번이 길을 묻기란 고통스러운 일이었다.

산하는 본래가 인간이 연주할 수 없는
거대한 악기와도 같은 것인데, 겨울의 섬진강과 노령산맥은
수런거리는 모든 리듬을 땅속 깊이 감추고 있었다.

김훈

소설가. 서울 출생(1948~). 오랫동안 신문기자로 일했으며, 자전거 여행을 즐기는 것으로 유명
하다. 소설가로 등단한 때는 〈빗살무늬 토기의 추억〉을 발표한 1995년이다. 주요 저서로는 장편 소
설 《칼의 노래》와 《남한산성》, 그리고 산문집 《자전거 여행 1, 2》 등이 있다.

시간과 강물_섬진강 덕치마을 | 김훈

이 글은 소설가 김훈이 자전거를 타고 섬진강을 따라 여행하면서
보고 듣고 느낀 바를 여정에 따라 서술한 글이다.
이 글을 통해 겨울 섬진강의 아름다움과 강가 마을 주민들의 진솔한 삶에 대해 알 수 있다.

자전거를 타고 새벽에 여우치 마을을 떠나 옥정호수를 동쪽으로 우회했다. 호수의 아침 물안개가 산골짝마다 퍼져서 고단한 사람들의 마음을 이불처럼 덮어주고 있었다. 27번 국도를 따라 20여 킬로미터를 남쪽으로 달렸다.

임실군 덕치면 회문리 덕치마을 앞 정자나무 밑을 흐르는 섬진강은 아직은 강이라기보다는 큰 개울에 가까웠다. 상류의 강은 **시원**(始原)의 순결과 단순성만으로 어려 보였다.

산맥과 맞서지 못하는 어린 강은 노령산맥의 가파른 위엄을 멀리 피하면서 가장 유순한 굽이만을 골라서 이리저리 굽이쳤다. 멀리 돌아서, 마침내 멀리 가는 강은 길의 생리를 닮아 있었는데, 이 어린 강물 옆으로 이제는 거의 버려진 늙은 길이 강물과 함께 굽이치고 있었다.

강은 인간의 것이 아니어서 흘러가면 돌아올 수 없지만, 길은 인간의 것이므로 마을에서 마을로 되돌아 올 수 있었고, 모든 길은 그 위를 가는 자가 주인인 것이어서 이 강가마을 사람들의 사랑과 결혼과 친인척과 이웃은 흔히 상류와 하류 사이의 물가 길을 오가며 이루어졌다. 그러므로 이 늙은 길은 가(街)가 아니고 로(路)도 아니며 삶의 원리로서의 도(道)이다. 자전거는 이 우마

찻길을 따라서 강물을 바짝 끼고 달렸다.

　겨울 섬진강은 적막하다. 돌길에 자전거가 덜커덕거리자 졸던 물새들이 놀라서 날아오른다. 겨울의 강은 흐름이 아니라 이음이었다. 강은 자신의 내면을 들여다보는 인간의 표정으로 깊이 가라앉아 있었고, 물은 속으로만 깊게 흘렀다. 가파른 산굽이를 **여울져** 흐르는 젊은 여름 강의 휘모리장단이나, 이윽고 하구에 이르러 아득한 산야를 느리게 휘돌아나가는 늙은 강의 진양조장단도 들리지 않았다.

　신하는 본래가 인간이 연주할 수 없는 거대한 악기와도 같은 것인데, 겨울의 섬진강과 노령산맥은 수런거리는 모든 리듬을 땅속 깊이 감추고 있었다. 겨울의 산과 강은 서로 어려워하고 있었고, 자전거는 그 어려워하는 산과 강 사이의 길을 따라 달린다.

　천담마을 앞에서 섬진강은 커다랗게 굽이치면서 방향을 틀어서 구담·싸리재·장구목·북대미 같은 작고 오래된 마을 옆을 흐른다. 이 구간에서 강물의

수심은 무릎 정도이다. 마주 보는 마을 사이에 다리가 없어서 신발을 벗고 자전거를 끌면서 물속을 걸어서 강을 건넜다.

겨울 강물이 낮아지자 물속의 바위들이 물 위로 드러나 장관을 이루었다. 바위들의 흐름은 구담에서 싸리재에 이르도록 계속된다. 수만 년을 물의 흐름에 씻긴 바위들은 그 몸속에 흐름을 간직하고 있었다. 모든 연약한 부분들을 모조리 물에 깎인 그 바위들은 완강한 단단함으로 물속에 박혀 있었는데, 그 단단함은 유연하고 온화한 외양으로 나타나는 것이었다. 그 바위는 박혀 있는 바위인 동시에 흐르는 바위였고, 존재 안에 생성을 간직한 바위였으며, 가장 유연한 형식으로 가장 강력한 내용을 담아내는 바위였다.

이 오래된 바위들을 뽑아가서 돈 많은 자의 정원으로 옮겨놓으려는 도둑들이 이 물가에 눈독을 들였다. 몇 해 전에는 떼도둑 20여 명이 중장비를 끌고 와서 '요강 바위'를 뽑아갔다. 요강 바위는 가운데가 두 사람이 들어앉을 수 있을 만큼 오목하게 패었고, 그 안에 늘 물이 고여 있었다. 도둑들은 물가에 중장비를 들이대느라고 진입로 공사까지 했다. 도둑들은 이 바위를 경기도 광주군의 야산에 숨겨놓고 원매자를 물색하고 있었다. 매매가 성립되지는 않았지만 이 바위 한 덩어리는 10억 원을 호가했다. 눈썰미 밝은 주민이 이 바위가 섬진강 바위임을 알아채고 경찰에 신고했다. 도둑은 붙잡혔고, 요강 바위는 장물로 분류되어 전주 지검 남원 지청의 마당으로 운반되었다.

남원에서 이 물가까지 바위를 옮기는 데 중장비 사용료로 5백만 원이 들었다. 바위의 무게가 25톤이었다. 장구목마을 주민 열두 가구가 돈을 모아서 5백만 원을 마련했다. 요강 바위는 중장비에 실려서 4년 만에 고향 물가의 제자리로 돌아왔다. 바위를 제자리에 심어놓던 날 장구목·싸리재마을 사람들은 돼지를 잡아 물가에서 잔치를 벌였다.

강물에 쓸리는 바위처럼, 단단하고도 유연한 사람들이 그 강가에 오랜 역사를 이루며 살고 있었다. 공비를 토벌하는 군인들이 이 강가마을에 불을 질렀고 전쟁이 끝나자 사람들은 다시 옛터로 돌아와 집을 지었다.

| 요강 바위

장구목마을 이재기 씨는 물굽이 윗마을인 싸리재 처녀 박갑례 씨와 혼인했다. 아이들 공부시키느라고 밭 다섯 마지기를 모두 팔았다. 지금은 남의 노는 땅에 콩을 심는다. 1년에 콩 열다섯 말을 거두는데 그중 한 말은 땅주인에게 준다. 올해 조선콩 한 말 값은 2만 원이었다. 그의 7대조까지 모두 이 강가 양지쪽에 묻혀 있다. 제사는 4대를 모신다. 제사 전날 이 씨는 배를 타고 강에 나가 물고기를 잡았다. 이 강가에서 잡은 물고기로 매운탕을 끓여서 제상에 올린다. 고인들이 가장 좋아하던 음식이다. 이 씨의 배는 사과 궤짝 2개를 합친 크기다. 이 씨의 그물 속에서 가시고기 몇 마리가 파닥거렸다.

　　흐르고 또 흘러서 마침내 아무런 역사를 이루지 않는 강물의 자유는 얼마나 부러운가. 그 강가에서 인간의 기나긴 고통은 역사를 이루었는데, 역사를 이루던 인간의 마을은 이제 인간의 유적지로 변해간다. 시간과 강물이 인간의 유적지를 흘러가고, 길은 빈 마을에서 비어가는 마을로 강을 뻗어가는데, 노령산맥을 벗어난 섬진강은 구례·곡성 쪽의 지리산 외곽으로 덤벼들었고, 지친 자전거는 순창에서 잠들었다.

시원(始原) 사물, 현상 따위가 시작되는 처음.
여울지다 여울을 이루다.
산하(山河) 산과 내라는 뜻으로, 자연을 이르는 말.

생각해보기

1 다음 제시문을 읽고 물음에 답해 봅시다.

> **가** 자전거를 타고 새벽에 여우치 마을을 떠나 옥정호수를 동쪽으로 우회했다. 호수의 아침 물안개가 산골짝마다 퍼져서 고단한 사람들의 마음을 이불처럼 덮어주고 있었다. 27번 국도를 따라 20여 킬로미터를 남쪽으로 달렸다.
>
> **나** 임실군 덕치면 회문리 덕치마을 앞 정자나무 밑을 흐르는 섬진강은 아직은 강이라기보다는 큰 개울에 가까웠다. 상류의 강은 시원(始原)의 순결과 단순성만으로 어려 보였다.
>
> **다** 산맥과 맞서지 못하는 어린 강은 노령산맥의 가파른 위엄을 멀리 피하면서 가장 유순한 굽이만을 골라서 이리저리 굽이쳤다. 멀리 돌아서, 마침내 멀리 가는 강은 길의 생리를 닮아 있었는데, 이 어린 강물 옆으로 이제는 거의 버려진 늙은 길이 강물과 함께 굽이치고 있었다.
>
> **라** 강은 인간의 것이 아니어서 흘러가면 돌아올 수 없지만, 길은 인간의 것이므로 마을에서 마을로 되돌아 올 수 있었고, 모든 길은 그 위를 가는 자가 주인인 것이어서 이 강가마을 사람들의 사랑과 결혼과 친인척과 이웃은 흔히 상류와 하류 사이의 물가 길을 오가며 이루어졌다. 그러므로 이 늙은 길은 가(街)가 아니고 로(路)도 아니며 삶의 원리로서의 도(道)이다. 자전거는 이 우마찻길을 따라서 강물을 바짝 끼고 달렸다.

(1) (가)~(라)에 나타난 여정을 따라 빈칸을 채워 봅시다.

> 여우치 마을 → (㉠   ) → 27번 국도 → (㉡   )

- ㉠ : ....
- ㉡ : ....

(2) 글쓴이가 밑줄 친 문장에서 표현하고 싶었던 것은 무엇인지 이야기해 봅시다.

....

....

2 글쓴이가 강물과 인간의 삶에 대해 어떻게 인식하고 있는지 이야기해 봅시다.

....

....

....

....

....

3 요강 바위에 얽힌 사연을 살펴보고, 사람들이 요강 바위를 제자리로 돌려놓은 까닭은 무엇인지 생각해 봅시다.

> 몇 해 전에는 떼도둑 20여 명이 중장비를 끌고 와서 '요강 바위'를 뽑아갔다. 요강 바위는 가운데가 두 사람이 들어앉을 수 있을 만큼 오목하게 패었고, 그 안에 늘 물이 고여 있었다. 도둑들은 물가에 중장비를 들이대느라고 진입로 공사까지 했다. 도둑들은 이 바위를 경기도 광주군의 야산에 숨겨놓고 원매자를 물색하고 있었다. 매매가 성립되지는 않았지만 이 바위 한 덩어리는 10억 원을 호가했다. 눈썰미 밝은 주민이 이 바위가 섬진강 바위임을 알아채고 경찰에 신고했다. 도둑은 붙잡혔고, 요강 바위는 장물로 분류되어 전주 지검 남원 지청의 마당으로 운반되었다.
>
> 남원에서 이 물가까지 바위를 옮기는 데 중장비 사용료로 5백만 원이 들었다. 바위의 무게가 25톤이었다. 장구목마을 주민 열두 가구가 돈을 모아서 5백만 원을 마련했다. 요강 바위는 중장비에 실려서 4년 만에 고향 물가의 제자리로 돌아왔다. 바위를 제자리에 심어놓던 날 장구목·싸리재마을 사람들은 돼지를 잡아 물가에서 잔치를 벌였다.

....

....

....

....

"너에게 필요한 건 수리가 아니라
몇백 킬로미터를 달려 보는 경험과
그 시간인 것 같구나."

이민영

여행 작가(1977~). 포항공과대학교를 졸업하고 서울대학교 대학원에서 인류학을 전공했으며,
대기업의 해외 영업사원, 출판사 직원 등 다양한 직업을 거쳤다. 대학교 재학 시절부터 멕시코,
인도 등지를 여행했고, 졸업 후 해외여행 인솔자로 일하는 4년 동안 60개국을 다녔다. 대표작으로
《자전거로 세상을 건너는 법》이 있다.

아름다운 성곽 도시를 **여행하는 방법** | 이민영

이 글은 30대 여성인 글쓴이가 혼자 자전거로 메콩 강을 따라 60일간 2,850킬로미터를 여행한 기록이다.
메콩 강 물줄기와 맞닿아 있는 태국, 라오스, 캄보디아, 베트남을 자전거로 달리며
그들의 다양한 문화를 체험하고 세계 각국의 사람들을 만나는 여정을 담고 있다.

치앙샌은 오래된 성곽 도시이다. 구시가지 입구에는 이끼 낀 붉은 벽돌로 만들어진 성벽과 우람한 나무들이 평화롭게 서 있다. 성문 안으로 들어가자, 몇백 년 묵은 큰 탑과 불상들이 차례로 나타났다. **해자**와 성벽이 이렇게 완벽하게 남아 있는 곳이 있을까. 나는 그 아름다움에 감탄하여 홀린 듯 사방을 둘러보았다.

치앙샌 구시가지는 메콩 강을 뒷변으로 한 오각형 성벽으로 둘러싸여 있다. 이곳은 14세기 란나 왕조 때 번성했지만 17세기에 미얀마의 침입으로 멸망하여 한동안 버려졌던 곳이다. 지금은 조용한 강변 도시로, 곳곳에 옛 제국의 유적들이 흩어져 있다. 그리고 역사 기록이 공백으로 남은 곳이 많아, 아직도 유래를 알 수 없는 탑과 **기단석** 일부만 남은 터가 많다.

해 질 무렵이 되니 도시 전체에 우리나라 경주와 비슷한 고즈넉한 기운이 감돌았고 오래된 도시를 혼자서 여유롭게 달리는 기분은 무척 황홀했다. 붉은 석양, 푸근한 공기, 굳건한 대지, 이 모든 풍경이 가슴 깊숙한 곳까지 스며들었다.

식당에서 이번 여행 중 처음으로 자전거 여행자들을 만났다. 매년 1개월씩

1개국을 골라 자전거로 여행하기를 벌써 30년째 하고 있는 네덜란드인 부부였다.

"우린 해변에서 수영복을 입고 5분만 앉아 있어도 지겨워져 버리는 사람들이거든. 그래서 자전거 여행이 좋아. 현지 사람들에게 가깝게 다가갈 수 있고, 그 나라를 더 잘 이해할 수 있잖아."

그들의 올해 코스는 태국 치앙라이에서 라오스 북부를 거쳐 수도인 비엔티안까지 가는 것이다. 이 부부의 가이드북을 빌려서 보니, 태국 북부는 '치앙마이-칭다오-따똔' 경로만 실려 있다. 역시 내가 지나온 치앙라이 경로는 사람이 올 길이 아니었던 것이다. 네덜란드는 가이드북 문화가 발달해 있다. 자전거면 자전거, 도보면 도보, 목적별로 만든 수제 가이드북 시리즈가 있는데, 나라별로 최신 정보가 담겨 있다. 내가 봤던 이들의 책은 무척 정확했다.

이 부부는 평생 자전거, 마라톤, 등산 등으로 각종 야외 스포츠를 함께하며 인생을 즐긴다고 했다. 그런데 자전거 정비는 어떻게 할까? 며칠 달리지도 않았는데 내 자전거에서 소리가 나는 것 같아 그 부부에게 물어보았다.

"우리가 할 줄 아는 건 펑크 때우기 정도야. 우린 휴가 온 거지 일하러 온 게 아니잖아. 우린 아주 천천히 다닌단다. 너도 제발 걱정은 그만해. 그 순간이 힘들수록, 고생스러울수록, 당황스러울수록 나중에 더 재미있고 소중한 추억으로 남는단다."

사실 난 내 손으로 펑크도 때워 본 적 없는 초보라, 어설프게 수리한다고 덤비다가 자전거를 망가뜨리느니 지나가는 자동차를 얻어 타든 버스에 실어서 가든 대도시 자전거 수리 매장으로 가는 것이 훨씬 나을 거라고 생각했다.

결국 난 자전거 수리 매장 실장님의 위협에 놀라 그분이 챙겨 주는 공구를 다 들고 와 버렸고, 어쩌면 2개월간 한 번도 쓰지 않을 6~7킬로그램의 쇳덩이를 끌고 험한 산길을 다니게 되었다. 그런데 내가 인생을 살아온 방식도 이런 듯해서 한숨이 나왔다.

"원래 자전거에서는 소리가 나게 마련이야. 정비를 하고 떠나도 며칠 내로

메콩 강 석양 모습

다시 삐걱거리고 뭔가가 이상해지지. 너에게 필요한 건 수리가 아니라 몇백 킬로미터를 달려 보는 경험과 그 시간인 것 같구나."

그들과 헤어진 후 메콩 강 왼쪽 길을 따라 타이, 미얀마, 라오스가 만나는 골든트라이앵글까지 달렸다. 티베트에서 힘차게 출발한 이 물줄기는 풍요롭고 따스하게 대지를 적시다 바다와 섞일 때까지 2개월간 나와 함께할 것이다.

이미 어둠에 잠긴 메콩 강 건너편 라오스 쪽에서 불빛 몇 개가 반짝였다. 날씨도, 기분도, 컨디션도 좋은 즐거운 날이었다. 게다가 자전거로 하루에 백 킬로미터를 넘게 달린 건 내 인생에서 처음이었다. 강변에서 만찬을 들며 오늘 일을 자축하기로 한 나는 여러 가지 바비큐를 푸짐하게 먹은 후 숙소로 돌아왔다. 짐을 가득 실은 무거운 산악자전거를 타고 오래 달렸는데도 몸은 여전히 멀쩡해서 놀랍기만 하다. 나, 생각보다 튼튼한 사람인가 보다.

해자(垓子) 성 주위에 둘러 판 못.
기단석(基壇石) 건축물이나 비석 따위의 기초로 쌓는 돌.

생각해보기

① 이 글에서 글쓴이의 여행 계획이 드러나 있는 부분을 찾아 써 봅시다.

....

....

....

② 여행 중 만난 부부와 글쓴이가 자전거에 대해 갖는 태도를 비교해 봅시다.

....

....

....

③ 다음 제시문에서 글쓴이가 비판적으로 바라보고 있는 현대인의 모습은 무엇인지 이야기해 봅시다.

> 결국 난 자전거 수리 매장 실장님의 위협에 놀라 그분이 챙겨 주는 공구를 다 들고 와 버렸고, 어쩌면 2개월간 한 번도 쓰지 않을 6~7킬로그램의 쇳덩이를 끌고 험한 산길을 다니게 되었다. 그런데 내가 인생을 살아온 방식도 이런 듯해서 한숨이 나왔다.

....

....

....

확장해보기

문학의 아름다움-말로 그리는 그림

문학 작품에 표현된 심상(이미지)을 파악하고, 문학의 아름다움을 느껴 봅시다.

가 암자의 대나무 툇마루에 앉아 산새 울음소리를 듣다가 멀리 펼쳐지는 해남 바다의 모습을 본다. 선승의 먹옷 자락처럼 길게 길게 뻗어 나가는 산자락 끝에 펼쳐져 있는 은빛 바다의 모습은 일지암만이 지닌 경치이다. 그 또한 선다일여(禪茶一如)의 경지 탓인가.

해남을 여행하는 여행자는 근본적으로 땅끝에 대한 깊은 향수를 지닌다. 잠시 백두대간에 대해서 이야기하자. 백두산에서 뻗어 내린 산맥의 큰 힘과 꿈은 금강산과 설악산, 태백산을 거쳐 내려오며 우리 국토의 척추를 이룬다. 그 척추뼈가 마지막 마침표를 찍는 땅의 이름은, 얘기하는 사람에 따라서 조금씩 다르다. 지리산 천왕봉에서 그 거대한 숨결이 용솟음치며 마감을 했다고 얘기하는 사람이 있고, 어떤 이는 해남 땅 달마산에서 그 숨결이 한결 편안하게 골라져 지금의 땅끝 마을에 이른다는 것이다.
— 곽재구, 〈땅끝에서 바다로 이어지는 신비의 바닷길〉

나 겨울 섬진강은 적막하다. 돌길에 자전거가 덜커덕거리자 졸던 물새들이 놀라서 날아오른다. 겨울의 강은 흐름이 아니라 이음이었다. 강은 자신의 내면을 들여다보는 인간의 표정으로 깊이 가라앉아 있었고, 물은 속으로만 깊게 흘렀다. 가파른 산굽이를 여울져 흐르는 젊은 여름 강의 휘모리장단이나, 이윽고 하구에 이르러 아득한 산야를 느리게 휘돌아나가는 늙은 강의 진양조장단도 들리지 않았다.

산하는 본래가 인간이 연주할 수 없는 거대한 악기와도 같은 것인데, 겨울의 섬진강과 노령산맥은 수런거리는 모든 리듬을 땅속 깊이 감추고 있었다. 겨울의 산과 강은 서로 어려워하고 있었고, 자전거는 그 어려워하는 산과 강 사이의 길을 따라 달린다.

천담마을 앞에서 섬진강은 커다랗게 굽이치면서 방향을 틀어서 구담·싸리재·장구목·북대미 같은 작고 오래된 마을 옆을 흐른다. 이 구간에서 강물의 수심은 무릎 정도이다. 마주 보는 마을 사이에 다리가 없어서 신발을 벗고 자전거를 끌면서 물속을 걸어서 강을 건넜다.

겨울 강물이 낮아지자 물속의 바위들이 물 위로 드러나 장관을 이루었다. 바위들의 흐름은 구담에서 싸리재에 이르도록 계속된다. 수만 년을 물의 흐름에 씻긴 바위들은 그 몸속에 흐름을 간직하고 있었다. 모든 연약한 부분들을 모조리 물에 깎인 그 바위들은 완강한 단단함으로 물속에 박혀 있었는데, 그 단단함은 유연하고 온화한 외양으로 나타나는 것이었다. 그 바위는 박혀 있는 바위인 동시에 흐르는 바위였고, 존재 안에 생성을 간직한 바위였으며, 가장 유연한 형식으로 가장 강력한 내용을 담아내는 바위였다.
— 김훈, 〈시간과 강물—섬진강 덕치마을〉

다 일반적으로 이미지(image)를 심상(心像)이라고도 한다. 마음속의 그림이라는 뜻이다. 생활 속에서 이루어지는 다양한 인간의 경험은 일차적으로 오관을 통해 지각된다. 이러한 경험의 내용을 감각적 지각이라고 한다. 이 감각적 지각은 인간의 머릿속에 강한 인상으로 남아 있기도 하고 재생되기도 한다. 이미지란 바로 이 감각적 인상을 뜻하는 말이다. (중략)

이미지는 대상에 대한 감각적 체험에 의존한다. 감각적 인식이란 인체에 속해 있는 감관(感官)에 가해진 외적 자극에 의해 생겨나는 정신 현상이다. 눈을 통해 대상의 형태와 움직임을 볼 수 있고, 귀를 통해 그 소리를 감지할 수 있다. 그리고 입으로 그 맛을 음미할 수 있으며, 손으로 더듬어 그 감촉을 느낄 수 있다. 이처럼 대상에 대한 감각적 체험과 관련되는 정신 작용을 바탕으로 이루어지는 이미지를 심적 이미지(mental image) 또는 정신적 이미지라고 한다. 이 경우 이미지는 신체적 지각에 의해 일어나는 감각이 마음속에서 재생되는 것을 의미한다. 그러므로 심적 이미지는 감각의 구분에 따라 이미지의 유형학이 성립된다. 주로 시각적 이미지가 중심을 이루지만, 청각적 이미지, 후각적 이미지, 미각적 이미지, 촉각적 이미지 등으로 구분해 볼 수 있다.

– 권영민, 《문학의 이해》

1_ 제시문 (가)와 (나)에서 두드러지는 심상과 그 효과를 써 봅시다.

2_ 여행지에서 본 아름다운 풍경이나 인상 깊었던 모습을 심상이 잘 드러나도록 묘사해 봅시다.

여행의 의미

우리는 다양한 이유로 여행을 떠납니다. 여행의 경험이 주는 의미를 생각해 봅시다.

㉮ 우리는 장병천 씨와 헤어져 무꽃이 하얗게 피어 있는 언덕과 산길을 지나 곧장 지산면 인지리로 찾아갔다. 인지리는 뒤에는 산이 있고 앞에는 내가 흐르는 아름다운 마을이었다. 마을 앞에는 늙은 소나무들이 서 있고 뒷산에는 깎아지른 바위가 있어 마을에 운치를 더해 주고 있었다. 인천과 독치라는 두 자연 부락으로 이루어진 이 마을이 6백여 년이나 된 오랜 마을이란 것도 뒤에 들은 얘기이다.

우리는 진도 들노래 기능 보유자를 찾아가서 목화밭을 맬 때나 대동(大同) 놀음을 할 때 여럿이서 함께 부르는 노래인 〈염장〉을 들었다. 가락은 구성지고도 신명이 났다.

아– 하– 하하 산이래도 이리래로구나
에헤 헤헤 아 어디로 가자넘
좋다 좋다 에이시나 워리 (후략)

더 듣고 싶은 노래가 있었으나 한창 모내기로 바쁜 철이어서 동네가 텅 비어 있었기 때문에 여럿이 함께 부르는 소리를 들을 수 없었던 것은 유감이었다.

진도는 한 번 스쳐 지나갈 곳이 아니었다. 흔히 진도를 가리켜 '민속의 보고'라고 하지만, 이곳이야말로 며칠이라도 묵으면서 생활, 역사, 방언, 무속, 신앙, 그림, 노래 등을 깊이 있게 조사해 볼 만한 곳이었다. 언젠가는 이 일을 꼭 해 보겠다고 속으로 다짐하면서 진도에서의 노래 듣기는 여기서 끝내기로 했다.

— 신경림, 〈민요 기행 1–진도에서 보길도까지〉

㉯ "원래 자전거에서는 소리가 나게 마련이야. 정비를 하고 떠나도 며칠 내로 다시 삐걱거리고 뭔가가 이상해지지. 너에게 필요한 건 수리가 아니라 몇백 킬로미터를 달려 보는 경험과 그 시간인 것 같구나."

그들과 헤어진 후 메콩 강 왼쪽 길을 따라 타이, 미얀마, 라오스가 만나는 골든트라이앵글까지 달렸다. 티베트에서 힘차게 출발한 이 물줄기는 풍요롭고 따스하게 대지를 적시다 바다와 섞일 때까지 2개월간 나와 함께할 것이다.

이미 어둠에 잠긴 메콩 강 건너편 라오스 쪽에서 불빛 몇 개가 반짝였다. 날씨도, 기분도, 컨디션도 좋은 즐거운 날이었다. 게다가 자전거로 하루에 백 킬로미터를 넘게 달린 건 내 인생에서 처음이었다. 강변에서 만찬을 들며 오늘 일을 자축하기로 한 나는 여러 가지 바비큐를 푸짐하게 먹은 후 숙소로 돌아왔다. 짐을 가득 실은 무거운 산악자전거를 타고 오래 달렸는데도 몸은 여전히 멀쩡해서 놀랍기만 하다. 나, 생각보다 튼튼한 사람인가 보다.

— 이민영, 〈아름다운 성곽 도시를 여행하는 방법〉

다 옛날 은진미륵 아래 두더지 부부가 살았다. 금슬 좋은 이 부부에게는 어여쁜 딸이 있었는데, 부부는 이 딸에게 세상 최고의 남편을 얻어 줘야겠다고 다짐했다. 사윗감을 찾아 나선 부부는 맨 처음 태양을 찾아갔다. 하지만 힘들게 찾아가 만난 태양은 다른 말을 했다. 구름이 자신을 가리면 힘을 쓸 수 없으니 그가 더 훌륭하다는 것이었다. 그러자 부부는 구름을 찾아갔다. 하지만 구름은 자신은 바람에 불려 이리저리 밀려다니는 존재라며 바람이 더 훌륭하니 그를 찾아가라고 했다. 두더지 부부는 다시 바람을 찾아갔다. 그러자 바람은 자기가 아무리 힘이 세도 거대한 불상인 은진미륵은 꼼짝하지 않는다며 그를 찾아가라고 했다. 부부가 은진미륵을 찾아가자 그가 말했다. "내가 이렇게 힘이 세 보이지만 무서운 게 있어요. 내 발밑에 사는 두더지가 자꾸 땅을 파서 곧 넘어질 지경이에요. 그러니 그 두더지를 찾아가 보세요." 그 말을 듣고 다시 돌아온 부부는 두더지 총각을 찾아 딸과 짝지어 주었다.

두더지에서 태양, 태양에서 구름, 구름에서 바람, 바람에서 은진미륵, 은진미륵에서 다시 두더지로 이어지는 순환이 꽤 재미있는 글이다. 혹시 결말에서 좀 허망한 느낌이 들었을 수도 있다. 좋은 짝을 구하려고 힘들여서 먼 길을 나섰다가 빈손으로 돌아왔으니 헛고생을 했다고 할 만하다.

하지만 이 이야기에서 두더지 부부의 여행이 정말 무의미한 것이었을까? 오히려 그것은 소중한 발견의 과정이었다. 두더지는 자기가 보잘것없는 존재라 생각했지만 알고 보니 그렇지 않았다. 거센 바람도 못 이기는 은진미륵을 흔들어 넘어뜨릴 만한 힘을 가지고 있었다. 우리 자신이 힘이 있고 소중한 존재라는 것. 지금 내가 서 있는 이곳이 바로 세상의 중심이라는 것. 두더지들은 긴 여행을 통해서 이 크고도 소중한 사실을 깨달았던 것이다. — 신동흔, 《왜 주인공은 모두 길을 떠날까?》

1_ 제시문 (가)~(다)에 나타난 여행의 목적을 이야기해 봅시다.

....

....

....

2_ 제시문을 활용하여 여행의 가치에 대해 이야기해 봅시다.

....

....

....

03 세걸음 ▶▶▶

지역 문화의 가치

우리는 여행을 하며 많은 지역 문화를 만납니다. 지역 문화의 가치와 보존 방안을 생각해 봅시다.

가 〈진도 아리랑〉은 다른 데서도 많이 들은 노래. 그래서 내가 심드렁하고 있자니까, 아낙네가 곧 눈치를 알아차리고 소리를 바꾸었다. 나는 이내 그것이 〈둥덩에 타령〉이란 것을 알 수 있었다.

> 둥덩에덩 둥덩에덩 덩기둥덩에 둥덩에덩
> 사사랑방 아니냐 고공부방 아니냐
> 잠들기 전에는 임 생각난다. (후략)

여인이 신명이 나자 가죽 가방을 앞에 놓고 장단을 쳤다. 몇 아낙네들이 "둥덩에덩 둥덩에덩 덩기둥덩에 둥덩에덩." 하고 뒷소리를 받았지만 앞소리는 혼자서 불러 나갔다. 이 여인은 〈둥덩에 타령〉이 품앗이로 명주실을 자을 때 고되면 나오는 노래라고 설명했다. 창에 대고 활을 튕기면서 하기도 하고, 바가지 장단을 치면서 하기도 했다.
– 신경림, 〈민요 기행 1–진도에서 보길도까지〉

나 숨을 참고 바닷속에서 물질을 하는 해녀를 두고 흔히 '저승 돈 벌어서 이승 자식을 먹여 살린다'고 한다. 죽음을 인식한 작업인 만큼 염세적인 정서가 표출되는데, 그 비극적인 삶의 근원을 자신의 운명 혹은 인생관에서 찾고 있다. 바다 깊은 곳을 향하는 물질은 '저승길'이라는 말처럼 두렵고 가기 싫은 일이다. 이러한 환경에서 작업해야 하는 것을 숙명이라고 여긴다면 그들의 의식이란 진취적이고 강인하다기보다는 차라리 체념적이고 순응적이라 해야 할 것이다. 그래서 해녀들은 자신과 동일 운명을 지녔다고 여기며 기대고 의지하는 대상으로 '어머니'를 끌어온다. 같은 여성으로서 자기를 낳아 준 어머니는 동류적인 존재이기도 하고 원망의 대상이기도 했기 때문이다.

그러나 제주 해녀들은 삶의 고통에 좌절하지 않는 강인한 여성이었다. 그녀들은 스스로 노 젓는 노래의 힘찬 기백을 통해 고통을 극복하려고 했다. 그러한 극복의 한 유형으로 연꽃이 피어 있는 낙원의 섬인 이어도를 찾기도 했다. 바다에서 죽은 남편을 이어도에 가 있는 것으로 여기고 그곳을 향해서 한없는 그리움의 노래를 만들었다.

> 이엿문은 저승문이여 / 이여도 질(길)은 저승질(길)이여
> 신던 보선에 볼을 받아 놓고서 / 애가 타게 기다려도 다시는 올 줄을 모르더라.

노래 속에서는 이어도를 현실성과 이상성을 내포하고 있는 섬으로 그려 내고 있다. 현실은 고난을 겪는 여인의 심정이 담겨 있지만 동시에 유토피아와 같은 섬이기도 했다.
– 좌혜경, 〈바다의 노래, 제주 민요〉

다 서울여자대학교 영어영문학과 교수인 스티븐 캐프너 씨는 한국 문학 번역원에서 한국 소설을 번역해 세계에 알리는 작업을 하고 있다. 작품들을 번역하면서 그는 한국 문학의 독특한 매력을 세계인들이 함께 공감하고 즐길 수 있기까지 어떤 노력이 필요한지에 대해서 고민하고 있다.

"한국의 특수한 매력을 세계인의 보편적 감성에 어떻게 전달하느냐의 문제예요. 한국 문학이 가진 따뜻함과 아름다움을 다른 언어권 독자들에게 전달하기 위해서는 아직 더 많은 고민과 노력이 필요합니다. (중략) 정체성이란 고정된 틀에 갇혀서도 안 되지만, 그렇다고 자신이 가지고 있는 고유한 색깔을 포기해서도 안 돼요. 주체적이고도 수용적인 자세가 필요합니다. 그게 진짜 한국적인 매력을 외부에 제대로 알리는 방법인 거죠."

1_ 제시문 (가)와 (나)의 민요에 드러난 특성을 바탕으로, 지역 문화의 가치를 이야기해 봅시다.

....

....

....

2_ 제시문 (다)를 바탕으로 지역 문화의 발전 방향에 대해 이야기해 봅시다.

....

....

....

기행문쓰기

■ 본인의 경험을 활용해, 여정과 견문이 드러나도록 기행문을 써 봅시다.

네번째

문화·예술

한 인간의 혼이 담긴 살아 있는 존재로 대할 때,
옛 그림은 우리의 삶을 위로하고 기름지게 합니다.

오주석

미술사학자. 수원 출생(1956~2005). 서울대학교 동양사학과와 동 대학원 고고미술사학과를 졸업했으며, 간송 미술관 연구 위원, 연세대학교 영상대학원 겸임 교수를 역임하였다. 한국 미술의 아름다움을 알리기 위한 강연을 여는 등 우리 미술을 알리기 위해 애썼다. 저서로는 《한국의 미 특강》, 《오주석의 옛 그림 읽기의 즐거움》 등이 있다.

들썩거리는 서민의 신명 | 오주석

이 글은 김홍도의 그림 〈씨름〉에 대해 설명하는 글이다.
그림에 나타난 인물들의 표정, 자세 등을 고려하여 그 안에 담겨 있는
정보를 읽어 내는 과정을 보여 주고 있으며, 그림을 이해하는 새로운 시각과 관점을 제시하고 있다.

중학생 여러분 안녕하세요?

제가 여러분을 만나서 강연할 기회가 생기다니 감격스럽습니다. 오늘은 여러분에게 우리의 옛 그림 한 점을 소개하겠습니다. 사진도 없었던 그 시절 단옛날의 광경을 마치 눈앞의 일인 것처럼 실감 나게 살펴볼 수 있는 것은 단원 김홍도가 그린 〈씨름〉이라는, 이 작은 그림 한 폭 덕택입니다.

그림을 보세요.

오른편 위쪽부터 시계 반대 방향으로 살펴보겠습니다. 수염 난 중년 사내는 좋아라 입을 헤 벌리고 앞으로 윗몸을 기울이느라 두 손을 땅에 짚었습니다. 막 끝나려는 씨름 판세가 반대편으로 넘어갈 듯해서입니다. 젊은이는 팔을 베고 아예 비스듬히 누워 부채를 무릎에 얹었습니다. 씨름판이 꽤 됐는지 앉아 있기에도 진력이 난 모양입니다.

다음으로 왼편 위쪽에 있는 여덟 명의 사람들을 보겠습니다. 맨 구석의 점잖은 노인은 **의관**을 흐트리지 않고 단정히 앉았으며, 그 앞의 갓 쓴 젊은이는 다리가 저리는지 왼편 다리만 슬그머니 뻗었는데, 부채로 얼굴을 가린 양을 보면 소심한 성격인 듯합니다. 그 뒤쪽 사람은 '야, 이것 봐라!' 하는 큰 표정이

| 김홍도, 〈씨름〉 (보물 제527호)

남다르며, 작은 아이는 두 다리를 털퍼덕 내 벌려 양손으로 제 발을 쥔 재미난 모양을 하고 있습니다.

이제 왼편 아래쪽을 보겠습니다. **체수**가 큰 이와 통통한 이, 그리고 자그마한 사람까지 어른이 셋에, **떠꺼머리**총각이 한 명 있습니다. 그중에 두 사람은 **합죽선**을 부치고 있습니다. 원래 단오는 양력으로 유월 초여름이라, 이때는 세시 풍속으로 부채를 만들어서 윗사람이 아랫사람에게 선물하는 것이 관례였습니다.

오른편 아래쪽 두 사람을 볼까요? 구경꾼 가운데서도 가장 크고 짙게 그려진 이들은 깜짝 놀란 듯 입을 벌린 채 다시 다물지를 못합니다. 또 머리를 뒤로 젖혔는데 상반신까지 뒤로 밀리며 한 팔로 뒤의 땅을 짚었습니다. 그러니 열세인 씨름꾼이 이 사람들 쪽으로 내동댕이쳐질 것이 분명합니다.

그럼 이 씨름판에서 어느 장사가 이길까요? 아무래도 한눈에 뒷사람이 곧 질 듯합니다. 등을 보인 사나이는 우선 두 발이 땅에 굳건한데, 저편은 한 발이 완전히 허공 중에 들리고 다른 쪽 발도 벌써 반쯤은 땅에서 떨어졌습니다. 들배지기에 걸려 체중이 떠오르니 안 넘어가려고 안간힘을 쓰는 눈빛에는 당황한 기색이 역력하고, 양미간에는 애처롭게도 깊은 주름까지 파였습니다. 또 마지막 희망인 오른손조차 힘이 빠져가니, 그 손가락이 바나나처럼 쭉 늘어난 모습으로 과장되게 그려져 있습니다. 한편, 다른 편 장사는 이번엔 아주 끝을 낼 요량으로 젖 먹던 힘까지 내어 마지막 용을 쓰는데, 그렇지 않아도 다부지고 억센 몸에 온 가득히 힘이 들었고 아래턱까지 앙그러지게 악물었습니다. 시계 반대 방향으로 잡아챘는데 거의 다 걸린 기술이 끝에 가서 정말 애를 먹입니다. 그러나 판은 틀림없이 끝났습니다. 다음 순간 거꾸로 확 잡아챌 것이기 때문입니다. 그래서 오른편 아래쪽으로 넘어갈 것을 구경꾼이 먼저 알았습니다.

그러나 그 와중에도 단 한 사람 여유 만만한 이가 있습니다. 씨름꾼과 등을 진 채 목판을 둘러멘 떠꺼머리 엿장수가 그 사람입니다. 뭉툭코에 사람 좋은 웃음을 띠고 총각은 혼자 딴청을 피우고 있습니다. 엿판에 놓인 엽전 세 닢에 마음이 흐뭇해서일까요?

지금까지 살펴본 김홍도의 〈씨름〉은 단옷날의 풍경을 한눈에 볼 수 있습니다. 공책만 한 작은 화첩에 스물두 명이나 그려져 있고, 한 사람 한 사람이 제각기 다른 표정과 다른 자세를 하고 있습니다. 이 작품이 척척 그려 낸 스케치풍임에도 불구하고 웬만한 화가라면 그려 낼 수 없으리라고 판단되는 것은 그 때문입니다.

옛 그림은 살아 있는 하나의 생명체와 같습니다. 그것은 분석의 대상이기 전에 넋을 놓고 바라보게 하는 예술품입니다. 한 인간의 혼이 담긴 살아 있는 존재로 대할 때, 옛 그림은 우리의 삶을 위로하고 기름지게 합니다. 여러분에게 조금이나마 도움이 되었길 바랍니다. 감사합니다.

의관(衣冠) 남자의 웃옷과 갓이라는 뜻으로, 남자가 정식으로 갖추어 입는 옷차림을 이르는 말.
체수(體−) 몸의 크기.
떠꺼머리 장가나 시집갈 나이가 된 총각이나 처녀가 땋아 늘인 머리. 또는 그런 머리를 한 사람.
합죽선(合竹扇) 얇게 깎은 겉대를 맞붙여서 살을 만든, 접었다 폈다 하게 된 부채.

생각해보기

1 다음 그림을 보고 빈칸에 들어갈 알맞은 말을 써 봅시다.

- 점잖은 노인 : 단정히 앉음.
- 젊은이 : 부채로 얼굴을 가림.
  → (㉠   ) 성격인 듯함.
- 뒤쪽 사람 : 큰 표정이 남다름.
- 작은 아이 : 다리를 벌려 양손으로 발을 쥔
  모양을 함.

- 중년 사내 : 입을 헤 벌리고 윗몸을 기울
  이느라 두 손을 땅에 짚음. → 씨름 판세
  가 반대편으로 넘어갈 듯함.
- (㉡   ) : 팔을 베고 비스
  듬히 누워 부채를 무릎에 얹음. → 앉아
  있기에 진력이 남.

종묘는 조선 왕조 5백여 년 동안은 물론
지금까지도 제례의 전통이 이어지는 곳으로도 유명해요.

이형준

사진작가(1964~). 중앙대학교 사진학과를 졸업한 후 여행 사진가로 활동하고 있다. 20여 년 동안 세계 각국을 여행하며 외국에서 1년의 절반 이상을 보내고 있다. 주요 저서로는 《소설과 영화를 찾아가는 일본 여행》, 《엽서의 그림 속을 여행하다》, 《유네스코 세계 문화유산 유럽편》 등이 있다.

조선 왕조의 뿌리, 종묘 | 이형준

이 글은 유네스코 세계 문화유산인 종묘를 소개하는 글로
전반부에는 종묘 정전과 영녕전에 대해, 후반부에는 종묘 제례에 대해 설명하고 있다.
이 글을 통해 종묘와 종묘 제례 의식의 개념과 특징을 이해하고,
소중히 보존해야 할 전통 유산의 가치에 대해 생각해 볼 수 있다.

여러분은 책이나 텔레비전을 통해 종묘라는 단어를 접해 본 적이 있지요?
특히 텔레비전 사극 속에서 "전하, 종묘사직을 보존하시고 훗날을 기약하소
서!"라고 하는 말을 들어 보았을 거예요. 조선이 국가의 근본을 종묘와 **사직**에
두었다는 것을 잘 보여 주는 대목이지요. 종묘는 바로 조선 왕조의 뿌리라고
할 수 있습니다.

조선은 유교를 나라를 다스리는 근본으로 삼았던 왕조였습니다. 유교의 예
법에 따르면 국가의 도읍지에는 반드시 세 곳의 공간을 마련해야 한다고 해
요. 이 세 곳이란 왕이 머무는 궁궐과 조상에게 제사를 올리는 종묘, 그리고
신에게 제사를 지내는 사직단을 말해요. 이에 따라 조선을 세울 때 가장 먼저
모습을 드러낸 곳이 바로 종묘였어요.

| 종묘 정전

| 종묘 제례

　　유교에서는 조상에 대한 효도를 매우 중시했지요. 조상이 살아 계실 때 정성으로 모시는 것은 물론, 돌아가신 후에도 그들의 영혼이 의지할 수 있는 상징물을 만들어 놓고 정성껏 제사를 지냈습니다. 그 상징물을 신주라고 하지요. 신주를 보관했던 장소를 사당이라고 하는데, 종묘는 왕과 왕비의 신주를 모시고 제사를 지내던 특별한 사당이었어요.

　　종묘에서 신주를 모신 건물은 정전이에요. 죽은 조상의 영혼을 모시는 공간답게 화려한 색상과 장식을 최대한 억제하였답니다. 대신 엄숙함을 느낄 수 있도록 간결하면서도 장엄하게 완성했지요. 세월이 흘러 신주를 모실 공간이 부족해지자 영녕전을 새롭게 짓고, 정전도 점점 늘려 지어 오늘에 이르게 되었습니다. 정전과 영녕전을 중심으로 모든 건물들은 하나같이 주변 경관과 자연스럽게 어우러져 있어 웅장하면서도 신성한 분위기를 느낄 수 있어요. 이처럼 장엄하면서도 절제된 아름다움을 동시에 갖춘 종묘는 1995년에 유네

스코 '세계 문화유산'으로 등재가 되었지요.

　종묘는 조선 왕조 5백여 년 동안은 물론 지금까지도 **제례**의 전통이 이어지는 곳으로도 유명해요. 종묘에서 역대 왕조의 조상에게 지내는 제사를 종묘 제례라고 하는데, 조선 왕조의 제사 가운데 가장 규모가 크고 중요한 것이어서 '종묘대제'라고도 불리지요. 조선 시대에는 봄, 여름, 가을, 겨울, **섣달** 이렇게 매년 다섯 차례 정기적으로 제사를 올렸어요. 그 외에도 나라에 좋은 일이나 나쁜 일이 일어나면 수시로 제사를 올렸고, 햇곡식과 햇과일이 생산되는 시기에도 제사를 올렸지요. 이 전통은 오늘날에도 이어져 매년 5월 첫째 주 일요일이면 종묘에서 제례 의식을 거행한답니다.

　종묘 제례에는 모든 행사의 순서에 맞게 노래와 악기 연주와 무용수가 추는 춤이 동반되었어요. 종묘 제례에서 연주되는 이러한 음악과 춤을 종묘 제례악이라고 해요. 종묘 제례악은 왕의 제사 의식에 걸맞게 장엄할 뿐 아니라 화려한 음색을 갖춘 것이 특징이에요. 종묘 제례악 역시 세계 어느 곳에서도 찾아보기 어려운 중요한 유산으로 2001년에 유네스코 '인류 구전 및 무형 유산 걸작'으로 등록되었답니다. 동아시아의 왕실 제례 의식 가운데 5백 년 이상을 이어 내려온 유일한 것이기 때문입니다.

종묘 제례 의식은 조선 왕조의 정통성을 확립하는 데 크게 기여하였습니다. 그리고 조선 왕조가 사라진 지 약 1세기가 지난 지금까지도 후손들에 의하여 전통이 이어지고 있습니다. 돌아가신 조상의 영혼이 머물렀던 정전과 영녕전, 그리고 그곳에서 펼쳐지는 제례 의식은 소중히 보존해야 할 우리의 전통 유산입니다.

사직(社稷) 나라에서 백성의 복을 빌기 위해 제사를 지내던 토지신과 곡신.
제례(祭禮) 제사를 지내는 의식.
섣달 음력으로 한 해의 맨 끝 달. 12월.

생각해보기

[1] 이 글에서 알 수 있는 종묘에 대한 설명으로 옳지 않은 것을 골라 봅시다.

① 왕과 왕비의 신주를 모시고 제사를 지내는 특별한 사당을 말한다.
② 정전과 영녕전은 종묘의 중심을 이루고 있는 건물이다.
③ 장엄하면서도 절제된 아름다움을 갖추고 있어 유네스코 세계 문화유산에 등재되었다.
④ 종묘에서 역대 왕조의 조상에게 지내는 제사를 종묘 제례라고 한다.
⑤ 조선 왕조가 사라진 오늘날에는 종묘 제례 의식을 거행하지 않는다.

[2] 조선 사회에서 종묘의 상징적 의미에 대해 이야기해 봅시다.

....

....

....

....

[3] 다음 논증 방식에 따라 빈칸에 들어갈 알맞은 말을 써 봅시다.

• 대전제 : 정통성이 있는 문화는 보존 가치가 있다.

↓

• 소전제 : 종묘 제례 의식은 조선 왕조의 정통성을 확립하는 데 기여했고, 1세기가 지난 지금까지도 전통이
　　　　　이어지고 있다.

↓

• 결론 : 그러므로 종묘 제례 의식은 ....

....

....

나는 무량수전 배흘림기둥에 기대서서
사무치는 고마움으로
이 아름다움의 뜻을 몇 번이고 자문자답했다.

최순우

미술사학자, 작가. 경기도 개성 출생(1916~1984). 호는 혜곡(兮谷). 국립개성박물관 참사, 서울 국립박물관 학예연구실장을 거쳐 국립중앙박물관장으로 취임하여 죽기 전까지 재직하였다. 우리나라 전통 도자기, 목기, 회화 등의 특별 전시를 여러 차례 주관하는 등 한국 미술의 진흥에 크게 이바지했으며, 여러 대학에 출강하여 후학 양성에도 힘썼다. 대표 저서로 《무량수전 배흘림기둥에 기대서서》가 있다.

부석사 무량수전 | 최순우

이 글은 상세한 설명과 묘사를 통해 무량수전의 아름다움을 담은 글이다.
무량수전에 대한 객관적이고 지식적인 정보와 함께
무량수전을 비롯한 우리 전통 건축물에 대한 글쓴이의 애정과 예찬적 태도가 잘 드러난다.

    소백산 기슭 부석사의 한낮, 스님도 마을 사람도 인기척이 끊어진 마당에는 오색 낙엽이 그림처럼 깔려 초겨울 안개비에 촉촉히 젖고 있다. 무량수전, 안양문, 조사당, 응향각 들이 마치 그리움에 지친 듯 해쓱한 얼굴로 나를 반기고, 호젓하고도 스산스러운 희한한 아름다움은 말로 표현하기가 어렵다. 나는 무량수전 배흘림기둥에 기대서서 사무치는 고마움으로 이 아름다움의 뜻을 몇 번이고 자문자답했다.

| 부석사 전경

무량수전은 고려 중기의 건축이지만 우리 민족이 보존해 온 목조 건축 중에서는 가장 아름답고 가장 오래된 건물임이 틀림없다. 기둥 높이와 굵기, 사뿐히 고개를 든 지붕 추녀의 곡선과 그 기둥이 이루는 조화, 간결하면서도 **역학적**이며 기능에 충실한 **주심포**의 아름다움, 이것은 꼭 갖출 것만을 갖춘 필요미이다. 문창살 하나 문지방 하나에도 나타나 있는 비례의 상쾌함이 이를 데가 없다.

멀찍이서 바라봐도 가까이서 쓰다듬어 봐도 무량수전은 그 자태가 의젓하고도 너그러우며 근시안적인 신경질이나 거드름이 없다. 무량수전이 지니고 있는 이러한 지체야말로 석굴암 건축이나 불국사 돌계단의 구조와 함께 우리 건축의 참 멋. 즉 조상들의 안목과 그 미덕이 어떠하다는 실증을 보여 주는 본보기라 할 수밖에 없다.

무량수전 앞 안양문에 올라앉아 먼 산을 바라보면 산 뒤에 또 산, 그 뒤에 또 산마루, 눈길이 가는 데까지 그림보다 더 곱게 겹쳐진 능선들이 모두 이 무량수전을 향해 마련된 듯싶다. 이 대자연 속에 이렇게 아늑하고도 눈맛이 시원한 시야를 터줄 줄 아는 한국인, 높지도 얕지도 않은 이 자리를 점지해서 자연의 아름다움을 한층 그윽하게 빛내 주고 부처님의 믿음을 더욱 **숭엄한** 아름다움으로 이끌어 줄 수 있었던 뛰어난 안목의 소유자, 그 한국인, 지금 우리의 머릿속에 빙빙 도는 그 큰 이름은 부석사의 **창건주** 의상대사이다.

이 무량수전 앞에서부터 **당간지주**가 서 있는 절 밖, 그 넓은 터전을 여러 층단으로 닦으면서 그 마무리로 쌓아 놓은 긴 석축들이 각기 다른 각도에서 이뤄진 것은 아마도 먼 **안산**이 지니는 겹겹한 능선의 각도와 조화시키기 위해 풍수 사상에서 계산된 계획일 수도 있을 것 같다. 이 석축들의 짜임새를 바라보고 있으면 신라나 고려 사람들이 지녔던 자연과 건조물의 조화에 대한 생각을 알 수 있을 것 같다. 그것을 순리의 아름다움이라고 이름 짓고 싶다.

크고 작은 자연석을 섞어서 높고 긴 석축을 쌓아올리는 일은 자칫 잔재주에

| 부석사 무량수전 (국보 제18호)

| 배흘림기둥(좌)과 주심포(우)

| **부석사의 부석**(浮石)

기울기 마련이지만, 이 부석사 석축들을 돌아보고 있으면 이끼 낀 크고 작은 돌들의 모습이 모두 그 석축 속에서 편안하게 자리 잡고 있어서 희한한 구성을 이루고 있다.

역학적(力學的) 물체의 운동에 관한 법칙을 연구하는 학문의 원리나 성질을 띠는. 또는 그런 것.
주심포(柱心包) 기둥머리 바로 위에 짜 놓은 나무 조각.
숭엄하다(崇嚴-) 높고 고상하며 범할 수 없을 정도로 엄숙하다.
창건주(創建主) 절을 새로 세운 시주(施主).
당간지주(幢竿支柱) 깃대를 받쳐 세우는 기둥.
안산(案山) 풍수지리에서, 집터나 묏자리의 맞은편에 있는 산.

생각해보기

1 다음 내용을 통해 알 수 있는 무량수전의 아름다움은 무엇인지 이야기해 봅시다.

| 기둥 높이와 굵기, 추녀의 곡선과 기둥이 이루는 조화 | 간결하면서도 역학적이며 기능에 충실한 주심포의 아름다움 | 문창살 하나, 문지방 하나에도 나타나 있는 비례의 상쾌함 |

⬇

2 다음은 글쓴이의 견문을 정리한 내용입니다. 빈칸에 들어갈 알맞은 말을 써 봅시다.

안양문에서 (㉠)들을 바라보며 이들이 모두 무량수전을 향해 마련된 것 같다는 생각을 한다.

⬇

각기 다른 각도에서 이루어진 석축들의 짜임새를 보며 (㉡)을/를 떠올린다.

⬇

부석사 석축들이 자연과 조화를 이룬 (㉢)의 아름다움을 지니고 있다고 생각한다.

• ㉠ :

• ㉡ :

• ㉢ :

우리나라의 전통 정원은
자연 경관을 주(主)로 삼고
인공 경관을 종(從)의 위치에 두었다.

허균

미술 평론가, 칼럼니스트(1947~). 홍익대학교와 동 대학원에서 한국 미술사를 전공했으며, 전통 미술 전반에 걸쳐 자리 잡고 있는 한국인의 미의식과 생활 철학을 연구해 왔다. 문화재 전문 감정 위원, 문화재청 심사 평가 위원 등을 지냈다. 저서로는 《뜻으로 풀어 본 우리 옛 그림》, 《한국의 정원, 선비가 거닐던 세계》, 《허균의 우리 민화 읽기》, 《옛 그림에서 정치를 걷다》 등이 있다.

한국의 정원, 선비가 거닐던 세계 | 허균

이 글은 정원에 반영된 우리나라 사람들의 자연 친화적인 성정(性情)에 대해 쓴 글이다.
중국, 유럽의 정원과 비교하여 우리나라 전통 정원의 특징을 설명하고
이를 우리 민족의 성정과 관련짓고 있다.

우리 민족은 태곳적부터 처절한 투쟁이나 도전을 필요로 하지 않는 자연환경 속에서 살아왔다. 한반도라는 삶의 터전에는 생존을 위협하는 한대의 혹독한 추위나 열대의 참기 어려운 더위도 없으며, 건조한 사막의 목마름도 없다. 대신 뚜렷한 사계가 있고, 맑고 깨끗한 바다가 육지와 경계를 맞대고 있으며, 계곡물이라면 어떤 것이라도 식수로 이용되었고, 산야에 자라는 식물은 그대로 약초가 되었다. 이 천혜의 자연환경 속에서 살아온 한국인들은 자연의 리듬을 말없이 느끼고 수용하면서 우리들을 둘러싸고 있는 자연이란 으레 아름다운 것이고, 자연은 인간의 생활과 조화를 이루고 있는 것일 수밖에 없다는 인식을 은연중에 지니고 살아왔다.

한국인의 생활 터전은 이렇듯 아름답고 풍요롭기 때문에 정원을 조성한다고 해서 특별히 수목이나 **경물**(景物)을 정원에 옮겨다 놓지 않아도 되었다. 때로는 필요에 따라 약간의 공작물을 들여놓아 인공을 첨가하기도 하지만 기본적으로 자연 순응적인 조원(造園) 방식을 크게 벗어나지 않았다. 이러한 한국 정원의 조원 방식은 낙향한 선비들의 정원은 물론이고, 궁원(宮園) 등 여러 방면에 일관되게 적용되어 있다.

고려 시대의 정원은 원형 그대로 남아 있는 예를 찾기 어렵지만, 자연 그대로의 모습을 사랑하고 숭상하는 전통은 조선 시대의 정원으로 이어졌다. 전라남도 담양에 있는 소쇄원을 예로 들어 보자. 정원 담장 밑에 뚫린 수구로 흘러드는 계류는 이 정원이 조성되기 전부터 흘러내리고 있던 장원봉의 계류이고, 광풍각 아래 암괴를 스쳐 내리는 폭포수는 계곡물이 흐를 때부터 있었다. 계곡의 나무와 대나무 숲은 내내 자생하고 있었고, 그 위쪽 너머로 멀리 보이는 무등산 영봉도 태곳적부터 거기에 있었던 것이다. 소쇄원을 지은 양산보는 이 아름다운 자연의 한 부분에 담을 둘러치고 그 안쪽을 자신의 정원으로 삼았던 것이다. 그가 정원을 꾸밀 때 한 일은 광풍각과 제월당을 짓고 화단을 조성한 것뿐이었다.

소쇄원 주인은 당초 이곳을 거처로 잡고 정원을 꾸밀 때 주변 일대의 계류와 폭포와 바위와 나무를 감상의 대상에 포함시켰으며, 무등산 영봉까지도 감상의 대상에 넣었던 것이다. 이렇듯 소쇄원은 특별히 조성한 것이라기보다 대자연의 일부를 정원으로 탈바꿈시킨 것이라 할 수 있다.

전남 완도군 보길도에 있는 부용동 정원은 소쇄원보다 더 자연적이고 개방적이다. 부용동 일대에는 수목 울창한 격자봉에서 발원한 계류가 흐르고 있고, 군데군데 크고 작은 바위들이 있다. 낙향한 고산 윤선도는 계곡물을 가두어 세연지를 조성하고 부용동 일대를 정원으로 탈바꿈시켰다. 담으로 둘러친 것도 아니고, 특별히 인공적인 경물로 장식한 것도 아니기 때문에 어디서부터 어디까지가 정원인지 분명치 않을 만큼 자연과 조화를 잘 이루었다.

이처럼 우리나라의 정원은 산세, 계류의 흐름, 바위와 수목의 상태 등 산천의 모습을 더듬어서 그중 경관이 좋은 한 대목을 골라 거기에 약간의 쉼터를 짓고 나무와 돌을 정돈하는 정도로 꾸몄을 뿐, 자연의 질서를 심하게 흐트러뜨리거나 조작하지 않았다. 그래서 정원과 자연의 경계를 거의 느끼지 못할 정도이다. 여기에서 우리는 정원처럼 인공적으로 조성한 곳이라 할지라도 자

| **부용동 정원**

연 상태를 유지하는 것이 더 가치가 있고, 경물 또한 원래의 모습으로 있는 것이 진실로 즐길 만하다고 여긴 옛사람들의 생각을 읽을 수 있다.

　이웃 나라 중국의 정원과 비교해 보면 우리나라 정원의 면모가 더 여실히 드러난다. 중국 정원의 대부분은 **석가산**을 쌓고 **태호석**으로 바위 풍경을 조성하는 등 대규모의 인위적인 공간이 주된 풍경을 이루고 있다. 중국의 대표적인 정원이라 할 수 있는 소주의 졸정원, 성도의 두보초당을 보면 대부분 **분경**식으로 꾸며져 있다. 전체 평면이 담으로 구분된 크고 작은 공간 속에 여러 가지 감상용 경물들을 진열해 놓고 있어 밀도 높은 배치 상태를 보이고 있다. 그리고 정원 입구에 들어서도 정원의 경치가 잘 보이지 않게 되어 있다. 담장에 뚫린 몇 개의 문을 통과하고 나서야 비로소 태호석이나 석가산, 연못이나 정자 등으로 어우러진 본격적인 정원 경관이 시야에 들어오게 되어 있다. 결국 감상자의 시선 범위는 항상 일정한 공간 속에 머물게 마련이다. 중국의 정원은 그 주인에 의해 연출된 연극 무대와 같은 것이라 할 수 있을 것이며, 수목이나 경물들은 연출가의 의도에 따라 선택되고 배치된 소도구에 비유될 수 있을 것이다. 이 점은 인간의 의지에 앞서 자연 경관을 최대한 유지하는 한편, **차경**(借景)의 원리를 이용하여 정원의 범위를 끝없이 확대해 나가려 한 우리나라의 조원 방식과는 확실히 다른 면모라 할 수 있다.

우리나라의 옛 정원에서 찾아볼 수 있는 또 하나의 흥미로운 특징은 유럽이나 다른 나라의 전통 정원에서 흔히 볼 수 있는 분수가 없다는 사실이다. 선비들의 정원에는 물론이고 궁원에서조차 분수가 있던 흔적을 발견할 수가 없다. 현재 덕수궁 석조전 앞에 분수가 있기는 하지만 그것은 대한 제국 당시 영국인이 그들 식으로 만든 것이니 우리의 전통 양식은 아니다.

물이 높은 데서 낮은 곳으로 흐르는 것은 자연의 법칙이다. 그러므로 한국인에게 있어 물을 하늘로 솟구치게 하는 것은 물의 본성을 거스르는 행위이며, 그것은 곧 대자연의 순리를 거역하는 일이기에 용납할 수 없었던 것이다. 굳이 물의 흐름을 감상의 대상으로 삼고 싶을 때면 분수 대신 폭포를 만들었다. 창덕궁 후원의 옥류천 폭포가 그렇고, 부용지, 애련지 등의 연못에 토수구(吐水口)를 높여 물이 폭포처럼 흘러내리게 했던 것이 그 예이다. 정원에서 인공적 시설물이 자연의 순리를 어기거나, 인위적인 정원 분위기가 연출되는 것을 원치 않는 한국인의 심성은 이렇게 궁원에도 여실히 드러나 있다.

이와 달리 베르사유 궁전의 정원 등 유럽의 정원들은 영주의 위세를 떨치려는 무대로 꾸며진 것 같은 느낌이 강하다. 중국의 이화원과 피서산장 등의 정원도 이와 비슷한 인상을 풍긴다. 그러나 우리나라 궁원의 대표 격인 창덕궁 후원을 보면 왕의 권력이나 위세를 과시하려는 부분은 어느 곳에서도 찾아볼 수가 없다. 실제로 창덕궁 후원의 전체 짜임새를 보면, 10만여 평의 정원이 온통 산지와 구릉으로 되어 있고, 그중에서 인공적으로 꾸며진 **정사**(亭榭)는

40여 동에 걸쳐 1천여 평에 불과하다. 정사가 점유하는 공간은 1퍼센트 정도 밖에 되지 않는 셈이다. 그나마 그 규모가 작아서 주합루와 영화당을 제외한 대다수의 건물들은 우거진 숲속에 보일 듯 말 듯 묻혀 있다. 창덕궁 후원에는 인공과 자연의 조화를 넘어 동화의 경지가 있을 뿐이다. 이러한 동화의 경지는 창덕궁 후원은 물론이고 다른 궁원에도 마찬가지로 전개되어 있다.

우리나라의 궁중 정원은 상록수보다 활엽수가 대부분을 차지하고 있는데, 이 점도 그냥 지나쳐 볼 일이 아니다. 상록수는 겨울에도 푸르러서 계절의 변화에 무감각한 나무이다. 이 때문에 중국이나 일본에서는 상록수를 즐겨 정원수(庭園樹)로 채택한다. 그러나 계절의 순환에 따라서 봄이면 꽃이 피고 가을이면 낙엽이 진다는 사실은 어쩔 수 없는 자연 현상이요 섭리가 아닌가. 우리 조상들은 계절의 변화 또한 자연의 섭리로 받아들였기 때문에 계절의 영향을 받지 않는 나무는 정원수로 심지 않았다. 계절의 리듬은 그 누구도 거역할 수 없는 것이기에 인간은 다만 그 가운데서 살아가면 되는 것이라고 생각했던

| 창덕궁 부용지와 부용정 (보물 제1763호)

| 인공미가 두드러지는 중국과 프랑스의 정원

것이다. 그래서 정원수는 활엽수가 주종을 이루고, 거기에 소나무와 측백나무를 약간 섞어 심어 운치를 돋우게 할 뿐이었다.

결론적으로 우리나라의 전통 정원은 자연 경관을 주(主)로 삼고 인공 경관을 종(從)의 위치에 두었다. 이러한 정원 조성의 배경에는, 인간은 자연 위에 군림하는 존재가 아니라 자연과 조화를 이루며 살아가는 존재라는 관념과 지나친 기교와 인위를 싫어하는 한국인의 선천적 대의가 함께 작용하였다고 볼 수 있다. 이것은 천혜의 아름다운 자연환경 속에서 자연의 리듬을 말없이 느끼고 수용하면서 살아오는 과정에서 체득된 자연 친화적 **성정**(性情)으로부터 나온 것이라 생각된다.

경물(景物) 계절에 따라 달라지는 경치.
석가산(石假山) 정원 따위에 돌을 모아 쌓아서 조그마하게 만든 산.
태호석(太湖石) 석회암이 용해하여 기형을 이룬 돌로, 정원이나 화분 등에 관상용으로 쓰임.
분경(盆景) 분에 화초나 조화 따위를 심어서 자연의 경치처럼 꾸민 것.
차경(借景) 조망할 수 있는 아름다운 풍경을 일정한 공간 안으로 끌어들이는 것.
정사(亭榭) 경치 좋은 곳에 놀거나 쉬기 위하여 지은 집.
성정(性情) 성질과 심정. 또는 타고난 본성.

생각해보기

1 이 글은 중국, 유럽의 정원과 비교하여 우리나라 전통 정원의 특징을 설명하고 있습니다. 다음 빈칸을 채우면서 글의 구조를 정리해 봅시다.

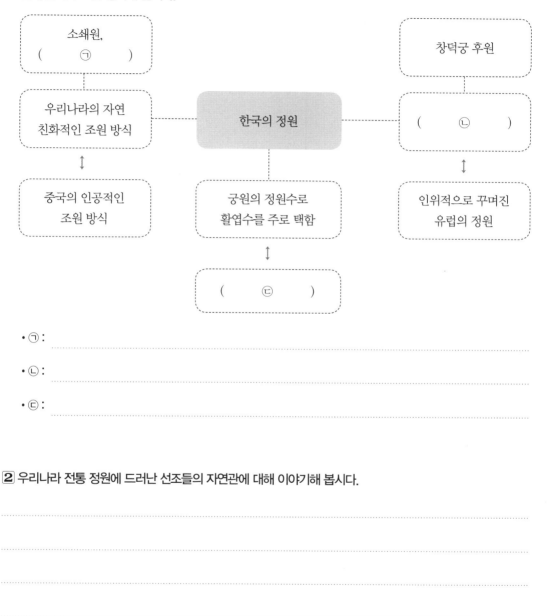

- ㉠ :
- ㉡ :
- ㉢ :

2 우리나라 전통 정원에 드러난 선조들의 자연관에 대해 이야기해 봅시다.

"서양의 종은 귀에 들리고
한국의 종은 가슴 깊은 곳에 울린다."

유홍준

교수, 인문학자, 미술 평론가. 서울 출생(1949~). 서울대학교 미학과를 졸업하고 홍익대학교 대학원에서 미술사학 석사, 성균관대학교 대학원에서 동양철학과 박사 과정을 졸업하였다. 제3대 문화재청장을 역임하였으며 대표 저서로《나의 문화유산 답사기》시리즈가 있다.

에밀레종 | 유홍준

이 글은 성덕 대왕 신종, 즉 에밀레종의 우수성에 대해 과학적 분석을 통해 말하고 있다.
글쓴이는 에밀레종 소리의 아름다움과 신비로움에 대해 이야기하며,
쳐야만 녹이 슬지 않는다는 종을 더 이상 치지 못하는 데 대한 아쉬움을 드러내고 있다.

    섣달 그믐밤이면 '제야의 종'이 울린다. 서울의 보신각에서도 울리고 경주 토함산 석굴암에서도 울린다. 제야의 종은 우리나라밖에 없다. 그것은 훌륭한 **범종** 문화가 있었기 때문이다. 동양의 종은 서양종과 달리 육중한 나무 봉으로 몸체를 두드려 울리게 하여 '땡그랑땡그랑' 하는 것이 아니라 '둥둥' 하고 울린다. 그중 유독 우리 종은 **맥놀이** 현상의 긴 여운이 아름다워 음향학에서는 '한국 종'이라는 별도의 학명이 있다. 반세기 전에 주한 미군 라디오 방송은 전국 사찰을 일일이 찾아다니며 범종 소리를 녹음하여 아나운서의 목소리와 함께 담아 테이프를 만들었다. 여기에는 에밀레종을 비롯하여 이미 깨져 칠 수 없는 오대산 상원사 종 등 수십 개의 종소리가 들어 있는데 영어 해설 마지막에 이런 말이 나온다. "서양의 종은 귀에 들리고 한국의 종은 가슴 깊은 곳에 울린다."

    종은 형태도 형태지만 역시 소리가 좋아야 한다. 우리 범종 중에서 최고의 명작은 통일 신라 때(771년) 주조한 높이 3.7미터, 무게 18.9톤의 '성덕 대왕 신종', 일명 '에밀레종'이다. 태산이 무너지는 듯한 장중한 소리이면서도 옥처럼 맑은 소리를 울려 내어 많은 공학자가 그 음향 구조의 신비를 밝히는

| 성덕 대왕 신종 (국보 제29호)

연구 결과를 발표하고 있다.

이장무 박사는 종의 키와 폭의 비율이 $\sqrt{2}=1.414$의 값에 가깝고, **당좌**는 '스위트 스폿(sweet spot)'이라고 해서 야구에서 홈런 칠 때 공이 방망이에 맞는 점에 해당한다고 하였다. 이병호 박사는 종소리의 톤 스펙트럼을 분석한 다음 음색과 음질을 채점해 보니 다른 종들은 100점 만점에 50점대에 머무는데 에밀레종만은 86.6점이 나왔다고 했다.

무엇이 이런 신비로운 소리를 만들어 냈을까? 에밀레종 몸체에 새겨진 1,037자의 **명문**을 보면 '종소리란 진리의 원음(圓音)인 부처님의 목소리'라고 했다. 그런 종교 하는 마음으로 에밀레종을 만든 것이다. 그런데 아쉽게도 몇 해 전부터 이 종을 더 이상 치지 않고 있다. 종은 쳐야 녹슬지 않는다는데, 그래서 제야의 종소리가 울릴 때면 에밀레종 소리가 더욱 그리워진다.

범종(梵鐘) 절에 매달아 놓고, 대중을 모이게 하거나 시각을 알리기 위하여 치는 종.
맥놀이(脈−) 진동수가 약간 다른 두 개의 소리가 간섭을 일으켜 소리가 주기적으로 세어졌다 약해졌다 하는 현상.
당좌(撞座) 종을 칠 때에 망치가 늘 닿는 자리.
명문(銘文) 쇠붙이나 그릇 따위에 새겨 놓은 글.

생각해보기

1 '서양의 종은 귀에 들리고 한국의 종은 가슴 깊은 곳에 울린다'는 말의 의미를 생각해 봅시다.

....

....

....

....

2 이 글에서 알 수 있는 에밀레종에 대한 설명으로 옳지 <u>않은</u> 것을 골라 봅시다.

① 통일 신라 때 주조한 성덕 대왕 신종을 말한다.
② 당좌는 '스위트 스폿'이라고 하여 야구에서 홈런 칠 때 공이 방망이에 맞는 점에 해당하는 부분이다.
③ 다른 종과 함께 실시한 음색과 음질 평가에서 에밀레종만 80점을 넘었다.
④ 몸체에 '종소리란 진리의 원음인 부처님의 목소리'라는 명문이 새겨져 있다.
⑤ 종은 쳐야 녹슬지 않기 때문에 에밀레종은 해마다 제야의 종소리를 내고 있다.

3 이 글에서 에밀레종이 신비로운 소리를 낼 수 있었던 이유가 무엇이라고 했는지 써 봅시다.

....

....

....

....

확장해보기

한국의 아름다움 1-**풍속화와 서민 문화**

> 풍속화는 조선 후기 서민의 모습을 잘 드러내고 있습니다. 풍속화를 통해 옛 그림을 감상하는 법을 익혀 봅시다.

가 이 씨름판에서 어느 장사가 이길까요? 아무래도 한눈에 뒷사람이 곧 질 듯합니다. 등을 보인 사나이는 우선 두 발이 땅에 굳건한데, 저편은 한 발이 완전히 허공 중에 들리고 다른 쪽 발도 벌써 반쯤은 땅에서 떨어졌습니다. 들배지기에 걸려 체중이 떠오르니 안 넘어가려고 안간힘을 쓰는 눈빛에는 당황한 기색이 역력하고, 양미간에는 애처롭게도 깊은 주름까지 파였습니다. 또 마지막 희망인 오른손조차 힘이 빠져가니, 그 손가락이 바나나처럼 쭉 늘어난 모습으로 과장되게 그려져 있습니다. 한편, 다른 편 장사는 이번엔 아주 끝을 낼 요량으로 젖 먹던 힘까지 내어 마지막 용을 쓰는데, 그렇지 않아도 다부지고 억센 몸에 온 가득히 힘이 들었고 아래턱까지 앙그러지게 악물었습니다. 시계 반대 방향으로 잡아챘는데 거의 다 걸린 기술이 끝에 가서 정말 애를 먹입니다. 그러나 판은 틀림없이 끝났습니다. 다음 순간 거꾸로 확 잡아챌 것이기 때문입니다. 그래서 오른편 아래쪽으로 넘어갈 것을 구경꾼이 먼저 알았습니다.

그러나 그 와중에도 단 한 사람 여유 만만한 이가 있습니다. 씨름꾼과 등을 진 채 목판을 둘러멘 떠꺼머리 엿장수가 그 사람입니다. 뭉툭코에 사람 좋은 웃음을 띠고 총각은 혼자 딴청을 피우고 있습니다. 엿판에 놓인 엽전 세 닢에 마음이 흐뭇해서일까요? (중략)

옛 그림은 살아 있는 하나의 생명체와 같습니다. 그것은 분석의 대상이기 전에 넋을 놓고 바라보게 하는 예술품입니다. 한 인간의 혼이 담긴 살아 있는 존재로 대할 때, 옛 그림은 우리의 삶을 위로하고 기름지게 합니다.

— 오주석, 〈들썩거리는 서민의 신명〉

나 소탈함은 조형 예술의 성격을 논할 때 자주 선택되는 단어다. 특히 서민들의 일상을 그린 조선 후기 풍속화에서는 소탈함의 다양한 모습들을 만나게 된다. 그런데 풍속화 속의 사람들은 대부분 익명(匿名)의 인물로 등장한다. 어디에 사는 누구인지 아무 정보를 주지 않는다. 다만, 그 시대를 살았던 실존 인물에 근거한 모습인 것만은 틀림이 없다. 이처럼 풍속화에 모습을 드러낸 서민들의 삶은 그들의 현실이자 일상의 한 단면일 수 있다. 하지만 그들의 진솔하고 꾸밈없는 모습을 통해 풍속화는 가장 한국적인 그림으로 거듭난다.

— 윤진영, 〈풍속화에 담긴 소탈함의 미학〉

1_ 다음 그림에서 각 인물들의 속마음을 표현해 봅시다.

ⓐ
....
....
....
....

ⓑ
....
....
....
....

ⓒ
....
....
....
....

한국의 아름다움 2 – 종묘와 한국 건축

문화재에는 당대 사람들의 가치관이 드러납니다. 종묘와 한국 건축에 드러난 선조들의 가치관을 파악해 봅시다.

㉮ 여러분은 책이나 텔레비전을 통해 종묘라는 단어를 접해 본 적이 있지요? 특히 텔레비전 사극 속에서 "전하, 종묘사직을 보존하시고 훗날을 기약하소서!"라고 하는 말을 들어 보았을 거예요. 조선이 국가의 근본을 종묘와 사직에 두었다는 것을 잘 보여 주는 대목이지요. 종묘는 바로 조선 왕조의 뿌리라고 할 수 있습니다.

조선은 유교를 나라를 다스리는 근본으로 삼았던 왕조였습니다. 유교의 예법에 따르면 국가의 도읍지에는 반드시 세 곳의 공간을 마련해야 한다고 해요. 이 세 곳이란 왕이 머무는 궁궐과 조상에게 제사를 올리는 종묘, 그리고 신에게 제사를 지내는 사직단을 말해요. 이에 따라 조선을 세울 때 가장 먼저 모습을 드러낸 곳이 바로 종묘였어요.
— 이형준, 〈조선 왕조의 뿌리, 종묘〉

㉯ 종묘는 왕조가 성립되어 당위성을 갖고 유지하기 위한 중요한 상징적 공간인 동시에 그 정점에 있는 군주의 존재 이유다. 조선 왕조의 군주는 궁궐에서 그 삶을 시작하여 능묘에 육신을 묻고 종묘에 혼을 맡기게 된다. 따라서 종묘는 조선 왕조의 역대 왕과 왕후의 신주를 모시기 위해 가장 정제되고 장엄한 건축물로 지어졌다. 현재 종묘에는 49위의 신주가 정전 19실에, 그리고 34위의 신주가 별묘인 영녕전 16실에 각각 모셔져 있으며 정전 월대 앞의 공신당에는 공신 83위의 신위가 모셔져 있다. 이로써 종묘는 조선 왕실을 이끈 주요 인물들의 혼령이 후손과 만나 국가의 근본 이념인 효를 실천하는 공간인 동시에 왕실의 유대감과 질서를 형성하는 역할을 하였다.

조선 초 한양 천도 이듬해에 지어진 종묘 정전의 준공 시점으로부터 거슬러 올라가 보면 오늘날 종묘 역사는 이미 7백여 년이 넘었고, 임진왜란 이후 중건 시점을 감안하더라도 4백여 년을 훌쩍 뛰어넘는 장구한 시간의 흐름이 누적된 장소이다. 하지만 이처럼 오랜 풍상의 세월 속에서도 종묘는 조선 왕조가 표방한 유교적 도덕관과 윤리관을 극명하게 드러내며 지금까지도 그 자신의 본분을 오롯이 지켜 왔다.
— 한동수, 〈세계 문화유산 종묘, 추원보본(追遠報本)의 윤리적 공간〉

㉰ 무량수전 앞 안양문에 올라앉아 먼 산을 바라보면 산 뒤에 또 산, 그 뒤에 또 산마루, 눈길이 가는 데까지 그림보다 더 곱게 겹쳐진 능선들이 모두 이 무량수전을 향해 마련된 듯싶다. (중략)

이 무량수전 앞에서부터 당간지주가 서 있는 절 밖, 그 넓은 터전을 여러 층단으로 닦으면서 그 마무리로 쌓아 놓은 긴 석축들이 각기 다른 각도에서 이뤄진 것은 아마도 먼 안산이 지니는 겹겹한 능선의 각도와 조화시키기 위해 풍수 사상에서 계산된 계획일 수도 있을 것 같다. 이 석축들의 짜임새를 바라보고 있으면 신라나 고려 사람들이 지녔던 자연과 건조물의 조화에 대한 생각을 알 수 있을 것 같다. 그것을 순리의 아름다움이라고 이름 짓고 싶다.

크고 작은 자연석을 섞어서 높고 긴 석축을 쌓아올리는 일은 자칫 잔재주에 기울기 마련이지만, 이 부석사 석축들을 돌아보고 있으면 이끼 낀 크고 작은 돌들의 모습이 모두 그 석축 속에서 편안하게 자리 잡고 있어서 희한한 구성을 이루고 있다.

— 최순우, 〈부석사 무량수전〉

라 이처럼 우리나라의 정원은 산세, 계류의 흐름, 바위와 수목의 상태 등 산천의 모습을 더듬어서 그중 경관이 좋은 한 대목을 골라 거기에 약간의 쉼터를 짓고 나무와 돌을 정돈하는 정도로 꾸몄을 뿐, 자연의 질서를 심하게 흐트러뜨리거나 조작하지 않았다. 그래서 정원과 자연의 경계를 거의 느끼지 못할 정도이다. 여기에서 우리는 정원처럼 인공적으로 조성한 곳이라 할지라도 자연 상태를 유지하는 것이 더 가치가 있고, 경물 또한 원래의 모습으로 있는 것이 진실로 즐길 만하다고 여긴 옛사람들의 생각을 읽을 수 있다. (중략)

결론적으로 우리나라의 전통 정원은 자연 경관을 주(主)로 삼고 인공 경관을 종(從)의 위치에 두었다. 이러한 정원 조성의 배경에는, 인간은 자연 위에 군림하는 존재가 아니라 자연과 조화를 이루며 살아가는 존재라는 관념과 지나친 기교와 인위를 싫어하는 한국인의 선천적 대의가 함께 작용하였다고 볼 수 있다. 이것은 천혜의 아름다운 자연환경 속에서 자연의 리듬을 말없이 느끼고 수용하면서 살아오는 과정에서 체득된 자연 친화적 성정(性情)으로부터 나온 것이라 생각된다.

— 허균, 〈한국의 정원, 선비가 거닐던 세계〉

1_ 제시문 (가)와 (나)를 바탕으로 종묘의 가치를 소개하는 글을 써 봅시다.

....

....

....

2_ 문화재에는 당대 사람들의 가치관이 드러납니다. 제시문 (다)와 (라)에서 알 수 있는 한국 건축의 특성과 선조들의 가치관을 이야기해 봅시다.

....

....

....

아름다운 우리 문화재를 보존하는 방법

오랜 시간을 견뎌 온 문화재가 시간의 흐름이나 불의의 사고로 인해 훼손되는 일이 종종
발생합니다. 이를 해결하기 위한 방안을 생각해 봅시다.

가 "서양의 종은 귀에 들리고 한국의 종은 가슴 깊은 곳에 울린다." (중략)

무엇이 이런 신비로운 소리를 만들어 냈을까? 에밀레종 몸체에 새겨진 1,037자의 명문을 보면
'종소리란 진리의 원음(圓音)인 부처님의 목소리'라고 했다. 그런 종교 하는 마음으로 에밀레종을
만든 것이다. 그런데 아쉽게도 몇 해 전부터 이 종을 더 이상 치지 않고 있다. 종은 쳐야 녹슬지 않
는다는데, 그래서 제야의 종소리가 울릴 때면 에밀레종 소리가 더욱 그리워진다.

– 유홍준, 〈에밀레종〉

나 국보 제29호 성덕 대왕 신종이 완벽에 가깝게 재현돼 화제다. 범종 전문 제작 업체인 성종사와
사단법인 범종 학회는 '성덕 대왕 신종이 1,245년 만에 첨단 기술로 완벽하게 재현됐다'고 밝혔
다. '신라대종'으로 명명된 이 재현 종은 지난 2003년 이후 타종을 중단한 성덕 대왕 신종의 소리
를 다시 울리게 하기 위해 지난 2014년 경주시가 제작을 의뢰한 종이다. (중략) 이번 성덕 대왕 신
종 재현 작업에서는 문양 복원에 많은 시간을 할애했다. 특히 공양 좌상에 많은 공을 들였다. 성덕
대왕 신종은 세월의 풍파로 많은 부분이 마모돼 공양 좌상 얼굴 부위의 흔적을 찾을 수 없었다. 이
에 신라대종에서는 비슷한 연대에 제작된 석굴암의 불상을 참조해 눈, 코, 입을 살려 냈으며, 이외
에도 비천상의 손, 향로, 장신구, 보상화문의 표현, 잘려진 용뉴의 뿔까지 여러 전문가들의 고증을
거쳐 살려냈다. 이를 위해 범종 학회에서는 문양, 주조, 음향 전문가로 구성된 자문단을 구성해 철
저한 고증과 감리를 실시했으며, 국내외 전문가들의 의견을 종합해 문양을 조각했다. 성종사 대표
이자 국가 중요 무형 문화재인 원광식 주철장에 따르면 신라대종은 성덕 대왕 신종의 단순한 복제
품이 아니라 처음부터 '복원적 재현'이라는 원칙 아래 만들어졌다. 또한 본체의 문양을 최대한 원
형에 가깝게 유지하되, 제작 당시 기술 부족으로 발생한 주조 결함이나 마모된 부분도 수정했다.

신라대종은 실측 결과 성덕 대왕 신종과 1퍼센트의 오차도 보이지 않을 정도로 완벽하게 제작
되었을 뿐만 아니라, 음향 면에서도 여음을 결정하는 1차 고유 진동 수가 성덕 대왕 신종의 주파
수와 완벽하게 일치하는 등 모든 영역대의 주파수가 성덕 대왕 신종과 유사했다.

– 신성민, 〈현대 불교〉, 2016. 07. 14.

다 새 숭례문을 바라보면 착잡한 마음을 가눌 길이 없다. 2008년 한 70대 노인의 어이없는 방화
로 숭례문은 누각을 받치는 석축만 남은 채 잿더미로 변하고 말았다. (중략) 숭례문은 5년 3개월
이라는 시간을 들여 2013년 드디어 다시 그 위용을 찾았다. 복원에 연인원 3만 5천여 명이 동원
되고, 277억 원이라는 예산이 들어갔다. 여기에 대한민국의 내로라하는 무형 문화재인 대목장과

소목장, 제와장, 단청장 등이 동원됐다. 우리는 남대문을 떠나보내고 전통 기술로 복원된 숭례문을 다시 만났다고 기뻐했다. 그러나 그 기쁨도 잠시뿐, '전통 기술'로 복원된 숭례문은 준공식이 끝나기 무섭게 민낯을 내보이기 시작했다. 성벽은 벌어지고 기둥은 갈라졌으며, 성벽 내부 돌 구조물에 배부름 현상이 나타나고 단청이 군데군데 벗겨지기 시작했다. 총체적으로 517곳에서 문제점이 발견됐다. 완공 1년도 안 돼 벌어진 일이다. 여기에 화재에 대비하기 위한 적절한 소방 용수조차 확보를 하지 않았다는 사실이 추가로 밝혀졌다. 화려하고 위풍당당한 겉모습과는 달리 새 숭례문은 속병이 단단히 든 셈이다. 전문가들은 이런 총체적 부실이 무리한 기간 단축과 전통에 대한 무리한 고집에서 비롯됐다고 진단한다.

— 정준모, 〈시사저널〉, 2014. 11. 06.

1_ 제시문 (가)의 글쓴이가 안타까워하는 문화재의 현실에 대해 이야기해 봅시다.

....

....

....

2_ 제시문 (나)와 (다)를 참고하여 문화재 복원과 재현의 의의와 한계를 이야기해 봅시다.

....

....

....

논술 해보기

■ 외국인 친구를 대상으로 '한국의 미(美)'를 소개하는 글을 써 봅시다.

비평·감상

다섯번째

비평·감상

이별의 슬픔을 바탕으로 하지 않고서는
사랑의 기쁨을 그려 낼 수 없다는 역설로 빚어진 것이
바로 소월의 〈진달래꽃〉인 것입니다.

이어령

문학평론가, 소설가. 충남 아산 출생(1934~). 서울대학교 국어국문학과를 졸업하였으며 초대
문화부 장관, 유네스코 세계문화 예술교육대회 조직위원회 위원장 등을 지냈다. 전후 세대의 비평
가로서 활약하며 문학과 문화 전반에 관해 독특한 시각의 글을 많이 썼다. 저서로 《흙 속에 저 바람
속에》, 《디지로그》, 《지성의 오솔길》, 《장군의 수염》 등이 있다.

〈진달래꽃〉 다시 읽기 | 이어령

이 글은 이별시로 알려진 김소월의 〈진달래꽃〉을 쉽게 이해할 수 있도록 분석한 작품으로,
독특한 시각으로 문학을 해석해 온 글쓴이의 관점이 잘 나타나 있다.
글쓴이는 현대인의 문학적 지식에 대해 의문을 제기하면서
지혜로운 눈으로 문학 작품을 다시 볼 것을 제안하고 있다.

나 보기가 역겨워

가실 때에는

말없이 고이 보내 드리오리다.

영변에 약산

진달래꽃

아름 따다 가실 길에 뿌리오리다.

가시는 걸음 걸음

놓인 그 꽃을

사뿐히 즈려밟고 가시옵소서.

나 보기가 역겨워

가실 때에는

죽어도 아니 눈물 흘리오리다.

— 김소월, 〈진달래꽃〉

한국 사람이면 김소월의 시 〈진달래꽃〉을 모르는 사람은 없을 것입니다. 그리고 백이면 백 모두 그것을 '이별을 노래한 시'라고만 생각하고 있을 것입니다. 그러나 초등학교 학생 정도의 국어 실력만 가지고 선입견이나 고정 관념 없이 조심스럽게 이 시를 다시 읽어 보면, 이 시가 이별만을 노래한 단순한 시가 아니라는 것을 곧 알게 될 것입니다.

우선 〈진달래꽃〉은 '가실 때에는', '드리오리다'와 같은 말에 명백하게 드러나 있듯이 미래 추정형으로 쓰여 있습니다. 영문 같았으면 'If'로 시작되는 가정법으로 서술되었을 문장입니다. 이 시 전체의 서술어는 '드리오리다', '뿌리오리다', '가시옵소서', '흘리오리다'로 의지나 바람을 나타내는 미래의 **시제**로 되어 있습니다. 그렇기 때문에 지금 '임'은 자기를 역겨워하지도 않으며 떠난 것도 아닙니다. 오히려 그들은 지금 이별은커녕 열렬히 사랑을 하고 있는 중임을 알 수 있습니다.

그런데도 이 시를 한국 이별가의 **전형**으로 읽어 온 것은 미래 추정형으로 된 〈진달래꽃〉의 시제를 무시하고 다른 이별가와 동일하게 생각해 왔기 때문입니다. 고려 가요 〈가시리〉에서 시작하여 '십 리도 못 가서 발병 난다'는 민요 〈아리랑〉에 이르기까지 이별을 노래한 한국의 시들은 과거형이나 현재형으로 진술되어 있습니다. 오직 김소월의 〈진달래꽃〉만이 이별의 시제가 미래 추정형으로 되어 있습니다. 즉, 시 전체가 '만약'이라는 가정을 전제로 해서 전개되고 있는 것입니다.

〈진달래꽃〉의 시적 의미를 결정짓는 것, 그리고 그것이 다른 시들과 차별화될 수 있는 가장 기본적인 요소는 이 같은 시의 시제에 있다고 할 수 있습니다. 가령 미래 추정형의 시제를 실제 일어났음을 의미하는 과거형으로 바꿔서 '나 보기가 역겨워 가신 그대를 말없이 고이 보내 드렸었지요.'로 고쳐 보면 어떻게 될까요? 그것은 이미 소월의 〈진달래꽃〉과는 전혀 다른 시가 되고 맙니다. 그렇기 때문에 '진달래꽃'을 이별의 노래라고 하는 것은 '만약에 백만 원이 생긴다면은……'이라는 옛 가요를 듣고 그것이 백만장자의 노래라고 말하는

것과 똑같은 시 음치가 되고 마는 것입니다.

또 이별의 가정을 통해 현재의 사랑하는 마음을 나타낸 〈진달래꽃〉은 이별을 이별로 노래하거나 사랑을 사랑으로 노래하는 평면적 의미와 달리, 사랑의 시점에서 이별을 노래하는 겹 시각을 통해서 언어의 복합적 공간을 만들어 내고 있습니다. 사랑의 기쁨과 이별의 슬픔이라는 대립된 정서, 대립된 시간 그리고 대립된 상황을 이른바 '반대의 일치'라는 역설의 **시학**으로 함께 묶어 놓은 시입니다.

즉, 밤의 어둠을 바탕으로 삼지 않고서는 별빛의 영롱함을 그려 낼 수 없듯이 이별의 슬픔을 바탕으로 하지 않고서는 사랑의 기쁨을 그려 낼 수 없다는 역설로 빚어진 것이 바로 소월의 〈진달래꽃〉인 것입니다.

김소월의 〈진달래꽃〉은 한 세기 가까이 긴 세월을 두고 잘못 해석되어 온 셈입니다. 〈진달래꽃〉은 단순한 이별의 노래가 아닙니다. 역겨움과 떠남이 미래형으로 서술되어 있는 한 '사랑'은 언제나 '지금'인 것입니다. 사랑을 현재형으로, 이별을 미래형으로 이야기하고 있는 이 시의 특이한 시제 속에서는 언제나 이별은 그 반대편에 있는 사랑의 열정을 가리키는 손가락 구실을 합니다.

시제(時制) 어떤 사건이나 사실이 일어난 시간 선상의 위치를 표시하는 문법 범주.
전형(典型) 같은 부류의 특징을 가장 잘 나타내고 있는 본보기.
시학(詩學) 시의 형식이나 본질, 시 창작의 원리나 방법 따위를 연구하는 학문.

생각해보기

1 -1 〈진달래꽃〉에서 화자의 상황과 심정에 대해 생각해 보고 빈칸을 채워 봅시다.

> 화자는 (㉠) 상황에 처해 있으며 심정은 (㉡).

- ㉠ :
  ....
- ㉡ :
  ....

1 -2 〈진달래꽃〉에서 화자의 심정을 나타내는 구절을 찾고, 그 구절에 쓰인 표현법이 무엇인지 써 봅시다.

- 구절 :
  ....

  ....
- 표현법 :
  ....

  ....

2 〈진달래꽃〉에 대한 일반적 해석과 글쓴이의 해석을 비교해 보고, 해석의 근거로 제시한 것이 무엇인지 써 봅시다.

	해석	근거
일반적 관점		
글쓴이의 관점		

노인은 고통과 죽음의 위협 속에서도
침착성과 불굴의 용기를 보이며
우리에게 진정한 인간다움을 가르쳐 준다.

장영희

수필가, 영문학자, 번역가. 서울 출생(1952~2009). 서강대학교 영어영문학과를 졸업하고 뉴욕 주립 대학교에서 영문학 박사 학위를 받았다. 태어난 지 1년 만에 두 다리를 쓰지 못하는 소아마비 장애인이 됐지만 거뜬히 장애를 딛고 영문학자, 수필가의 길을 걸어왔다. 수필집으로 《내 생애 단 한 번》, 《문학의 숲을 거닐다》, 《축복》, 《살아온 기적 살아갈 기적》 등이 있고, 많은 번역서를 펴냈다.

희망을 버리는 것은 죄악이다 | 장영희

이 글은 글쓴이가 헤밍웨이의 소설 《노인과 바다》를 소개하며, 주인공 노인,
그리고 노인과 대립하는 상어 떼의 태도를 통해 바람직한 삶의 자세를 제시한 글이다.
글쓴이가 문학 작품을 통해 얻은 가치와 학생들에게 당부하고자 하는 바가 무엇인지 살펴볼 수 있다.

중고등학생들이 읽을 만한 명작 한 권을 소개해 달라는 부탁을 받았다. 하지만 명작 읽기를 업(業)으로 삼는 사람으로서 내가 읽은 수많은 명작 중에서 한 권만을 뽑아 소개한다는 것은 내가 아끼는 물건들 가운데 딱 한 가지만 골라야 하는 것처럼 부담감과 망설임이 따른다.

물건마다 아끼는 이유가 다르듯이 명작마다 제각각 맛과 향기가 다르고, 우리에게 전달하는 메시지가 다르기 때문이다. 어떤 작품은 등장인물이 마음에 드는가 하면, 또 어떤 작품은 문체가 아름답고 강렬해서, 또 어떤 작품은 감동과 여운이 특별해서 아끼고 싶다.

그런 의미에서 헤밍웨이의 《노인과 바다(The Old Man and the Sea)》는 이 세 가지 조건을 모두 갖춘 작품이라고 할 수 있다. '20세기 미국 소설'의 학기 말 시험에 '한 학기 동안 읽은 작품 중 가장 인상 깊었던 책이 무엇인지 적고 그 이유를 짤막하게 쓰시오.'라는 문제를 냈다.

그런데 수업 시간에 다루었던 여섯 편의 소설 중 《노인과 바다》가 단연 가장 많은 표를 얻었다. 학생들은 이 작품을 선택한 데 대해 '길이가 짧아서', '다른 작품들에 비해 쉬운 영어로 쓰여서'라는 엉뚱한 이유들과 함께 '노인의 인

내심이 존경스러웠다.', '삶에 대한 근성을 배웠다.', '어떻게 살아야 하는가에 대한 해답을 찾았다.' 등등의 이유를 댔다.

학생들이 말하듯 부담 없는 길이에 쉬운 문체, 그리고 '어떻게 살아가야 하는가에 대한 답을 주는 책', 헤밍웨이의 후기 대표작이자 1954년 노벨 문학상 수상작이기도 한 《노인과 바다》의 줄거리는 다음과 같다.

산티아고 노인은 하바나에서 고기를 낚으며 근근이 살아가는 가난한 어부이다. 일생을 바다에서 보낸 그는 늙고 쇠약해졌지만 이웃 소년 마놀린과 함께 배를 타며 어부로서의 삶에 만족하며 살아간다. 그러나 84일 동안 고기를 한 마리도 낚지 못하자 소년의 부모는 소년을 다른 배의 조수로 보낸다. 산티아고 노인은 홀로 먼 바다까지 나가고, 그의 낚시에 거대한 돛새치 한 마리가 걸린다. 사흘간의 사투 끝에 노인은 대어를 낚아 배 뒤에 매달고 귀로에 오른다. 그러나 돛새치가 흘린 피 냄새를 맡은 상어 떼가 배를 따라오고, 이를 물리치기 위해 노인은 다시 한 번 목숨을 건 싸움을 벌인다. 노인이 가까스로 항구에 닿았을 때 그가 잡은 고기는 이미 상어 떼에 물어뜯겨 앙상하게 뼈만 남아 있었다. 노인은 지친 몸을 이끌고 언덕 위에 있는 오두막으로 올라가 정신없이 잠에 빠져든다. 노인이 잠든 사이, 소년은 노인의 상처투성이 손을 보고 눈물을 흘린다.

이야기의 **귀결**만 보면 우리가 일반적으로 말하는 헤밍웨이의 **허무주의** 사상과 맥락을 같이하는 작품처럼 보이지만, 거대한 물고기와 인간의 끈질긴 대결에서 헤밍웨이가 강조하는 것은 승부 그 자체가 아니라 누가 최후까지 위엄 있게 싸우느냐는 것이다.

망망대해에서 인간과 물고기가 벌이는 이 비장한 싸움에서 승리나 패배라는 것은 있을 수 없고, 오직 누가 끝까지 비굴하지 않게 숭고한 용기와 인내로 싸우느냐가 중요하다. 물고기의 몸에 작살을 꽂고 밧줄을 거머쥔 채 물고기가 수면 위로 떠오르기를 기다리는 노인과, 작살에서 벗어나기 위해 용틀임하는 거대한 물고기의 팽팽한 대결은 서로가 목숨을 내놓고 싸우는 영예로운 싸움이다.

그래서 노인은 스스로 곤경에 몰리면서도 살기 위해 필사적으로 투쟁하는 적에게 사랑과 동지애를 느끼며 외친다.

"아, 나의 형제여, 나는 이제껏 너보다 아름답고, 침착하고, 고귀한 물고기를 본 적이 없다. 자, 나를 죽여도 좋다. 누가 누구를 죽이든 이제 나는 상관없다."

노인은 물고기와 자신이 같은 운명의 줄에 얽혀 있다고 느낀다. 물고기는 물고기로 태어났기 때문에, 그리고 자신은 어부이기 때문에 각자 자신의 규범에 순응하기 위해 싸우는 것이다. 사흘 밤낮으로 이어진 싸움 끝에 결국 물고기는 죽어 물 위로 떠오르지만, 노인은 승리감보다는 물고기에 대한 연민을 느낀다. 때문에 상어가 돛새치의 몸을 물어뜯을 때마다 마치 자신의 살점이 잘려 나가는 듯한 고통을 느낀다.

이 작품에서 가장 유명한 구절은 물고기와 싸우면서 노인이 되뇌는 말, "인간은 파괴될지언정 패배하지 않는다.(Man can be destroyed, but not defeated.)"라는 말이다. 인간의 육체가 갖고 있는 **시한**적 생명은 쉽게 끝날 수 있지만 인간 영혼의 힘, 의지, 역경을 이겨 내는 투지는 그 어떤 상황에서도 죽지 않고 지속되리라는 결의이다.

그러나 이 책에서 내가 개인적으로 제일 좋아하는 말은 노인이 죽은 물고기를 지키기 위해 혼신을 다해 상어와 싸우며 하는 말, "희망을 갖지 않는 것은 어리석다. 희망을 버리는 것은 죄악이다.(It is silly not to hope. It is sin.)"라는 말이다.

삶의 요소요소마다 위험과 불행은 잠복해 있게 마련인데, 이에 맞서 '파괴될지언정 패배하지 않는' 불패의 정신으로 하루하루를 살아가는 것은 참으로 숭고하다. 그러나 희망이 없다면 그 싸움은 너무나 비장하고 슬플 것이다. 지금의 고통이 언젠가는 사라지리라는 희망, 누군가 어둠 속에서 손을 뻗어 주리라는 희망, 내일은 내게 빛과 생명이 주어지리라는 희망, 그런 희망이 있어야 우리의 투혼도 빛나고, 노인이 물고기에 대해 느끼는 것과 같은 삶에 대한 동지애도 생긴다. 그리고 그런 희망을 가지지 않는 것은 죄이다. 빛을 보고도 눈을 감아 버리는 것은 자신을 어둠의 감옥 속에 가두어 버리는 행위와 같기 때문이다.

소설이라기보다는 마치 한 편의 장엄한 서사시 같은 작품 《노인과 바다》에서 노인은 고통과 죽음의 위협 속에서도 침착성과 불굴의 용기를 보이며 우리에게 진정한 인간다움을 가르쳐 준다.

그러나 이 작품에서 학생들이 **간과**해서는 안 되는 대상이 또 있다. 그것은 돛새치의 피 냄새를 맡고 쫓아오는 상어 떼이다. 긴박하고 위험한 투쟁을 택하기보다는 남의 전리품을 약탈하려는 상어 떼의 공격은 노인과 돛새치와의 정정당당한 싸움과는 대조적이다. 이미 죽은 물고기의 살을 뜯어 먹기 위해 노인을 쫓는 상어 떼는 비열하고 천박한 **기회주의**의 표상이기 때문이다.

'어떻게 살아야 하는가'라는 질문에 대한 해답을 얻었다는 학생이 구체적으로 무엇을 염두에 두고 말했는지는 모르겠다. 하지만 이 작품을 통해 학생들이 고통 속에서도 투혼을 가지고 인내하는 용기, 하나의 목표를 위해 자신이 갖고 있는 모든 능력과 재능을 발휘하고 포기하지 않는 근성을 배웠으면 좋겠다. 또한 위험 속에서도 끝까지 희망을 잃지 않는 순수함을 배웠으면 좋겠다.

하지만 나는 무엇보다도 이 책을 통해 어린 학생들이 '어떻게 하면 상어 떼처럼 살아가지 않을 수 있는가'에 대한 답을 얻었으면 한다. 일부 어른들이 걸핏하면 써먹는 상어 떼와 같은 수법, 즉 노력하지 않고 기회만 노리다가 남의 것을 새치기하는 야비한 기회주의, 남이야 아파하든 말든 목적 달성을 위해서라면 주저하지 않고 남을 짓밟는 비열한 편의주의, 그리고 어차피 세상은 혼자 싸우기에는 너무 무서운 곳이라고 단정 짓고 불의인 줄 알면서도 군중에 **야합**하는 못난 패배주의를 배우지 않았으면 좋겠다.

그리고 노인의 상처투성이 손을 잡고 연민의 눈물을 흘리며 계승을 다짐하는 소년의 마음이 우리 학생들의 마음이었으면 좋겠다.

귀결(歸結) 어떤 결말이나 결과에 이름. 또는 그 결말이나 결과.
허무주의(虛無主義) 일체의 사물이나 현상이 존재하지 않고, 아무런 가치도 지니지 않는다고 주장하는 사상적 태도.
시한(時限) 일정한 동안의 끝을 정한 때.
간과(看過) 큰 관심 없이 대강 보아 넘김.
기회주의(機會主義) 일관된 입장을 지니지 못하고 그때그때의 정세에 따라 이로운 쪽으로 행동하는 경향.
야합(野合) 좋지 못한 목적으로 서로 어울림.

생각해보기

① 노인과 상어 떼가 상징하는 삶의 태도를 이 글에 쓰인 단어를 활용하여 정리해 봅시다.

노인	
상어 떼	

② 글쓴이가 학생들에게 바라는 삶의 자세가 무엇인지 다음 구절의 의미에 맞게 써 봅시다.

• 인간은 파괴될지언정 패배하지 않는다 :

• 희망을 버리는 것은 죄악이다 :

③ 글쓴이가 문학 작품 중에서 《노인과 바다》를 추천한 이유가 무엇인지 이야기해 봅시다.

말의 힘은 이런 것이다.
돌려 말한 은근한 한마디가
시시콜콜히 설명하고 부연하는 장황한 요설보다
백 배 낫다.

정민

　한문학자, 교수. 충북 영동 출생(1961~). 한시를 쉽게 풀어 쓴 이론서《한시 미학 산책》을 간행한 이래 다양한 한시 관련 도서를 다수 펴냈다. 한문학이 어떻게 우리 시대와 호흡을 함께 할 수 있을까 하는 문제를 늘 고민한다. 저서로《정민 선생님이 들려주는 한시 이야기》,《고전 독서법》,《오직 독서뿐》,《책 읽는 소리》,《미쳐야 미친다》 등이 있다.

울림이 있는 말 | 정민

이 글은 문학 작품과 선조들의 일화에 담겨 있는 말하기 문화의 특성을 다룬 글이다.
글쓴이는 옛글을 읽을 때 떠오르는 옛사람들의 내면 풍경을 설명하고 있으며,
아름다운 고전 속에서 삶의 지혜를 찾아 오늘날 독자에게 전하고자 한다.

달 뜨면 오시마고 임은 말했죠.	郞云月出來
달 떠도 우리 임은 아니 오시네.	月出郞不來
아마도 우리 임 계시는 곳엔	想應君在處
산 높아 저 달도 늦게 뜨나 봐.	山高月上遲

조선 시대 능운(凌雲)이란 기생이 오지 않는 임을 그리며 지었다는 한시다. 달이 뜨면 오겠노란 철석같은 다짐을 하고 간 임이었다. 하지만 저 달이 중천에 뜨도록 오마던 임은 오실 줄을 모른다. 그녀는 저녁 내내 조바심이 나서 달만 보며 마당에 와 서 있다. 왜 안 오실까? 저 달을 못 보신 걸까? 혹시 마음이 변하신 것은 아닐까? 조바심은 점차 **의구심**으로 변해, 자칫 그리움의 원망이 쏟아지고 말 기세다.

그러나 그녀는 슬쩍 말머리를 돌린다. 오지 않는 임에게 푸념을 늘어 놓는 대신 오히려 무심한 체 임을 두둔해 주기로 한다. 아마 지금 임이 계신 곳에는 산이 하도 높아서, 내게는 훤히 보이는 저 달이 아직도 산에 가려 보이지 않는 모양이라고 말이다. 그렇지 않고서야 임이 내게로 오시지 않을 까닭이 없다.

설령 임이 나와의 언약을 까맣게 잊고 안 오시는 것이라 해도 나만은 그 사실을 인정하고 싶지가 않은 것이다. 여기에는 또 혹시 이제라도 오시지 않을까 하는 안타까운 바람도 담겨 있다. 임을 향해 직접적으로 퍼붓는 원망보다, **곡진한** 표현 속에 읽는 이의 마음을 끌어당기는 더 큰 매력이 있음을 느끼게 된다.

멀리 함경도 안변 땅에 벼슬 살러 가 있던 양사언이 한양의 벗 백광훈에게 편지를 보내왔다. 그립던 벗의 편지라 반가워 뜯어 보니, 사연이라고는 "삼천리 밖에서 조각구름 사이 밝은 달과 마음으로 친히 지내고 있소.[三千里外, 心親一片雲間明月]"란 딱 열두 자뿐이었다.

그래 이만한 사연을 전하자고 그 먼 천 리 길에 편지를 부쳤더란 말인가? 그대가 보고 싶어 저 달을 보고 있는데, 희미한 조각달인데다가 그나마 자꾸 구름 속에 숨어 보이지 않으니 안타깝더란 말이다. 백 마디 보고 싶다는 말을 적은 편지보다 훨씬 더 짙은 정이 느껴진다. 이 편지를 손에 들고 달을 올려다보며, 역시 그 친구를 그려 눈물이 그렁그렁 맺혔을 백광훈의 모습이 눈에 선하다. 직접 다 말해야 맛이 아니다. 말하지 않아도 마음으로 통하고, 행간으로 고여 넘치는 정이 있다.

황희가 정승이 되었을 때, 공조 판서로 있던 김종서는 천성이 뻣뻣하여 그 태도가 거만하기 짝이 없었다. 의자에 앉을 때도 삐딱하게 비스듬히 앉아 거드름을 피우곤 했다. 하루는 황희가 하급 관리를 불러 이렇게 말했다. "김종서 대감이 앉은 의자의 다리 한쪽이 짧은 모양이니 가져가서 고쳐 오너라." 그 한마디에 김종서는 정신이 번쩍 들어서 사죄하고 자세를 고쳐 앉았다. 뒷날 그는 이렇게 **술회**했다. "내가 육진에서 여진족과 싸울 때 화살이 빗발처럼 날아오는 속에서도 조금도 두려운 줄을 몰랐는데, 그때 황희 대감의 그 말씀을 듣고는 나도 몰래 등 뒤에서 식은땀이 줄줄 흘러내렸었네." 정색을 한 꾸지람보다 돌려서 말한 그 한마디가 이 **강골**의 장수로 하여금 마음으로 자신의 교만을 뉘우치게 했다.

말의 힘은 이런 것이다. 돌려 말한 은근한 한마디가 시시콜콜히 설명하고

부연하는 장황한 **요설**보다 백 배 낫다. 직접 대놓고 얘기하면 불쾌할 말도 살짝 모를 눌러 넌지시 짚어 주면 **정문일침**(頂門一鍼) 격으로 정신이 번쩍 든다. 그러나 이런 것도 말하는 이나 듣는 이나 모두 마음의 여유와 받아들일 자세를 갖추고 있을 때나 가능한 일이다.

　웃으며 말을 하면서도 속에는 칼을 품고 있다. 아침에 한 말과 저녁에 하는 말이 같지 않다. 이익을 위해서라면 마음에 없는 말도 못할 것이 없다. 말의 값이 땅에 떨어진 세상에 우리는 살고 있다. 그러니 어딜 가나 소음뿐이다. 휴대 전화는 때와 장소를 가리지 않고 여기저기서 마구 울려 댄다. 옆의 사람은 아랑곳하지 않고 제 목소리만 높여 댄다. 마음에 고이는 법 없이 생각과 동시에 내뱉어지는 말, 이런 말 속에 여운이 없다. 들으려고는 않고 쏟아 내기만 하는 말에는 향기가 없다. 말이 많아질수록 어쩐지 공허감은 커져만 간다. 무언가 내면에 충만하게 차오르는 기쁨이 없다. 왜 그럴까?

　이백의 시에, 왜 푸른 산에 사느냐는 물음에 씩 웃고 대답하지 않았다고 노래한 것이 있다. 산이 좋아서 사는 사람에게 산에 사는 이유가 달리 있을 까닭이 없다. 그 까닭을 말로 설명할 **재간**도 없거니와, 설령 말한다고 한들 그가 알아듣기나 하겠는가? 이것이 침묵의 언어가 지닌 힘이다. 추사 김정희의 글씨 가운데 "작은 창에 햇살이 가득하여, 나로 하여금 오래 앉아 있게 한다.[小窓多明, 使我久坐]"라고 쓴 것을 보았다. 세간도 없이 책상 하나 놓인 방 안으로 따스한 햇살이 쏟아져 들어온다. 그 햇살이 고마워서 말없이 오래도록 꼼짝 않고 앉아 있었다는 말이다. 물질의 풍요는 비록 지금만 못했지만, 정신만은 넉넉하고 풍요로웠던 선인들의 체취가 문득 그립다. 말을 아끼고, 언어가 지닌 맛을 **음미**할 줄 알았던 그 정신을 이제 어디 가서 찾을 수 있을까?

의구심(疑懼心)　믿지 못하고 두려워하는 마음.
곡진하다(曲盡-)　매우 자세하고 간곡하다.
술회(述懷)　마음속에 품고 있는 여러 가지 생각을 말함.
강골(强骨)　단단하고 굽히지 않는 기질.
요설(饒舌)　쓸데없이 말을 많이 함.
정문일침(頂門一鍼)　정수리에 침을 놓는다는 뜻으로, 따끔한 충고나 교훈을 이르는 말.
재간(才幹)　어떤 일을 할 수 있는 재주와 솜씨.
음미(吟味)　어떤 사물 또는 개념의 속 내용을 새겨서 느끼거나 생각함.

생각 해보기

1 이 글에 제시된 일화와 그 일화에 드러난 선조들의 말하기 문화를 바르게 연결해 봅시다.

① 달 뜨면 오시마고 임은 말했죠.
달 떠도 우리 임은 아니 오시네.
아마도 우리 임 계시는 곳엔
산 높아 저 달도 늦게 뜨나 봐.

⊙ 은근하고 간곡한 말로 자신의 의도를 더 효과적으로 표현함.

② 삼천 리 밖에서 조각구름 사이 밝은 달과 마음으로 친히 지내고 있소.

ⓛ 완곡한 말로 상대의 잘못을 뉘우치게 함.

③ 김종서 대감이 앉은 의자의 다리 한쪽이 짧은 모양이니 가져가서 고쳐 오너라.

ⓒ 절제된 표현으로 극진한 정을 표현함.

2 글쓴이가 말하는 '선조들의 말 속에 담긴 힘'이 무엇인지 이야기해 봅시다.

'나' 는 '당신' 을 사랑의 대상으로 보며,
'당신' 을 사랑으로 품어 주는 존재이다.

한계전

국문학자. 교수. 충남 홍성 출생(1937~). 서울대학교 국어국문학과와 동 대학원을 졸업했다. 1994년 만해학회 회장을 지냈다. 대표 저서로는 《한국 현대시론 연구》, 《문학의 이해》, 《한국 현대 시론사 연구》, 《한계전의 명시 읽기》 등이 있다.

나룻배와 행인 | 한계전

이 글은 한용운의 시 〈나룻배와 행인〉에 대한 평가가 담긴 글이다.
동일한 작품에 대한 두 가지 해석을 통해
작품에 대한 해석이 한 가지로 고정된 것이 아니라는 점을 이해하는 데 목적이 있다.

나는 나룻배.
당신은 행인.

당신은 흙발로 나를 짓밟습니다.
나는 당신을 안고 물을 건너갑니다.
나는 당신을 안으면 깊으나 옅으나 급한 여울이나 건너갑니다.

만일 당신이 아니 오시면 나는 바람을 쐬고 눈비를 맞으며
밤에서 낮까지 당신을 기다리고 있습니다.
당신은 물만 건너면 나를 돌아보지도 않고 가십니다그려.
그러나 당신이 언제든지 오실 줄만은 알아요.
나는 당신을 기다리면서 날마다 날마다 낡아 갑니다.

나는 나룻배.
당신은 행인.

— 한용운, 〈나룻배와 행인〉

이 시는 '나'와 '당신'을 각각 '나룻배'와 '행인'에 비유함으로써 '나'를 다소 소극적이고 수동적인 시적 화자로 설정하고 있다. '당신'은 '나'를 아무 생각 없이 밟고 가고 강을 다 건너면 뒤도 돌아보지 않고 가 버리지만, '나'는 어떤 어려운 상황에서도 '당신'을 기다린다. 표면적으로 볼 때, 시적 화자의 이러한 **헌신**과 기다림은 주어진 것에 순종하는 전통적인 여성상을 닮아 있는 것 같다. 또한 '당신'과 '나'는 사랑의 여부에 따라 우열의 관계를 맺고 있는 것 같다. 즉, '나'를 사랑하지 않는 '당신'은 '나'보다 우월한 존재이며, '나'를 쳐다본 적도 없는 '당신'을 기다리며 낡아 가는 '나'는 상대적으로 열등한 존재인 것으로 보인다. '당신'은 '나'에 대해 자유로우나, '나'는 '당신'에게 부자유스러운, 즉 **종속**되어 있는 상태이기 때문이다.

그러나 시각을 달리하면, 이 작품은 사뭇 다르게 읽을 수 있다. '당신'은 '나'를 그저 강을 건너기 위한 도구, 수단으로 보고 있다. 반면, '나'는 '당신'을 사랑의 대상으로 보며, '당신'을 사랑으로 품어 주는 존재이다. 시 속에 그 모습을 전혀 보이지 않는 '당신'이 정말 이러한 사랑을 받을 만한 사람인지는 알 수 없다. 그러나 우리는 시적 화자의 조건 없는 사랑이 결코 쉬운 일이 아니라는 것을 알고 있다. 그리하여 우리는 '당신'이라는 존재보다도 시적 화자의 헌신적인 사랑에 더 큰 위대함을 느낄 수 있는 것이다.

헌신(獻身) 몸과 마음을 바쳐 있는 힘을 다함.
종속(從屬) 자주성이 없이 주가 되는 것에 딸려 붙음.

생각해보기

1 이 글의 두 가지 해석을 바탕으로 '나'와 '당신'의 의미를 써 봅시다.

	해석 1	해석 2
'나'		
'당신'		

2 한용운 시에서 '당신'은 '나'와의 관계에 따라 다양하게 해석될 수 있습니다. '나'의 의미를 다음과 같이 해석할 때, '당신'의 의미는 어떻게 달라지는지 써 봅시다.

- '나'를 '사랑하는 사람을 기다리는 여인'으로 볼 때
  ➡

- '나'를 '승려'로 볼 때
  ➡

- '나'를 '독립운동가'로 볼 때
  ➡

- '나'를 '철학 사상가'로 볼 때
  ➡

확장 해보기

우리말 문화의 전통

우리말 문화의 장점과 가치를 이해하고, 이를 현대 사회에 적용할 수 있을지 생각해 봅시다.

가 황희가 정승이 되었을 때, 공조 판서로 있던 김종서는 천성이 뻣뻣하여 그 태도가 거만하기 짝이 없었다. 의자에 앉을 때도 삐딱하게 비스듬히 앉아 거드름을 피우곤 했다. 하루는 황희가 하급 관리를 불러 이렇게 말했다. "김종서 대감이 앉은 의자의 다리 한쪽이 짧은 모양이니 가져가서 고쳐 오너라." 그 한마디에 김종서는 정신이 번쩍 들어서 사죄하고 자세를 고쳐 앉았다. 뒷날 그는 이렇게 술회했다. "내가 육진에서 여진족과 싸울 때 화살이 빗발처럼 날아오는 속에서도 조금도 두려운 줄을 몰랐는데, 그때 황희 대감의 그 말씀을 듣고는 나도 몰래 등 뒤에서 식은땀이 줄줄 흘러내렸었네." 정색을 한 꾸지람보다 돌려서 말한 그 한마디가 이 강골의 장수로 하여금 마음으로 자신의 교만을 뉘우치게 했다.

– 정민, 〈울림이 있는 말〉

나 김 선생은 우스갯소리를 잘하였다. 일찍이 벗의 집을 방문했는데 주인이 채소만으로 술상을 차려 놓았다. 주인이 먼저 사과하며, "집은 가난하고 시장은 멀어서 맛있는 음식이 전혀 없고, 오직 담박하니 매우 부끄러울 뿐이네."라고 하였다. 그때 마침 여러 마리의 닭들이 마당에서 어지럽게 모이를 쪼아 먹고 있기에, 김 선생이 "대장부는 천금을 아끼지 않으니, 마땅히 내 말을 잡아 안주로 삼겠네."라고 하였다. 주인이 "말을 잡으면 무엇을 타고서 돌아가려나?"라고 하니, 김 선생이 "닭을 빌려 타고 가지."라고 하였다. 이에 주인이 크게 웃고 닭을 잡아 그를 대접하였다.

– 서거정, 《태평한화골계전(太平閑話滑稽傳)》

다 우리 선인들은 우회적인 표현을 즐겨 사용하였다. 상대방에게 불쾌감을 줄 수 있는 말을 해야 할 경우에는 완곡어법(婉曲語法)을 사용하거나 관용적 표현 등을 사용해 돌려서 말하는 것을 미덕(美德)으로 삼았다. 예를 들어, '죽었다'는 말 대신에 '세상을 떠났다, 돌아갔다, 숨을 거두었다'는 표현을 사용했다. 또한 낭비가 심한 사람에게 직설적으로 말하지 않고, "조자룡 헌 칼 쓰듯 한다."와 같은 속담을 사용하여 상대방의 마음을 상하지 않게 하려고 했다. 또한 자신의 의도를 꼭 집어 말하지 않고 상대방이 깨달을 수 있게 에둘러서 표현하기도 하였다.

　이러한 우회적 말하기는 상대방의 처지를 배려하는 태도, 상대방과 직접 맞서기를 피하려는 태도에서 비롯된 것이다. 이를 올바로 이해하기 위해서는 상대방의 의사나 감정 또는 숨은 의도를 읽어 내는 통찰이 요구된다.

1_ 제시문 (가)와 (나)에 제시된 말하기의 공통된 특성과 그 효과가 무엇인지 정리해 봅시다.

• 말하기의 공통된 특성 :

• 효과 :

2_ 현대 사회에서 (다)에서 말한 말하기를 사용하는 것이 적합할지 이야기해 봅시다.

해석의 다양성

같은 작품이라도 독자나 관점에 따라 다르게 해석될 수 있다는 점을 이해한 후, 다양한 관점과 방법으로 시를 해석해 봅시다.

가-1 일제 강점기에 쓰인 우리나라 시인들의 시에는 조국 상실의 아픔이 담겨 있다. 겉으로는 개인적인 사랑을 노래하는 형식을 취했다고 하더라도 그 심층에는 조국 상실에서 연유된 슬픔이 자리 잡고 있는 것을 쉽게 찾아볼 수 있다. 특히 이육사, 신석정, 윤동주, 한용운의 시를 보면 잘 알 수 있다. 김소월의 〈진달래꽃〉에도 조국 상실의 아픔이 시를 휩싸고 돈다.

가-2 영변은 김소월의 고향인 정주에서 가장 가까운 지역이며 약산은 영변의 명승지이다. 봄이 되어 약산에 진달래가 만발하면 그것을 구경하기 위해 사람들이 몰려들던 이름난 곳이다. 〈진달래꽃〉에서 화자는 아름답기로 소문난 약산 진달래꽃을 한 아름 따다가 임이 가는 길을 아름답게 꾸며 축복하고 있다.

나 〈나룻배와 행인〉은 시인의 마음이 나룻배라는 사물을 통해 표현되고 있다. 이 시의 가장 큰 특징은 해석의 개방성이다. '당신'을 누구로 보느냐에 따라 시의 내용과 주제가 달라진다.

한용운의 시에서 '당신(임)'은 주로 애인, 불교의 진리, 중생, 민족 등을 나타낸다. 행인 또한 비슷하다. 사랑의 관점에서 보면 이 시는 당신을 위해 내 모든 것을 바쳐 희생하겠다는 헌신과 봉사의 마음이 감동을 준다. 불교의 시각으로 보면 나룻배가 되어 당신을 물 건너 주는 행위는 고해(苦海)의 세상을 건너 깨달음의 세계, 열반의 세계로 당신을 인도하는 부처의 역할을 자청하는 것이다. 어떤 고난과 박해에도 불구하고 그 소중한 일을 기꺼이 행하겠다는 종교적 다짐이 나타난다. 민족적 시각에서 보면 이 시는 빼앗긴 나라가 다시 조국의 품으로 돌아오길 바라는 간곡한 마음을 나룻배와 행인으로 표현한 것이다. 일제의 식민 노예 상태에 벗어나 해방을 맞는 그날까지 참고 견디며 희망을 포기하지 않겠다는 결의가 느껴진다. — 〈충북일보〉, 2016. 03. 31.

다 문학 작품에 대한 평가는 문학을 보는 관점에 따라 달라진다. 일반적으로 문학을 보는 관점은 크게 네 가지로 나누어진다. 문학 작품에서 현실을 어떻게 그려 내고 있는가를 중시할 수도 있고 (반영론적 관점), 작품을 통해 작가가 무엇을 표현하고 있는가를 주목해 볼 수도 있으며(표현론적 관점), 작품이 독자들에게 주는 영향을 강조할 수도 있다(효용론적 관점). 이 세 관점이 작품 외적 측면에서 작품을 감상한 것이라면, 작품 자체의 짜임새에서 미적인 요소를 찾아볼 수도 있다(내재적 관점).

이러한 네 가지 관점은 문학을 이해하는 기준으로서 매우 중요한 의미를 갖는다. 이 관점에 따라서 작품을 평가하는 방법과 기준은 크게 달라진다.

| 작가
표현론적 관점 | → | 작품
내재적 관점 | → | 독자
효용론적 관점 |

↑

현실
반영론적 관점

- 권영민 《문학의 이해》

라 풀이 눕는다.
비를 몰아오는 동풍에 나부껴
풀은 눕고
드디어 울었다.
날이 흐려서 더 울다가
다시 누웠다

풀이 눕는다.
바람보다도 더 빨리 눕는다.
바람보다도 더 빨리 울고
바람보다 먼저 일어난다.

날이 흐리고 풀이 눕는다.
발목까지
발밑까지 눕는다.
바람보다 늦게 누워도
바람보다 먼저 일어나고
바람보다 늦게 울어도
바람보다 먼저 웃는다.
날이 흐리고 풀뿌리가 눕는다.

- 김수영, 〈풀〉

1_ 제시문 (가)와 (나)에서 알 수 있듯 동일한 작품인데도 해석이 다양한 이유가 무엇인지 제시문 (다)를 참고하여 이야기해 봅시다.

....

....

....

2-1_ (라)의 시인이 시를 통해 말하고자 한 바가 무엇인지 내재적 관점에서 이야기해 봅시다.

....

....

....

2-2_ (라)의 시가 발표된 당시의 시대 상황을 참고하여 시인의 현실 대응 태도에 대해 이야기해 봅시다.

> 1960년대는 4·19 혁명으로 시작되었지만, 결국 혁명이 미완(未完)으로 끝나면서 민주주의에 대한 민중들의 염원이 좌절된 시기이기도 하다. 이와 함께 산업화가 급속하게 진행되면서 사회적인 불평등과 갈등, 인간 소외 문제 또한 심화하였다. 이에 따라 자유와 평등에 대한 사회적 관심이 높아졌고, 문학의 현실 참여에 대한 논의가 활발해졌다.

....

....

....

★ 문학 작품을 보는 다양한 관점

김수영의 〈풀〉을 읽는 관점은 다양하다. '풀'이라는 소재와 연관 지어 연약해 보이지만 강인한 생명력을 노래한 작품으로 볼 수도 있고, 작품이 쓰인 당시의 시대상을 고려해 외세의 억압에도 굴복하지 않는 민초의 강인함을 노래한 것으로 볼 수도 있다. 독자의 개인적 경험에 비추어 해석할 수도 있다. 이처럼 같은 문학 작품을 읽더라도 독자가 중요하게 생각하는 관점에 따라 그 작품의 의미는 달라진다. 작가나 작품이 독자에게 준 영향, 작품에 반영된 사회의 모습, 작품 자체 등의 요소 중에서 무엇을 중요하게 여기는지에 따라 작품은 다양한 의미로 다가온다. 그러므로 깊이 있는 문학 작품 감상을 위해서는 같은 작품에 대한 여러 비평문을 읽어 보는 것이 좋다. 다양한 해석을 비교하면 다양한 생각이 보인다.

★ 비평문 읽기의 방법과 효용

비평문은 문학 작품에 대한 해석을 체계적으로 쓴 글이다. 비평문을 읽을 때에는 글쓴이가 어떤 전제를 내세워 자신의 해석을 주장하고 있는지, 무엇을 해석의 근거로 내세우고 있는지를 살펴보아야 한다. 전제와 근거가 엉뚱하거나 타당성이 없으면 그 비평문은 설득력을 잃게 된다.

독자는 비평문을 읽으며 몰랐던 사실을 깨닫기도 하고, 자신과 다른 해석을 보며 이해의 폭을 넓히기도 한다. 또 수긍할 수 없는 해석에는 비판적인 의견을 덧붙이기도 한다. 그래서 좋은 비평문을 읽는 것은 문학 감상의 안목을 기르는 데 도움이 된다.

★ 올바른 비평의 방법

문학 작품을 해석하려면 먼저 작가의 삶, 작품의 시대적 배경, 작품의 내용, 그리고 작품이 나에게 끼친 영향 등을 고려하여 어떠한 관점으로 작품을 분석할지 정한다. 이때 자신의 경험, 지식, 가치관에 따라 내용이 결정된다.

올바른 비평을 하기 위해서는 무엇보다 문학 작품을 보는 공정하고 객관적인 안목이 필요하다. 즉 선입견이나 주관이 강한 의견 위주로 해석을 하는 것이 아니라 누구나 수긍할 수 있는 객관적인 근거를 들어야 한다. 그래야만 그 해석이 다른 사람들에게 설득력 있게 받아들여질 수 있다.

세걸음 ▶▶▶

문학 작품을 통해 얻는 가치

좋은 문학 작품이란 무엇인지 생각해 본 후, 문학 작품을 통해 얻을 수 있는 가치에 대해 이야기해 봅시다.

㉮ 문학은 언어 예술이다. 언어로 이루어진다는 점에서 색으로 된 미술, 소리로 된 음악과 구별된다. 또한 문학이 언어 예술이라는 말은 문학이 가치 있는 내용을 언어로 형상화함을 말한다. 즉 문학은 독자에게 유익한 것(가치 있는 내용)을 구상화(언어로 형상화)하여 보여 준다는 것이다. 가치 있는 내용의 형상화가 잘 되었을 때 독자는 문학 작품에서 기쁨과 위안, 지혜와 깨달음을 얻는다.

작가는 자신이 가치 있다고 생각하는 내용을 언어로 표현하고, 독자는 작품을 수용하면서 삶을 긍정적인 방향으로 변화시킨다. 이러한 점에서 문학 작품의 창작과 수용 활동은 사회적 소통 활동이다. 이 소통에서 독자는 작가가 표현하고 전달하고자 하는 것을 수동적으로 받는 수신자에 머무르지 않고, 작품을 주체적으로 이해하고 감상하는 능동적인 소통 주체가 된다. 나아가 독자는 작품을 읽고 다른 독자들과 소통함으로써 문학의 사회적 소통 범위를 확장할 수 있다.

㉯ 명작 읽기를 업(業)으로 삼는 사람으로서 내가 읽은 수많은 명작 중에서 한 권만을 뽑아 소개한다는 것은 내가 아끼는 물건들 가운데 딱 한 가지만 골라야 하는 것처럼 부담감과 망설임이 따른다.

물건마다 아끼는 이유가 다르듯이 명작마다 제각각 맛과 향기가 다르고, 우리에게 전달하는 메시지가 다르기 때문이다. 어떤 작품은 등장인물이 마음에 드는가 하면, 또 어떤 작품은 문체가 아름답고 강렬해서, 또 어떤 작품은 감동과 여운이 특별해서 아끼고 싶다.

그런 의미에서 헤밍웨이의 《노인과 바다(The Old Man and the Sea)》는 이 세 가지 조건을 모두 갖춘 작품이라고 할 수 있다. '20세기 미국 소설'의 학기 말 시험에 '한 학기 동안 읽은 작품 중 가장 인상 깊었던 책이 무엇인지 적고 그 이유를 짤막하게 쓰시오.'라는 문제를 냈다.

그런데 수업 시간에 다루었던 여섯 편의 소설 중 《노인과 바다》가 단연 가장 많은 표를 얻었다. 학생들은 이 작품을 선택한 데 대해 '길이가 짧아서', '다른 작품들에 비해 쉬운 영어로 쓰여서'라는 엉뚱한 이유들과 함께 '노인의 인내심이 존경스러웠다.', '삶에 대한 근성을 배웠다.', '어떻게 살아야 하는가에 대한 해답을 찾았다.' 등등의 이유를 댔다.

– 장영희, 〈희망을 버리는 것은 죄악이다〉

1_ 제시문을 참고하여 좋은 문학 작품의 조건에 대해 이야기해 봅시다.

....

....

....

....

....

2_ 지금까지 자신이 읽었던 문학 작품 중 가장 기억에 남는 것을 소개해 봅시다.

• 가장 기억에 남는 작품 : ....

....

• 이유 : ....

....

....

....

 비평해보기

■ 지금까지 자신이 읽었던 문학 작품 중 가장 기억에 남는 것을 골라 그 작품을 비평
하는 글을 써 봅시다.

인물

여섯번째

인물

"네 소원이 무엇이냐?" 하고 하나님이 물으시면,
나는 서슴지 않고
"내 소원은 대한 독립이오." 하고 대답할 것이다.

김구

독립운동가, 정치가. 황해도 해주 출생(1876~1949). 대한민국 임시 정부의 주석으로 이봉창과
윤봉길 의거를 지휘했다. 광복 후에는 대한민국의 자주 독립과 통일 정부 수립을 위해 노력했으나
육군 소위 안두희에게 암살당했다. 1962년 건국훈장 대한민국장이 추서되었다.

나의 소원 | 김구

이 작품은 대한민국 임시 정부를 이끌면서 독립운동을 펼친 백범 김구 선생의 글이다.
김구 선생은 독립 이후에 혼란한 우리나라의 모습을 보면서
자신이 소망하던 국가와 민족의 미래상에 대한 생각을 밝히고 있다.

민족 국가

"네 소원이 무엇이냐?" 하고 하나님이 물으시면, 나는 서슴지 않고 "내 소원은 대한 독립이오." 하고 대답할 것이다. "그 다음 소원은 무엇이냐?" 하면, 나는 또 "우리나라의 독립이오." 할 것이요, 또 "그 다음 소원이 무엇이냐?" 하는 셋째 번 물음에도, 나는 더욱 소리를 높여 "나의 소원은 우리나라 대한의 완전한 자주 독립이오." 하고 대답할 것이다.

동포 여러분!

나 김구의 소원은 이것 하나밖에는 없다. 내 칠십 평생 이 소원을 위해 살아 왔고, 현재에도 이 소원 때문에 살고 있으며, 미래에도 나는 이 소원을 달성하려고 살 것이다. 칠십 평생 독립이 없는 백성으로 설움과 부끄러움과 애탐을 겪은 나에게는 세상에 가장 좋은 것이 완전하게 자주 독립한 나라의 백성으로 살아 보다 죽는 일이다. 나는 일찍이 우리 독립 정부의 문지기가 되기를 원했거니와, 그것은 우리나라가 독립국만 되면 나는 그 나라에 가장 미천한 자가 되어도 좋다는 뜻이다. 왜냐하면, 독립한 제 나라의 빈천(貧賤)이 남의 밑에

사는 부귀보다 기쁘고, 영광스럽고, 희망이 많기 때문이다.

옛날 일본에 갔던 신라의 충신 박제상이, "내 차라리 계림(鷄林)의 개와 돼지가 될지언정 왜왕(倭王)의 신하로 부귀를 누리지 않겠다." 한 것이 그의 진정이었던 것을 나는 안다. 왜왕이 높은 벼슬과 많은 재물을 준다는 것도 물리치고 제상은 달게 죽임을 받았으니, 그것은 "차라리 내 나라의 귀신이 되리라." 하는 신조 때문이었다.

근래 우리 동포 중에는 우리나라가 어느 이웃 나라의 연방에 편입하기를 소원하는 자가 있다 한다. 나는 그 말을 차마 믿으려 아니하거니와 만일 진실로 그러한 자가 있다 하면, 그는 제정신을 잃은 미친놈이라고 밖에 볼 길이 없다. 나는 공자와 석가, 예수의 도를 배웠고 그들을 성인으로 숭배하지만, 그들이 합하여서 세운 천당과 극락이 있다 하더라도 그것이 우리 민족이 세운 나라가 아닐진대, 우리 민족을 그 나라로 끌고 들어가지 아니할 것이다. 왜냐하면 피와 역사를 같이하는 민족이란 완연히 있는 것이어서 내 몸이 남의 몸이 되지 못함과 같이 이 민족이 저 민족이 될 수 없는 것은, 마치 형제도 한 집에서 살기에 어려움이 있는 것과 같은 것이다. 둘 이상이 합하여서 하나가 되자면 하나는 높고 하나는 낮아서, 하나는 위에 있어서 명령하고 하나는 밑에 있어서 복종하는 것이 근본 문제가 되는 것이다.

이에 대하여 일부 소위 좌익의 무리는 혈통의 조국을 부인하고 소위 사상의 조국을 운운하며, 혈족의 동포를 무시하고 소위 사상의 동무와 **프롤레타리아트**의 국제적 계급을 주장하여, 민족주의라면 마치 이미 진리권 밖으로 떨어진 생각인 것같이 말하고 있다. 그러나 이것은 심히 어리석은 생각이다. 철학도 변하고 정치·경제의 학설도 일시적이지만 민족의 혈통은 영구적이다. 일찍이 어느 민족 안에서나 종교로, 혹은 학설로, 혹은 경제적·정치적 이해의 충돌로 두 파 세 파로 갈려서 피로써 싸운 일이 없는 민족이 없지만, 지내어 놓고 보면 그것은 바람과 같이 지나가는 일시적인 것이요, 민족은 필경 바람 잔 뒤의 초목 모양으로 뿌리와 가지를 서로 걸고 한 수풀을 이루어 살고 있다. 오늘날 소위 좌우익이란 것도 결국 영원한 혈통의 바다에 일어나는 일시적인 풍파에 불과하다는 것을 잊어서는 아니 된다.

이 모양으로 모든 사상도 가고 신앙도 변한다. 그러나 혈통적인 민족만은 영원히 성쇠흥망(盛衰興亡)의 공동 운명의 인연에 얽힌 한 몸으로 이 땅 위에 남는 것이다. 세계 인류가 네

| 《백범일지》 (보물 제1245호)

요 내요 없이 한 집이 되어 사는 것은 좋은 일이요, 인류의 최고요 최후인 희망이요 이상이다. 그러나 이것은 멀고 먼 장래에 바랄 것이요 현실의 일은 아니다. 사해동포(四海同胞)의 크고 아름다운 목표를 향하여 인류가 향상하고 전진하는 노력을 하는 것은 좋은 일이요 마땅히 할 일이나, 이것도 현실을 떠나서는 안 되는 일이니, 현실의 진리는 민족마다 최선의 국가를 이루어 최선의 문화를 낳아 길러서 다른 민족과 서로 바꾸고 서로 돕는 일이다. 이것이 내가 믿고 있는 민주주의요, 이것이 인류의 현 단계에서는 가장 확실한 진리다.

그러므로 우리 민족 최고의 임무는, 첫째로 남의 간섭도 아니 받고 남에게 의지도 아니 하는, 완전한 자주 독립의 나라를 세우는 일이다. 이것 없이는 우리 민족의 생활을 보장할 수 없을 뿐더러, 우리 민족의 정신력을 자유로 발휘하여 빛나는 문화를 세울 수가 없기 때문이다. 이렇게 완전 자주 독립의 나라를 세운 뒤에는, 둘째로 이 지구상의 인류가 진정한 평화와 **복락**을 누릴 수 있는 사상을 낳아 그것을 먼저 우리나라에 실현하는 것이다. 나는 오늘날 인류의 문화가 불완전함을 안다. 나라마다 안으로는 정치상·경제상·사회상으로 불평등·불합리가 있고, 밖으로 국제적으로는 나라와 나라의, 민족과 민족의 시기·**알력**·침략, 그리고 그 침략에 대한 보복으로 작고 큰 전쟁이 그칠 사이가 없어서, 많은 생명과 재물을 희생하고도 좋은 일이 오는 것이 아니라 인심의 불안과 도덕의 타락은 갈수록 더하니, 이래 가지고는 전쟁이 그칠 날이 없어 인류는 마침내 멸망하고 말 것이다.

그러므로 인류 세계에는 새로운 생활 원리의 발견과 실천이 필요하게 되었다. 이야말로 우리 민족이 담당한 천직(天職)이라고 믿는다. 이러함으로 우리 민족의 독립이란 결코 삼천리 삼천만의 일이 아니라, 진실로 세계 전체의 운명에 관한 일이다. 그러므로 우리나라의 독립을 위하여 일하는 것이 곧 인류를 위하여 일하는 것이다.

만일 우리의 오늘날 형편이 초라한 것을 보고 **자굴지심**(自屈之心)으로, 우리가 세우는 나라가 그처럼 위대한 일을 할 것을 의심한다면 그것은 스스로 모욕하는 일이다. 우리 민족의 지나간 역사가 빛나지 아니함이 아니나 그것은 아직 서곡이었다. 우리가 주연 배우로 세계 역사의 무대에 나서는 것은 오늘 이후다. 삼천만 우리 민족이 옛날의 그리스 민족이나 로마 민족이 한 일을 못한다고 생각할 수 있겠는가.

내가 원하는 우리 민족의 사업은 결코 세계를 무력으로 정복하거나 경제력으로 지배하려는 것이 아니다. 오직 사랑의 문화, 평화의 문화로 우리 스스로 잘 살고, 인류 전체가 의좋게 즐겁게 살도록 하는 일을 하자는 것이다. 어느 민족도 일찍이 그러한 일을 한 이가 없었으니 그것은 공상이라고 하지 말라. 일찍이 아무도 한 자가 없기 때문에 우리가 하자는 것이다. 이 큰 일은 하늘이 우리를 위하여 남겨 놓으신 것임을 깨달을 때에 우리 민족은 비로소 제 길을 찾고 제 일을 알아본 것이다.

나는 우리나라의 청년 남녀가 모두 과거의 조그맣고 좁다란 생각을 버리고, 우리 민족의 큰 사명에 눈을 떠서, 제 마음을 닦고 제 힘을 기르기를 바란다. 젊은 사람들이 모두 이 정신을 가지고 이 방향으로 힘을 쓴다면 30년이 못 되어, 우리 민족은 괄목상대(刮目相對)하게 될 것을 나는 확신하는 바이다.

내가 원하는 우리나라

나는 우리나라가 세계에서 가장 아름다운 나라가 되기를 원한다. 가장 부강한 나라가 되기를 원하는 것은 아니다. 내가 남의 침략에 가슴이 아팠으니, 내

나라가 남을 침략하는 것을 원치 아니한다. 우리의 부력(富力)은 우리의 생활을 풍족히 할 만하고, 우리의 강력(强力)은 남의 침략을 막을 만하면 족하다. 오직 한없이 가지고 싶은 것은 높은 문화의 힘이다. 문화의 힘은 우리 자신을 행복하게 하고, 나아가서 남에게 행복을 주기 때문이다. 지금 인류에게 부족한 것은 무력도 아니오, 경제력도 아니다. 자연과학의 힘은 아무리 많아도 좋으나, 인류 전체로 보면 현재의 자연과학만 가지고도 편안히 살아가기에 넉넉하다.

인류가 현재에 불행한 근본 이유는 인의(仁義)가 부족하고, 자비가 부족하고, 사랑이 부족한 때문이다. 이 마음만 발달이 되면 현재의 물질력으로 20억이 다 편안히 살아갈 수 있을 것이다. 인류의 이 정신을 배양하는 것은 오직 문화이다. 나는 우리나라가 남의 것을 모방하는 나라가 되지 말고, 이러한 높고 새로운 문화의 근원이 되고, 목표가 되고, 모범이 되기를 원한다. 그래서 진정한 세계의 평화가 우리나라에서, 우리나라로 말미암아서 세계에 실현되기를 원한다.

홍익인간(弘益人間)이라는 우리 국조(國祖) 단군의 이상이 이것이라고 믿는다. 또 우리 민족의 재주와 정신과 과거의 단련이 이 사명을 달하기에 넉넉하고, 국토의 위치와 기타의 지리적 조건이 그러하며, 또 1차·2차 세계대전을 치른 인류의 요구가 그러하며, 새로 나라를 고쳐 세우는 우리의 서 있는 시기가 그러하다고 믿는다. 우리 민족이 주연배우로 세계의 무대에 등장할 날이 눈앞에 보이지 아니하는가.

| 삼팔선 앞에 선 김구 선생 일행 (1948)

이 일을 하기 위하여 우리가 할 일은 사상의 자유를 확보하는 정치 체제의 건립과 국민 교육의 완비다. 내가 위에서 자유의 나라를 강조하고, 교육의 중요성을 말한 것이 이 때문이다. 최고의 문화를 건설하는 사명을 달성할 민족은 한마디로 말하면, 모두 성인(聖人)을 만드는 데 있다. 대한(大韓)사람이라면 간 데마다 신용을 받고 대접을 받아야 한다.

우리의 적이 우리를 누르고 있을 때에는 미워하고 분해하는 살벌 투쟁의 정신을 길렀지만, 적은 이미 물러갔으니 우리는 증오의 투쟁을 버리고 화합의 건설을 일삼을 때다. 집안이 불화하면 망하고, 나라 안이 갈려서 싸우면 망한다. 동포 간의 증오와 투쟁은 망조다. 우리의 용모에서는 **화기**가 빛나야 한다. 우리 국토 안에는 언제나 춘풍(春風)이 가득해야 한다. 이것은 우리 국민 각자가 한번 마음을 고쳐먹음으로써 가능하게 되고, 그러한 정신의 교육으로 영원히 이어질 것이다.

최고 문화로 인류의 모범이 되는 것을 사명을 삼는 우리 민족의 개개인은 이기적 개인주의자가 되어서는 안 된다. 우리는 개인의 자유를 극도로 주장하되, 그것은 저 짐승들과 같이 저마다 제 배를 채우기에 쓰는 자유가 아니요, 제 가족을, 제 이웃을, 제 국민을 잘 살게 하는 데 쓰이는 자유다. 공원의 꽃을 꺾는 자유가 아니라 공원에 꽃을 심는 자유다. 우리는 남의 것을 빼앗거나 남의 덕을 입으려는 사람이 아니라, 가족에게, 이웃에게, 동포에게 주는 것으로 낙을 삼는 사람이다. 이것이 우리말에 이른바 선비요 점잖은 사람이다.

그러므로 우리는 게으르지 아니하고 부지런하다. 사랑하는 처자를 가진 가장은 부지런할 수밖에 없다. 한없이 주기 위함이다. 힘 드는 일은 내가 앞서 하니 사랑하는 동포를 아낌이요, 즐거운 것은 남에게 권하니 사랑하는 자를 위하기 때문이다. 이것이 우리 조상들이 좋아하던 **인후지덕**(仁厚之德)이다.

이러함으로써 우리나라의 산에는 삼림이 무성하고 들에는 오곡백과가 풍성하며, 촌락과 도시는 깨끗하고 풍성하고 화평한 것이다. 그리하여 우리 동포, 즉 대한사람은 남자나 여자나 얼굴에는 항상 화기가 있고, 몸에서는 어진 향

| 남북 연석회의에서 연설하는 김구 (1948)

기를 발할 것이다. 이러한 나라는 불행하려 하여도 불행할 수 없고, 망하려 하여도 망할 수 없는 것이다. 민족의 행복은 결코 계급 투쟁에서 오는 것도 아니요, 개인의 행복이 이기심에서 오는 것도 아니다. 계급 투쟁은 끝없는 계급 투쟁을 낳아서 국토의 피가 마를 날이 없고, 내가 이기심으로 남을 해하면 천하가 이기심으로 나를 해할 것이니, 이것은 조금 얻고 많이 빼앗기는 법이다. 일본이 이번 전쟁에서 당한 보복은 국제적·민족적으로도 그러함을 증명하는 가장 좋은 실례다.

이상에 말한 것은 내가 바라는 새 나라의 용모의 **일단**을 그린 것이다. 동포 여러분! 이러한 나라가 될진대 얼마나 좋겠는가. 우리네 자손을 이러한 나라에 남기고 가면 얼마나 만족하겠는가. 옛날 한(漢)나라 지역의 **기자**(箕子)가 우리나라를 사모하여 왔고, 공자께서도 우리 민족이 사는 데 오고 싶다고 하셨으며, 우리 민족을 인(仁)을 좋아하는 민족이라 하였다. 옛날에도 그러하였거니와, 앞으로는 세계 인류가 모두 우리 민족의 문화를 이렇게 사모하도록 하지 아니하려는가. 나는 우리의 힘으로, 특히 교육의 힘으로 반드시 이 일이 이루어질 것을 믿는다. 우리나라의 젊은 남녀가 다 이 마음을 가진다면 아니 이루어지고 어찌하랴!

나도 일찍이 황해도에서 교육에 종사하였거니와 내가 교육에서 바라던 것이 이것이었다. 내 나이 이제 칠십이 넘었으니, 직접 국민 교육에 종사할 시일이 넉넉지 못하지만, 나는 천하의 교육자와 남녀 학도들이 한번 크게 마음을 고쳐먹기를 빌지 아니할 수 없다.

1947년

새문 밖에서

프롤레타리아트(proletariat) 자본주의 사회에서, 생산 수단을 소유하지 않고 노동력을 판매하여 생활하는 계급.
복락(福樂) 행복과 안락을 아울러 이르는 말.
알력(軋轢) 수레바퀴가 삐걱거린다는 뜻으로, 서로 의견이 맞지 아니하여 사이가 안 좋거나 충돌하는 것을 이르는 말.
자굴지심(自屈之心) 스스로 자기를 굽히는 마음.
화기(和氣) 온화한 기색.
인후지덕(仁厚之德) 어질고 후덕함을 덕으로 삼는 일.
일단(一端) 사물의 한 부분.
기자(箕子) 중국 은나라의 인물로, 고조선 때에 있었다고 하는 전설상의 나라인 기자 조선의 시조.

생각해보기

1 '민족 국가'에 드러난 글쓴이의 핵심 주장과 어조를 한 문장으로 요약해 봅시다.

....

....

2 다음 구절에서 글쓴이가 비판하고 있는 내용이 무엇인지 써 봅시다.

(1) 개인의 자유를 극도로 주장하되, 그것은 저 짐승들과 같이 저마다 제 배를 채우기에 쓰는 자유가 아니요, 제 가족을, 제 이웃을, 제 국민을 잘 살게 하는 데 쓰이는 자유다. 공원의 꽃을 꺾는 자유가 아니라 공원에 꽃을 심는 자유다.

....

....

....

(2) 계급 투쟁은 끝없는 계급 투쟁을 낳아서 국토의 피가 마를 날이 없고, 내가 이기심으로 남을 해하면 천하가 이기심으로 나를 해할 것이니, 이것은 조금 얻고 많이 빼앗기는 법이다.

....

....

....

3 '내가 원하는 우리나라'에서 글쓴이가 꿈꾸는 우리나라의 미래상을 정리해 보고, 이에 대한 자신의 생각을 이야기해 봅시다.

....

....

....

이웃 나라를 강제로 뺏고 남의 목숨을 잔혹하게 해친 자는
이처럼 거리낌 없이 기뻐 날뛰는데,
죄 없고 어질고 약한 인종은
도리어 이처럼 곤경에 빠져야 하는가?

안중근

독립운동가, 교육가, 의병장. 황해도 해주 출생(1879~1910). 민족 교육과 실력 배양을 위해 삼흥 학교와 돈의 학교를 세우는 등 인재 양성에 힘썼다. 연해주에서 의병 운동을 하다가 죽음으로써 나라를 되찾기로 결의하고 1909년 10월 만주 하얼빈에서 이토 히로부미를 사살하였다. 옥중에서 《안응칠 역사》와 《동양 평화론》을 집필하였으며, 서예에도 뛰어나 옥중에서 휘호한 많은 유묵이 보물로 지정되었다.

안중근 자서전 | 안중근

이 작품은 안중근 의사의 의미 있는 삶에 대해 회고한 글이다.
이 글을 통해 안중근 의사가 세상 사람들의 보편적인 인식에 얽매이지 않는 주체성을 지녔으며,
자신만의 삶의 태도와 가치관이 확고한 인물이었다는 사실을 알 수 있다.

수양산 아래에서 태어나다

1879년 음력 7월 16일, 대한국 황해도 해주부 수양산 아래에서 사내아이 하나가 태어나니 성은 '안'이요, 이름은 '중근', 자(字)는 '응칠'이다. 성질이 가볍고 급한 편이어서 이름에 '무거울 중(重)' 자를 쓰고, 가슴과 배에 일곱 개의 점이 있어서 자를 '응칠(應七)'이라 한 것이다.

어려서부터 사냥을 좋아하다

1884년 무렵에 아버지는 서울에서 생활하셨다. 그때 박영효 씨가 나라의 형세가 위태로움을 깊이 근심하고 장차 정부를 혁신하고 백성들을 **개명**시키려는 뜻을 갖고 있었는데, 이를 위해 뛰어난 청년 70인을 뽑아서 외국에 유학 보내고자 하였다. 아버지 또한 여기에 선발되었다.

아아, 슬프다. 정부의 간신배들이 박영효 씨를 반역죄로 모함하여 체포하려 하였다. 박영효 씨는 일본으로 달아나고, 뜻을 같이했던 사람들과 유학을 준비하던 청년들은 체포되어 유배되거나 죽음을 당하고 말았다.

아버지는 몸을 피하여 고향에서 숨어 지냈는데, "나랏일이 날로 잘못되어

| 안중근

가니 부귀와 공명을 바랄 수는 없습니다."라고 할아버지께 말씀드리곤 하였다. 그러다가 하루는 "일찌감치 떠나서 산에 살면서 구름 아래 밭 갈고 달빛 아래 낚시하며 생애를 마치는 것이 가장 낫다."라고 말씀하시더니, 살림을 모두 팔고 재산을 정리하여 가족들을 마차에 태워 신천군 청계동 산속으로 들어갔다. 모두 70~80명이 이주한 것이었다. 청계동은 지형이 험준했지만 잘 정비된 논밭이 있었다. 또 산은 아름답고 물은 맑아서 별천지라고 부를 만한 곳이었다. 그때 내 나이는 여섯이나 일곱 살 정도였을 것이다.

나는 그곳에서 할아버지, 할머니의 사랑을 받으며 한문을 가르치는 학교에 다녔다. 내가 열네 살 되던 무렵 할아버지께서 세상을 떠나셨는데, 나는 사랑으로 길러 주신 할아버지의 정을 잊지 못하여 몹시 슬퍼하였다. 그러다가 병이 들어 반년 만에야 회복되었다.

나는 어려서부터 유별나게 사냥을 좋아하여, 늘 사냥꾼을 따라 들로 산으로 사냥하며 다녔다. 성장해서는 총을 메고 산에 오르곤 했는데, 사냥하러 다니느라고 글 배우는 데는 힘쓰지 않았다. 그래서 부모님과 선생님들이 크게 나무라기도 했지만, 끝내 복종하지는 않았다. 함께 글 배우는 친한 벗 가운데는 이렇게 타이르는 이도 있었다.

"그대 아버님은 문장으로 세상에 이름난 분이네. 그런데 그대는 무슨 까닭으로 무식한 사람이 되려고 하는가?"

그러면 나는 이렇게 대답하였다.

"그대의 말도 옳다. 그렇지만 내 말을 좀 들어 보게나. 옛날 항우는 '글은 자기 이름이나 적을 수 있으면 충분하다.'라고 말하였네. 그런데도 만고 영웅 항우의 이름은 먼 훗날까지 남아 아직도 전하고 있네. 나는 글을 배워서 세상에 이름을 내고 싶지는 않네. 그가 장부라면 나 또한 장부가 아닌가. 다시 내게 글 배우기를 권하지 말게."

조국 땅을 떠나다

1906년 3월에 나는 가족들을 이끌고 청계동에서 진남포로 이사를 하였다. 양옥 한 채를 지어서 살 곳을 마련한 뒤에, 집안의 재산을 **기울여서** 학교 두 곳을 설립하였다. 하나는 '삼흥 학교', 다른 하나는 '돈의 학교'였다. 나는 그곳에서 학교 일을 맡아서 재주가 뛰어난 청년들을 교육하였다.

그런데 이듬해 봄에 어떤 사람이 나를 찾아왔다. 그 사람의 기상을 살펴보니 태도가 당당하여 도인(道人)의 풍모가 있었다. 인사를 나누었는데, 김 진사라는 분이었다. 나는 김 진사와 대화를 나누었다.

"나는 본래 그대 부친과 친교가 두터웠네. 그래서 특별히 찾아온 것이네."

"선생께서 멀리서 오셨으니, 어떤 높은 말씀을 들려주시겠는지요?"

"기개 높은 그대가 어찌 이처럼 나라가 위태로운 때에 앉아서 죽기를 기다리겠는가?"

"어찌하면 좋겠습니까?"

"지금 백두산 건너 서북간도와 러시아 땅 블라디보스토크에는 백만여 명의 한국인이 살고 있네. 그곳은 물산도 풍부하니 큰일을 도모할 만한 땅이라고 할 수 있네. 그대와 같이 재주 있는 사람이 그곳에 간다면, 뒷날 반드시 큰 사업을 이룰 수 있을 것이네."

"마땅히 가르침을 가슴에 새겨 두겠습니다."

말을 마치자, 김 진사는 작별하고 떠나갔다.

이 무렵 나는 재산을 마련해 볼 생각으로 평양에 가서 석탄을 캐었는데, 일본인의 방해로 인하여 수천 원이나 손해를 입었다.

이때 한국 국민들이 국채 보상회를 **발기**하였는데, 사람이 구름처럼 모여들었다. 이날 일본인 별순사 한 사람이 모임 장소에 찾아와 조사를 하였는데, 나에게 물었다.

"회원은 몇이나 되며 돈은 얼마나 모았는가?"

"회원은 2천만 명이며, 1,300만 원을 모아서 국채를 갚을 것이다."

"열등한 한국인들이 무슨 일을 할 수 있겠는가?"

"빚을 진 사람이 빚을 갚고 돈을 빌려 준 사람이 돌려받는 것인데, 무슨 좋지 못한 일이 있다고 이처럼 질투하고 욕을 보이는 것인가?"

그러자 일본인 별순사가 화를 내며 나를 때리려고 하였다.

"이처럼 이유 없이 욕을 당하기만 한다면 대한의 2천만 백성들이 장차 커다란 압제를 면할 수 없을 것이다. 그런 치욕을 어찌 기꺼이 받을 수 있겠는가?"

나는 이렇게 말하면서 화를 내고 일본인 별순사와 무수히 치고받았다. 주위에 있던 사람들이 힘을 다하여 말려서, 결국 끝을 내고 집으로 돌아왔다.

1907년에 이토 히로부미가 한국에 와서 강제로 7조약을 맺었으며, 광무 황제를 폐위하고 군대를 해산했다. 이때 2천만 백성들이 일제히 분노하고 의병이 곳곳에서 **봉기**하니, 삼천리강산에는 대포 소리가 크게 울렸다. 그때 나는 서둘러 행장을 꾸려서 가족들과 이별하고 북간도로 향했다.

| 마지막 유언을 남기는 안중근 (1910)

이토 히로부미를 쓰러뜨리다

10월 26일에는 아침 일찍 일어났다. 깔끔한 새 옷을 벗고 수수한 양복으로 갈아입은 뒤에, 권총을 지니고 바로 정거장으로 갔다. 그때가 오전 일곱 시쯤 이었다. 정거장에 이르러 보니 러시아의 장관과 많은 군인들이 이토를 맞이할 준비를 하고 있었다.

나는 찻집에 앉아서 차를 두세 잔 마시면서 기다렸다. 아홉 시쯤 되니 이토 가 탑승한 특별 열차가 도착했는데, 정거장은 인산인해(人山人海)를 이루고 있 었다. 나는 찻집 안에 앉아서 동정을 엿보았다. 그리고 생각했다.

'어느 시점에 쏘는 것이 좋을까?'

거듭 헤아려 볼 뿐 미처 결정을 내리지 못했는데, 잠시 뒤에 이토가 열차에서 내렸다. 군대의 경례와 군악 소리가 하늘을 가르고 내 귀로 흘러들었다. 그 순간 갑자기 분한 생각이 일어나고 머릿속에서는 삼천 길 **업화**(業火)가 치솟았다.

'세상일이 어찌 이처럼 불공평한가! 아아. 이웃 나라를 강제로 뺏고 남의 목 숨을 잔혹하게 해친 자는 이처럼 거리낌 없이 기뻐 날뛰는데, 죄 없고 어질고 약한 인종은 도리어 이처럼 곤경에 빠져야 하는가?'

| 효창공원에 자리한 안중근 임시 무덤 (맨 왼쪽)

더 이상 생각하지 않고 바로 큰 걸음으로 용감하게 나아갔다. 군대가 줄지어 있는 뒤편에 이르러서 바라보니, 러시아 관리들이 몇 사람을 호위하고 오는데 그 앞쪽에 얼굴은 누렇고 수염은 흰 조그마한 늙은이 하나가 있었다. 어찌 이처럼 염치없이 하늘과 땅 사이를 마음대로 다니는가. 생각건대 이는 이토 늙은 도적이 분명했다.

나는 곧 권총을 뽑아 들고, 그 오른쪽을 향하여 통쾌하게 네 발을 쏘았다. 그런 다음 생각해 보니 매우 의심스러운 마음이 들었다. 나는 이토의 얼굴을 정확하게 알지는 못하기 때문이었다. 만약 한번 잘못 쏜다면 큰일이 낭패를 볼 것이었다. 결국 다시 뒤쪽에 무리지어 있는 일본인 가운데 가장 위엄 있게 앞장서서 가는 자를 목표로 삼았다. 세 발을 연달아 쏜 뒤에 다시 생각하니, 만일 잘못하여 죄 없는 사람을 다치게 한다면 분명히 좋지 못할 것 같았다. 그래서 잠시 멈추고 생각할 즈음에 러시아 헌병이 와서 나를 붙잡았다. 그때가 곧 1909년 음력 9월 13일 오전 아홉 시 반쯤이었다.

그때 나는 바로 하늘을 향하여 큰 소리로 "대한 만세"를 세 번 외쳤고, 조금 뒤에 정거장의 헌병 분파소로 잡혀 들어갔다. 온몸을 검사한 뒤에, 얼마 지나지 않아 러시아 검찰관이 한국인 통역과 함께 왔다. 이름이 무엇이며 어느 나라 어느 곳에 살다 어디에서 왔으며 무슨 까닭으로 이토를 해쳤는지를 물었으므로, 대강 설명해 주었다.

옥중에서 《동양 평화론》을 쓰다

전옥(典獄) 구리하라 씨가 특별히 주선하여 고등 법원장 히라이시 씨와 면회하였다. 그때 나는 사형 판결에 불복하는 이유를 대강 설명하고, 동양의 **대세**와 동양의 평화를 이루기 위한 나의 계획을 진술하였다. 고등 법원장은 내 말을 듣고 나서 감개하며 대답하였다.

"나는 그대의 뜻에 깊이 동감합니다. 그렇지만 정부의 주권 기관은 고치기 어려운 것이니 어찌하겠습니까? 다만 그대가 진술하는 의견은 정부에 올리도

| 안중근 유묵 (보물 제569호)

록 하겠습니다."

나는 그 말을 듣고서 '이같이 공정한 말이 우레와 같이 귀에 흘러들다니, 이는 평생 다시 듣기 어려운 말이로다. 이와 같은 **공의**(公義) 앞이라면 비록 목석이라도 감복할 것이다.'라고 마음속으로 칭송했다. 그리고 다시 그에게 청하였다.

"만일 허가된다면 《동양 평화론》을 저술하고 싶습니다. 사형 집행 날짜를 한 달 정도 늦추어 줄 수 있겠습니까?"

고등 법원장이 대답하였다.

"한 달 정도만 늦출 것이겠습니까. 여러 달이라도 특별히 허가할 것입니다. 걱정하지 마십시오."

이에 나는 계속 감사를 표하다가 돌아왔다. 이로부터 항소권을 포기하겠다고 청원했다. 만약 다시 항소를 하더라도 아무런 이익이 없을 것임은 명약관화(明若觀火)한 일이었다. 그뿐만 아니라 고등 법원장의 말이 과연 진담이라면 더 생각할 필요도 없었다. 이에 《동양 평화론》을 저술하기 시작했다.

개명(開明) 지혜가 계발되고 문화가 발달하여 새로운 사상, 문물 따위를 가지게 됨.
기울이다 정성이나 노력 따위를 한곳으로 모으다.
발기(發起) 앞장서서 새로운 일을 꾸며 일으킴. 또는 새로운 일이 일으켜짐.
봉기(蜂起) 벌 떼처럼 떼 지어 세차게 일어남.
업화(業火) 불같이 일어나는 노여움.
전옥(典獄) 교도소의 우두머리.
대세(大勢) 일이 진행되어 가는 결정적인 형세.
공의(公義) 공평하고 의로운 도의.

생각해보기

1 이 글의 주요 사건을 소제목별로 정리해 봅시다.

• 수양산 아래에서 태어나다 :

• 어려서부터 사냥을 좋아하다 :

• 조국 땅을 떠나다 :

• 이토 히로부미를 쓰러뜨리다 :

• 옥중에서 《동양 평화론》을 쓰다 :

2 다음 사건 당시 글쓴이의 심정을 추측하여 써 봅시다.

• 국채 보상 운동 :

• 이토 히로부미 저격 사건 :

3 일본인 고등 법원장이 글쓴이의 사형 집행을 늦춘 이유가 무엇인지 이야기해 봅시다.

북간도 용정에 있는 동산 마루턱에 묻힌
그의 무덤 위에는
이 봄에도 파란 잔디가 자랑처럼 돋아나 있을 것이다.

정병욱

국문학자. 경남 남해 출생(1922~1982). 연희전문학교를 거쳐 서울대학교 국어국문학과를 졸업
했다. 이후 모교에서 27년간 재직하면서 한국 고전 문학 분야에 탁월한 연구 업적을 남겼다. 주요
저서로 《국문학 산고》, 《한국 고전시가론》, 《한국 고전의 재인식》 등이 있으며, 고시조 2,376수를
가나다순으로 배열하여 작품별 작자와 출전을 밝힌 역저 《시조 문학 사전》을 남겼다.

잊지 못할 윤동주 | 정병욱

이 글은 윤동주의 학교 후배인 정병욱 교수가 실제 체험을 바탕으로 윤동주의 삶과 인품, 그의 시와 창작 과정 등에 대해 쓴 글이다. 글쓴이는 시인 윤동주에 대해 개인적인 차원에서 주관적이고 정서적인 접근을 꾀하고 있다.

윤동주가 세상을 떠난 지 어느덧 30여 년의 세월이 흘렀다. 그가 즐겨 거닐던 서강 일대에는 고층 건물이 즐비하게 들어서고, 창냇벌을 꿰뚫고 흐르던 창내가 자취를 감추어 버릴 만큼, 오늘날 신촌은 그 모습이 완전히 달라졌다. 달 밝은 밤이면 으레 나섰던 그의 산책길에 풀벌레 소리가 멈춘 지 오래고, 그가 사색의 보금자리로 삼았던 외인 묘지는 계절 감각을 상실한 지 오래다. 그가 묵고 있던 하숙집 아주머니는 어쩌면 이 세상을 하직하고 말았을지도 모르겠다. 이렇듯 세월은 모든 것을 바꾸어 놓고 마는 것이지만, 동주에 대한 나의 추억은 조금도 퇴색하지 않고 생생하게 살아 있다.

내가 동주를 처음 만난 것은 1940년, 연희전문학교 기숙사에서였다. 오뚝하게 솟은 콧날, 부리부리한 눈망울, 한일자로 굳게 다문 입, 그는 한마디로 미남이었다. 투명한 살결, 날씬한 몸매, 단정한 옷매무새, 이렇듯 그는 멋쟁이였다. 그렇지만 그는 꾸며서 이루어지는 멋쟁이가 아니었다. 그는 천성에서 우러나는 멋을 지니고 있었다. 모자를 비스듬히 쓰는 일도 없었고, 교복의 단추를 기울어지게 다는 일도 없었다. 양복 바지의 무릎이 앞으로 튀어나오는 일도 없었고, 신발은 언제나 깨끗했다. 이처럼 그는 깔끔하고 결백했다.

거기에다, 그는 바람이 불어도, 눈비가 휘갈겨도 **요동**하지 않는 태산처럼 믿음직하고 씩씩한 기상을 지니고 있었다.

그는 연희전문학교 문과에서 나보다 두 학년 위인 상급생이었고, 나이는 나보다 다섯 살 위였다. 그는 나를 아우처럼 귀여워해 주었고, 나는 그를 형처럼 따랐다. 신입생인 나는 모든 생활의 **대중**을 그로 말미암아 잡아 갔고, 촌뜨기의 때도 그로 말미암아 벗을 수 있었다. 책방에 가서도 그에게 물어보고 나서야 책을 샀고, 시골 동생들의 선물도 그가 골라 주는 것을 사서 보냈다. 오늘날, 나에게 문학을 이해하고, 민족을 사랑하고, 인생의 참뜻을 아는 어떤 면이 있다고 하면, 그것은 오로지 그가 심어 준 씨앗의 결실임을 나는 굳게 믿고 있다. 그러기에 이 글을 쓰는 순간에도 그가 내 곁에서 나를 지켜보고 있는 것 같은 느낌이 든다.

그는 달이 밝으면 곧잘 내 방문을 두드려서 침대 위에 웅크리고 있는 나를 이끌어 내어, 연희의 숲을 누비고, 서강의 뜰을 꿰뚫는 두어 시간의 산책을 즐기고 돌아오곤 했다. 그 시간 동안 그는 입을 여는 일이 별로 없었기 때문에, 무슨 생각을 했었는지는 지금도 수수께끼이다. 가끔은 "정 형, 아까 읽던 책 재미있어요?" 하는 정도의 질문을 했는데, 그것에 대해 내가 무슨 대답을 했는지는 뚜렷이 생각나지 않지만, 그는 "그 책은 그저 그렇게 읽는 겁니다."라고 하기도 했고, 어떤 때에는 "그 책은 대강 읽어서는 안 돼요. 무척 고심하면서 읽어도 이해하기가 어려운 책입니다."라고 일러 주기도 했다. 그만큼 그는 독서의 범위가 넓었다.

문학, 역사, 철학, 이런 책들을 그는 그야말로 종이 뒤가 뚫어지도록 정독을 했다. 이럴 때, 입을 꾹 다문 그의 눈에서는 불덩이가 튀는 듯했다. 어떤 때에는 눈을 감고 한참 동안 새김질을 하고 나서 다음 구절로 넘어가기도 하고, 어떤 때에는 공책에 메모를 하기도 했다. 그러나 그는 읽는 책에 좀처럼 줄을 치는 일은 없었던 것으로 기억된다. 그만큼 그는 결벽성이 있었다.

태평양 전쟁이 벌어지자, 일본의 혹독한 식량 정책이 더욱 악랄해졌다. 기숙사의 식탁은 날이 갈수록 조잡해졌다. 학생들이 맹렬히 항의를 해 보았으나, 일본 당국의 감시가 워낙 철저하기 때문에 어쩔 수 없다고 했다. 1941년, 동주가 4학년으로, 내가 2학년으로 진급하던 해 봄에, 우리는 하는 수 없이 기숙사를 떠나기로 했다. 마침, 나의 한 반 친구의 알선이 있어서, 조용하고 조촐한 하숙집을 쉽게 얻을 수 있었다. 우리는 그곳에서 매우 즐겁고 유쾌한 하숙 생활을 누릴 수 있었다. 그러나 우리는 하숙집 사정으로 한 달 후에 그 집을 떠나야만 했다.

그해 5월 그믐께, 다른 하숙집을 알아보기 위해, 아쉬움이 가득 찬 마음으로 누상동 하숙집을 나섰다. 옥인동으로 내려오는 길에서 우연히, 전신주에 붙어 있는 하숙집 광고 쪽지를 보았다. 그것을 보고 찾아간 집은 문패에 '김송(金松)'이라고 적혀 있었다. 설마 하고 문을 두드려 보았더니, 과연 나타난 주인은 바로 소설가 김송, 그분이었다.

우리는 김송 씨의 식구로 끼어들어 새로운 하숙 생활을 시작하게 되었다. 저녁 식사가 끝나면 우리는 대청에서 차를 마시며 음악을 즐기고, 문학을 담론하기도 했으며, 때로는 성악가인 그의 부인의 아름다운 노랫소리를 듣기도 했다. 그만큼 우리의 생활은 알차고 보람이 있었다.

동주의 시집 제1부에 실린 많은 작품들이 그해 5월과 6월 사이에 쓰인 이유가 바로 여기에 있다고 하겠다. 비록 쓸모는 없었지만, 마음을 주고받는 글벗이 곁에 있었고, 암울한 세태 속에서도 환대해 주는 주인 내외분이 있었기에, 즐거운 가운데서 마음껏 시를 쓸 수 있었으리라.

동주의 주변에도 내 주변에도, 별반 술꾼이 없었기 때문에, 그가 술자리에 어울리는 일은 별로 없었다. 가끔 영화관에 들렀다가 저녁때가 늦으면 중국집에서 외식을 했는데, 그때 더러는 술을 청하는 일이 있었다. 주기가 올라도 그의 언동에는 그리 두드러진 변화가 없었다. 평소보다 약간 말이 많은 정도였다. 그러나 비록 취중이라도 화제가 바뀌는 일은 없었다. 그의 성격 중에서 본받을 점이 많이 있지만, 그중에서도 가장 본받아야 할 것의 하나는 결코 남을

| 윤동주

헐뜯는 말을 입 밖에 내지 않는다는 점이다. 술이 들어가면 사람들의 입에서는 으레 남에 대한 비판이나 공격이 오르내리게 마련이지만, 그가 남을 헐뜯는 말을 나는 들어본 기억이 없다.

1941년 9월, 우리의 알차고 즐거운 생활에 난데없는 횡액이 닥쳐왔다. 당시에 김송 씨가 **요시찰** 인물이었던 데다가 집에 묵고 있는 학생들이 연희전문학교 학생들이었기 때문에, 우리를 감시하는 일제의 눈초리는 날이 갈수록 날카로워졌다. 일본 고등계 형사가 무시로 찾아와 우리 방 서가에 꽂혀 있는 책 이름을 적어 가기도 하고, 고리짝을 뒤져서 편지를 빼앗아 가기도 하면서 우리를 괴롭혔다. 우리는 다시 하숙을 옮기지 않을 수 없었다. 그때 마침, 졸업반이었던 동주는 생활이 무척 바쁘게 돌아가고 있는 형편이었다. 진학에 대한 고민, 시국에 대한 불안, 가정에 대한 걱정, 이런 가운데 하숙집을 또 옮겨야 하는 일이 겹치면서 동주는 무척 괴로워하는 눈치였다. 이런 절박한 상황 속에서도 그는, 그의 대표작으로 널리 알려진 중요한 작품들을 썼다. 〈또 다른 고향〉, 〈별 헤는 밤〉, 〈서시〉 등은 이 무렵에 쓴 시들이다.

동주는 시를 함부로 써서 원고지 위에서 고치는 일이 별로 없었다. 즉, 한 편의 시가 이루어지기까지는 몇 주일, 몇 달 동안을 마음속에서 고민하다가, 한 번 종이 위에 옮기면 그것으로 완성되는 것이었다. 그의 시집을 보면, 1941년 5월 31일 하루에 〈또 태초의 아침〉, 〈십자가〉, 〈눈 감고 간다〉 등 세 편을 썼고, 6월 2일에는 〈바람이 불어〉를 썼는데, 동주와 같은 **과작**의 시인이 하루에 세 편의 시를 쏟아 놓고, 이틀 뒤에 또 한 편을 썼다는 사실은 믿어지지 않는 일이다. 그것은 머릿속에서 완성된 시를 다만 원고지에 옮겨 적은 날이라고 생각할 때에야 비로소 수긍이 가는 일이다. 그는 이처럼 마음속에서 시를 다듬었기 때문에, 한마디의 시어 때문에도 몇 달을 고민하기도 했다. 유명한 〈또 다른 고향〉에서

어둠 속에 곱게 풍화 작용하는

백골을 들여다보며

눈물짓는 것이 내가 우는 것이냐

라는 구절에서 '풍화 작용'이란 말을 놓고, 그것이 시어답지 못하다고 매우 불만스러워한 적이 있었다. 그러나 고칠 수 있는 적당한 말을 찾지 못해 그대로 두었지만, 끝내 만족해하지를 않았다.

그렇다고 자기의 작품을 지나치게 고집하거나 집착하지도 않았다. 〈별 헤는 밤〉에서 그는

딴은 밤을 새워 우는 벌레는

부끄러운 이름을 슬퍼하는 까닭입니다.

로 첫 원고를 끝내고 나에게 보여 주었다. 나는 그에게 넌지시 "어쩐지 끝이 좀 허(虛)한 느낌이 드네요." 하고 느낀 바를 말했었다. 그 후, 현재의 시집 제1부에 해당하는 부분의 원고를 정리하여 〈서시〉까지 붙여 나에게 한 부를 주면서 "지난번 정 형이 〈별 헤는 밤〉의 끝부분이 허하다고 하셨지요. 이렇게 끝에다가 덧붙여 보았습니다." 하면서 마지막 넉 줄을 적어 넣어 주는 것이었다.

그러나 겨울이 지나고 나의 별에도 봄이 오면

무덤 위에 파란 잔디가 피어나듯이

내 이름자 묻힌 언덕 위에도

자랑처럼 풀이 무성할 게외다.

이처럼, 나의 하찮은 충고에도 귀를 기울여 수용할 줄 아는 태도란, 시인으로서는 매우 어려운 일임을 생각하면, 동주의 그 너그러운 마음에 다시금 머

리가 숙여지고 존경하는 마음이 새삼스레 우러나게 된다.

동주가 졸업 기념으로 엮은 **자선** 시집 《하늘과 바람과 별과 시》의 자필 시고 (詩稿)는 모두 3부였다. 그 하나는 자신이 가졌고, 한 부는 이양하 선생께, 그리고 나머지 한 부는 내게 주었다. 이 시집에 실린 19편의 작품 중에서, 제일 마지막에 수록된 시가 〈별 헤는 밤〉으로 1941년 11월 5일로 적혀 있고, 〈서시〉를 쓴 것이 11월 20일로 되어 있다. 이로 보아, 그는 자선 시집을 만들어 졸업 기념으로 출판하기를 계획했던 것 같다. 그러나 이 시고를 받아 보신 이양하 선생께서는 출판을 보류하도록 권하였다 한다. 〈십자가〉, 〈슬픈 족속〉, 〈또 다른 고향〉과 같은 작품들이 일본 관헌의 검열에 통과될 수 없을 뿐만 아니라, 그의 신변에 위험이 따를 것이니, 때를 기다리라고 하셨다는 것이다. 그러나 그는 결코 실망의 빛을 보이지 않았다. 선생의 충고는 당연한 것이었고, 또 시집 출간을 서두를 필요도 없다고 생각했기 때문이었을 것이다.

시집 출판을 단념한 동주는 1941년 11월 29일에 〈간〉을 썼다. 작품 발표와 출판의 자유를 빼앗긴 지성인의 분노가 폭발한 것이리라. 그러나 자신을 스스로 달래지 않을 수 없었다. 그 노여움이 가라앉으면서 1942년 1월 24일에 차분히 〈참회록〉을 썼다. 어쩌면 이것이 고국에서 쓴 마지막 작품이었을지도 모른다. 1942년, 유학을 위해 일본으로 건너갔던 그는, 이듬해인 1943년 7월에 독립운동 혐의로 체포되어 2년 형을 언도받고 후쿠오카 감옥에서 복역하던 중, 조국 광복을 불과 반 년 앞둔 1945년 2월 16일, 감옥 안에서 28세의 젊은 나이로 원통하게 눈을 감았다.

이제, 동주는 세상을 떠나고 없다. 그러나 오늘날 이 땅의 많은 젊은이들이 즐겨 외는, 그의 대표작 〈별 헤는 밤〉의 끝 넉 줄은, 단순히 시구로만 끝난 것이 아니라 현실이 되었다. 그의 고향인 북간도 용정에 있는 동산 마루턱에 묻힌 그의 무덤 위에는 이 봄에도 파란 잔디가 자랑처럼 돋아나 있을 것이다. 그러나 동주는 멀리 북간도에만 있는 것이 아니다. 그의 시 속에 배어 있는 겨레 사랑의 정신은 그를 사랑하는 모든 사람의 가슴속에 영원히 살아 남아 있을 것이다.

요동(搖動) 흔들리어 움직임. 또는 흔들어 움직임.

대중 어떠한 표준이나 기준.

요시찰(要視察) 사상이나 보안 문제 따위와 관련하여 행정 당국이나 경찰이 감시하여야 할 사람.

과작(寡作) 작품 따위를 적게 지음.

자선(自選) 자기 스스로 자기의 작품을 골라 뽑음.

생각해보기

1 이 글에서 알 수 있는 윤동주에 대한 설명으로 옳지 않은 것을 골라 봅시다.

① 연희전문학교 문과에서 글쓴이보다 두 학년 위인 상급생이었다.

② 읽는 책에 밑줄을 치지 않는 등 결벽성이 있었다.

③ 소설가 김송 씨의 집에서 하숙 생활을 하며 마음껏 시를 쓸 수 있었다.

④ 애주가로서 술자리에서 문학에 대한 이야기를 나누는 것을 즐겼다.

⑤ 결코 남을 헐뜯는 말을 입 밖에 내지 않았다.

2 다음 제시문에 드러나는 시인 윤동주의 모습에 대해 써 봅시다.

> **㉮** 동주는 시를 함부로 써서 원고지 위에서 고치는 일이 별로 없었다. 즉, 한 편의 시가 이루어지기까지는 몇 주일, 몇 달 동안을 마음속에서 고민하다가, 한 번 종이 위에 옮기면 그것으로 완성되는 것이었다.
>
> **㉯** 한마디의 시어 때문에도 몇 달을 고민하기도 했다. 유명한 〈또 다른 고향〉에서
>
> 어둠 속에 곱게 풍화 작용하는
> 백골을 들여다보며
> 눈물짓는 것이 내가 우는 것이냐
>
> 라는 구절에서 '풍화 작용'이란 말을 놓고, 그것이 시어답지 못하다고 매우 불만스러워한 적이 있었다. 그러나 고칠 수 있는 적당한 말을 찾지 못해 그대로 두었지만, 끝내 만족해하지를 않았다.
>
> **㉰** 나는 그에게 넌지시 "어쩐지 끝이 좀 허(虛)한 느낌이 드네요." 하고 느낀 바를 말했었다. 그 후, 현재의 시집 제1부에 해당하는 부분의 원고를 정리하여 〈서시〉까지 붙여 나에게 한 부를 주면서 "지난번 정 형이 〈별 헤는 밤〉의 끝부분이 허하다고 하셨지요. 이렇게 끝에다가 덧붙여 보았습니다." 하면서 마지막 넉 줄을 적어 넣어 주는 것이었다.

- (가) :

....

....

- (나) :

....

....

- (다) :

....

....

③ 글쓴이와 윤동주의 관계를 살펴보고, 윤동주에 대한 글쓴이의 태도를 파악해 봅시다.

> 내가 동주를 처음 만난 것은 1940년, 연희전문학교 기숙사에서였다. 오뚝하게 솟은 콧날, 부리부리한 눈망울, 한일자로 굳게 다문 입, 그는 한마디로 미남이었다. 투명한 살결, 날씬한 몸매, 단정한 옷매무새, 이렇듯 그는 멋쟁이였다. 그렇지만 그는 꾸며서 이루어지는 멋쟁이가 아니었다. 그는 천성에서 우러나는 멋을 지니고 있었다. 모자를 비스듬히 쓰는 일도 없었고, 교복의 단추를 기울어지게 다는 일도 없었다. 양복 바지의 무릎이 앞으로 튀어나오는 일도 없었고, 신발은 언제나 깨끗했다. 이처럼 그는 깔끔하고 결백했다. 거기에다, 그는 바람이 불어도, 눈비가 휘갈겨도 요동하지 않는 태산처럼 믿음직하고 씩씩한 기상을 지니고 있었다.

....

....

....

....

....

"삶은 슬프고 아름다워."

엄광용

소설가, 아동 문학 작가. 경기도 여주 출생(1954~). 중앙대학교 문예창작과 졸업 후 잡지사에서 기자 생활을 하다가 1990년《한국문학》신인상에 〈벽 속의 새〉가 당선되며 등단하였다.《꿈의 벽 저쪽》,《지금도 왕비는 죽어가고 있다》등의 소설집을 비롯해 다수의 동화집을 출간하였다.

화가 이중섭 | 엄광용

이 작품은 화가 이중섭의 투철한 민족의식과 예술 정신에 대해 평가한 글이다.
일제 강점과 한국 전쟁 등 시련과 굴곡의 역사적 사건을 겪으면서도 꺾이지 않은
그의 열정적이고 올곧은 예술 정신과 끊임없이 노력하는 자세 등을 통해
신념에 충실했던 한 인간의 모습을 발견할 수 있다.

조선의 그림을 그리다

소년 이중섭은 풀밭에 엎드린 채 황소의 눈을 뚫어지게 쳐다보고 있었다. 그는 서산 아래로 해가 떨어지는 줄도 모르고 스케치북에 열심히 그림을 그렸다. 황소는 되새김질을 하며 이중섭을 멀뚱멀뚱 바라보았다.

이중섭은 오산 학교 재학 시절, 틈만 나면 들판에 나가 풀을 뜯는 소를 바라보며 그림을 그리곤 했다. 어떤 날은 동쪽 오봉산에서 해가 솟아오를 때부터 서쪽 제석산 너머로 해가 질 때까지 움직일 줄 모르고 소만 관찰하기도 했다.

"형, 오늘도 소 데생하러 갔다 오는 거야?"

집에 돌아오자, 같은 방을 쓰는 후배 김창복이 근심 어린 표정을 지으며 말을 건넸다. 이중섭은 오산 학교 5학년이었고, 김창복은 그보다 3년 후배로 둘 다 그림에 관심이 많았다.

"응, 소를 보고 있으면 마음이 평화로워지거든."

"형, 마을 사람들이 형보고 뭐라고 하는 줄 알아? 소에 미친 녀석이래."

"어느 하나에 몰두할 수 있다는 것은 좋은 거야. 창복아, 나는 앞으로 조선의 진짜배기 소만 그릴 거다. 소한테선 순수한 조선의 냄새가 나거든. 너도 앞

으로 조선의 냄새가 풍기는 그림을 그려."

이중섭은 1916년 4월 10일, 평안남도 평원군 부농의 가정에서 막내로 태어났다. 그는 오산 학교를 다니면서 민족의식에 눈을 떴다. 당시 오산 학교는 민족의식이 강한 선생님이 많았다. 교장은 조만식이었고, 함석헌도 이 학교에서 국사를 가르치고 있었다. 민족의식이 강한 선생님들의 피 끓는 강의는 이중섭의 젊은 영혼을 흔들어 놓았다.

오산 학교 시절에 이중섭이 최선을 다해 공부한 것은 그림 공부였다. 그가 열성적으로 그림 공부에 몰두할 수 있었던 것은 화가이자 미술 교사였던 임용련 덕분이었다. 임용련과 백남순 부부가 오산 학교에 부임한 것은 이중섭이 5학년 되던 해였다. 임용련은 미국 예일 대학 미술학부를 1등으로 졸업한 유명 화가였고, 백남순은 일본의 여자 미술 학교를 졸업하고 프랑스 파리로 건너가 작품 활동을 한 화가였다.

"중섭아, 진정한 예술 작품은 수없이 많은 **습작**에 의해 만들어진단다."

이중섭은 임용련의 이와 같은 가르침을 깊이 아로새겼다. 이중섭이 들판에 나가 황소 그림에 몰두하게 된 것은 임용련으로부터 미술 지도를 받기 시작하면서였다. 이중섭은 선생님의 가르침대로 데생 연습을 수없이 했다.

어느 날, 이중섭은 밀가루에 수채 물감을 범벅해서 그것을 짓이겨 바르는 방법으로 그림을 그렸다. 물감이 마르자 화면에선 밀가루 더뎅이가 독특한 입체감을 나타냈다. 이것을 보고 임용련은

"그래, 중섭아. 바로 이거야! 새로운 것을 창조하는 거야. 독창성을 길러야 해. 새로운 소재를 찾아 끊임없이 노력해야 한다."

라며 격려를 아끼지 않았다.

일본은 끝내 조선에 대해 국어 말살 정책을 펴기 시작했다. 민족의식이 강했던 오산 학교는 다른 학교보다 더 철저하게 감시를 받았다. 어느 날, 이중섭은 하숙방에 누워 있다가 벌떡 일어나 앉으며 말했다.

"창복아, 우리 말과 글을 없애면 우린 뭐가 되겠니? 나중에는 우리가 조선

| 〈황소〉 (1953년경)

| 〈흰 소〉 (1954년경)

사람인지 아닌지도 알 수 없게 될 거 아냐? 난 한글을 소재로 그림을 그릴 거야. 한글 자모를 조합해서 여러 가지 모양의 그림을 그리는 거야. 그림으로 그려 놓으면 우리 말과 글도 없어지지 않겠지?"

그날 이후, 그는 황소를 데생하기 위해 들판에 나가는 것도 미루고, 한글 자모를 이용해 독특하게 구성한 그림을 그리는 데 열중했다. 이중섭은 그 그림을 임용련 선생에게 보여 주었다. 선생은 말없이 고개만 끄덕일 뿐이었다.

그림과 사랑이 함께한 시절

오산 학교를 졸업한 이중섭은 일본 유학을 가야 할지 고민에 빠졌다.

"조선 사람은 조선 땅이 좋고, 또 조선 땅에서 살아야 한다면, 굳이 일본으로 유학을 갈 필요가 없지 않겠습니까? 조선의 흙냄새를 맡으며 그림을 그리면 어떻겠습니까?"

"그렇지 않다. 너는 일본으로 건너가야 한다. 네가 좋아하는 조선의 황소가 일본에는 없지만, 정말 힘 좋은 조선의 황소를 그리려면, 일본에 가서 그림 공부를 더 해야 한다. 그리고 일본을 이기기 위해서도 일본을 알아야 한다."

임용련 선생의 말씀에 용기를 얻은 이중섭은 일본으로 건너가 동경 제국 미술 학교에 입학했다. 그 당시 일본 화단은 서양의 **전위 미술**까지 들어와 있을 정도로 서양 그림을 모방하는 분위기였다. 이중섭은 그런 분위기에 익숙해질 수 없었다. 이중섭은 서양의 **유파**를 그대로 받아들이는 것은 창조성뿐만 아니라, 역사성마저 결여된 것이라고 생각했다. 참된 예술은 태어나 자란 곳의 땅 냄새가 물씬 배어 있어야 한다는 것이 그의 생각이었다.

결국, 이중섭은 동경 제국 미술 학교를 그만두고 동경 문화 학원으로 학적을 옮겼다. 동경 문화 학원은 한 일본 건축가가 세운 학교인데, 남녀 공학에다 교복을 입지 않을 정도로 자유분방한 학풍을 자랑하고 있었다. 그리고 개인의 창조적 능력을 장려하는 학교였다. 이중섭은 동경 문화 학원에 다니면서 비로소 자신감을 얻기 시작했다. 이때 그의 나이 스무 살이었다.

그림밖에 모르던 이중섭에게도 사랑스러운 여성이 나타났다. 동경 문화 학원의 2년 후배인 야마모토 마사코였다. 마사코는 유화과에 다니고 있었지만, 그림보다 문학에 더 관심을 가지고 있었다. 이중섭 역시 문학에 관심을 두고 있었기에 마사코와 쉽게 친해질 수 있었다. 마사코는 늘 우울한 표정을 짓고 다니는 이중섭의 심정을 잘 알고 있었다.

"조선에 대해 이야기해 주세요."

"우리나라 이야기를 하려니까 말이 잘 안 나오네요. 서러운 역사를 가진 나라이지요, 우리나라는……."

이중섭은 긴 한숨을 내쉬었다.

1938년 5월, 이중섭은 일본인 미술가들이 창립한 단체인 자유 미술가 협회의 공모전에 응모하여 협회장상을 받았으며, 일본의 여러 평론가들에게서 열렬한 찬사를 받았다. 1943년에는 〈망월〉이라는 작품을 출품해 특별상인 태양상을 받는 영예를 안았다. 이 그림은 화면 왼쪽에 둥근 달이 떠 있고, 중앙에는 한쪽 손을 하늘을 향해 벌리고 달을 바라보는 얼굴 모습이 그려져 있고, 오른쪽에는 머리가 반쯤 잘린 소가 그려져 있다. 일제 강점기에 있는 조국의 비운과 현실을 상징적으로 표현해 주고 있는 작품이다.

이중섭은 귀국하였다. 그리고 얼마 있지 않아 마사코와 결혼하여 원산에 정착했다. 새로 마련한 살림집은 광석동 산마루에 있었다. 마당이 넓어서 한쪽에 닭장을 짓고 닭을 키웠다. 이중섭은 자연히 닭을 관찰할 기회가 많았다. 닭은 곧 그에게 그림의 소재가 되었다. 이중섭은 닭을 너무 가까이하다가 닭의 깃털 속에 살고 있던 닭니가 옮아 한동안 고생을 하기도 했다. 그는 무엇 하나에 관심을 가지면 적극적으로 물고 늘어지는 사람이었다.

1946년은 이중섭의 인생에서 가장 슬픈 해였다. 그 무렵, 원산에는 공산주의 체제가 자리 잡기 시작했다. 그의 형이 대지주로 규탄받아 원산 내무서에 갇혀 있다가 죽었다. 그리고 그 충격이 채 가시기도 전에 첫아이가 디프테리아에 걸려 죽고 말았다. 이중섭은 깊은 슬픔에 잠겼다.

그때, 이 소식을 듣고 한 친구가 달려왔다. 새벽녘에 잠을 깬 친구는 이중섭이 일찍 일어나 무엇인가를 그리고 있는 것을 보았다. 그는 흠칫 놀랐다. 이중섭이 싱글벙글 웃으면서 그림에 몰두해 있었던 것이다. 그는 순간적으로 화가 났다.

"이봐, 중섭이! 자네 그게 무슨 짓인가? 뭐가 좋아서 그렇게 싱글벙글하고 있나?"

"그림을 그리고 있네. 우리 아들 천당에 가면 얼마나 심심하겠나? 동무하고 같이 뛰어놀라고 꼬마들을 그리는 걸세."

그는 속으로 놀라며 이중섭이 그리고 있는 그림을 보았다. 그림은 여러 장이었다.

그는 그중에서 한 장을 손가락으로 가리키며 물었다.

"그럼 이건 뭔가?"

"응, 그거? 천도복숭아야. 우리 아들 하늘나라에 가서 따 먹으라고……."

평화로운 바닷가, 아이들 그림

1950년, 6·25 전쟁이 일어났다. 이중섭의 집은 비행기의 폭격으로 잿더미가 되었다. 하늘에선 비행기의 폭격이 계속되었고, 땅에선 육군 포대의 포격이, 바다에선 함포 사격이 쉴 새 없이 이어졌다. 이중섭은 가족을 이끌고 부산으로 피란을 가게 되었다.

부산은 피란민으로 들끓었다. 남한에 친척이 없는 이중섭으로서는 앞으로 살아갈 일이 막막했다. 그는 부두에 나가서 기름통을 굴려 화물차에 싣거나, 선박에 페인트칠을 하는 등의 날품팔이를 했다. 그의 모습은 거지나 다름없었다. 더구나 추운 겨울을 난다는 것은 보통 일이 아니었다. 옷이란 옷을 다 껴입고 자는데도 추위 때문에 이가 딱딱 부딪힐 정도였다. 그런 추위 속에서 웅크리고 자는 아내와 두 아들을 보고 있자니 그는 잠을 이룰 수 없었다.

| 〈도원〉 (1954년)

이중섭은 문득 부산보다 덜 추운 제주도 생각이 났다. 그곳은 조카 이영진이 머물러 있는 곳이기도 했다. 그는 제주도로 건너갔다. 제주도에는 유채꽃이 한창 들판을 수놓고 있었다.

"난 그림을 그릴 거야. 정말 이곳에선 안심하고 그림을 그릴 수 있겠어. 저 파도 소리를 들으니 그런 기분이 드는군."

이중섭은 곧 정신적 안정을 되찾았다. 그는 매일 바닷가에 나가 그림을 그렸고, 아내는 이웃집에 일을 하러 나갔다. 아내가 일하러 나가면 이중섭은 두 아들을 데리고 바닷가로 나갔다. 태양과 바다, 모래와 게, 그리고 뛰어노는 아이들의 모습은 곧 그림의 소재가 되었다.

은박지에 담긴 화가의 마음

1951년 12월, 전쟁이 곧 끝날지도 모른다는 소식이 들려왔다. 중부 전선에서 밀고 밀리는 상황이 계속되고 있는 가운데, 한편에서는 휴전 문제가 논의되고 있다는 것이었다. 이중섭은 다시 부산으로 건너 왔다. 부산에서의 생활은 불안정했다. 이중섭은 가족의 생계를 위해 부두 노동이나 운수 회사의 인부 노릇을 했다. 그러나 그가 버는 돈으로는 가족의 끼니를 이어 가기도 힘들었다.

그러던 어느 날, 일본에서 불행한 소식이 날아들었다. 장인이 세상을 떠났다는 것이었다. 그는 아내에게 이 사실을 알리지 않았다. 아내의 건강이 나쁜 데다, 또 알았다고 하더라도 곧바로 일본에 갈 수도 없는 형편이었기 때문이다. 당시 아내는 심한 영양실조로 폐결핵에 걸려 **각혈**까지 하는 중증 환자였다. 그런데 아내는 이 사실을 어떻게 알았는지 아이들을 데리고 일본으로 갈 결심을 하였다. 생활고를 견딜 수 없었던 것이다.

아내와 두 아들을 일본으로 보내고 난 이중섭의 생활은 더욱 어려워졌다. 이를 안타깝게 여긴 친구가 평소에 잘 알고 지내던 신문사 문화부장에게 이중섭을 추천했다. 이중섭에게 소설 삽화라도 맡겨 보는 것이 어떻겠느냐는 것이었다. 문화부장은 그의 부탁을 흔쾌히 들어 주었다. 신바람이 난 그는 이중섭을 찾았다.

"중섭이, 인제 되었네. 신문 연재소설 삽화를 맡아 달라는 사람이 있어. 그것만 그리면 부두 노동을 하지 않아도 될 거야. 가족끼리 함께 살 수도 있고……."

"나는 삽화를 그릴 자신이 없어."

이중섭은 별로 반갑지 않은 표정이었다.

"아니, 왜?"

"미안하네. 삽화는 못 그려……."

친구는 이중섭이 삽화를 그리지 않겠다는 까닭을 알았다. 삽화를 그려 아무

| ❶ 〈서귀포의 환상〉 (1951년)
| ❷ 〈부부 2〉 (1953년)
| ❸ 〈물고기와 노는 세 아이〉 (1952년경)

리 돈을 벌 수 있다고 하더라도 진정한 그림이 아니므로 그릴 수 없다는 것이었다. 이중섭은 개털 외투 주머니에서 손바닥만 한 종이를 꺼내 친구에게 내밀었다.

"아니, 이건 담뱃갑의 은박지가 아닌가?"

"그래, 은박지 그림이지. 요즘 이런 걸 그리는 재미로 산다네."

이중섭이 내민 은박지 그림을 받아들고, 친구는 한동안 말을 할 수가 없었다. 이중섭의 삶 자체가 그림이라는 사실을 확인했기 때문이었다. 은박지에는 발가벗은 아이들이 바닷게와 장난을 하는 모습이 그려져 있었다.

이중섭의 그림 하나하나에는 모두 사연이 담겨 있었다. 그의 그림은 그림으로 표현한 일기라고 할 수도 있다. 그만큼 이야기가 많았고, 문학적인 향기가 가득 배어 있었다. 그림에는 다음과 같은 글이 쓰여 있기도 했다.

"삶은 슬프고 아름다워."

그래서 이중섭은 이 은박지 그림을 '낙서화'라고 불렀는지도 모른다.

외로움 속에서 세상을 뜨다

이중섭은 아내와 아이들이 떠난 후, 한곳에 머물지 않고 대구와 부산, 통영, 진주, 서울, 대구, 칠곡을 오가면서 친구들의 집을 전전했다. 그러던 1955년 1월, 이중섭은 미도파 **화랑**에서 개인전을 열었다. 전시된 작품은 모두 45점이었다. 전시회는 연일 사람들로 가득 찼다. 이중섭은 그림이 팔릴 때마다 고객들에게 큰절을 했다.

"아직 공부가 덜 된 그림을 좋게 봐 주시니 정말 부끄럽습니다. 앞으로 좋은 그림을 그리게 되면 지금 선생님께서 계약한 그림과 바꾸어 드리겠습니다."

전시회가 끝나고 이중섭은 갑자기 건강이 나빠졌다. 그에게 찾아온 것은 육체의 병이 아니라 마음의 병이었다. 병세가 심해지자, 그는 대구의 어느 병원에 입원하게 되었다. 이중섭은 **거식증**으로 고통을 받았다. 그의 몸은 더욱 쇠약해질 수밖에 없었다. 어느 날은 혼자서 병실 세 개를 온통 흰 페인트로 칠하

은박지 그림 (1952~1953년경)

기도 하였다.

이중섭의 병세는 더욱 악화되었다. 여러 병원을 **전전하다가** 1956년 7월, 서대문의 적십자 병원에 입원하게 되었다. 여기서도 그는 식사를 거부했다. 게다가 몸이 점점 부어올랐다. 이런 와중에도 그는 손톱으로 은박지에 그림을 그렸다.

1956년 9월 6일, 여름이 지나고 가을이 다가올 무렵이었다. 그의 곁에는 아무도 없었다. 그저 달빛만 창문 가득히 쏟아져 들어와 흰 침대보를 노랗게 물들이고 있었다. 그날 이중섭은 달을 하염없이 바라보다가 희미하게 웃었다. 이튿날, 적십자 병원 영안실 게시판에는 그의 죽음을 알리는 글이 적혀 있었다.

습작(習作) 시, 소설, 그림 따위의 작법이나 기법을 익히기 위하여 연습 삼아 짓거나 그려 봄. 또는 그런 작품.
전위 미술(前衛美術) 인습적인 권위와 전통에 반항하는 급진적이고 혁명적인 미술을 통틀어 이르는 말.
유파(流派) 주로 학계나 예술계에서, 생각이나 방법 경향이 비슷한 사람이 모여서 이룬 무리.
각혈(咯血) 혈액이나 혈액이 섞인 가래를 토함. 또는 그런 증상.
화랑(畫廊) 그림 따위의 미술품을 진열하여 전람하도록 만든 방.
거식증(拒食症) 먹는 것을 거부하거나 두려워하는 병적 증상.
전전하다(轉轉-) 이리저리 굴러다니거나 옮겨 다니다.

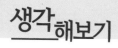
생각해보기

1 이중섭의 생애를 다음 항목에 따라 정리해 봅시다.

성장 환경	전쟁이 이중섭의 삶에 미친 영향
• 부농의 가정에서 자람. • 오산 학교를 다님.	• (㉠) 생활을 함. • 가족과 헤어지게 됨. • 마음의 병이 듦.
주변인에게 받은 영향	일화에 나타난 이중섭의 성격
• 조만식과 함석헌은 이중섭에게 (㉡)을/를 심어 줌. • 임용련은 이중섭이 예술가로서의 성실한 태도와 예술 정신을 형성하는 데 큰 영향을 줌.	• (㉢) 일화를 통해 한 가지 일에 몰두하는 성격을 가졌다는 것을 알 수 있음. • 개인전 일화를 통해 (㉣)하고 책임감이 강한 성격이라는 것을 알 수 있음.

• ㉠ : ....

• ㉡ : ....

• ㉢ : ....

• ㉣ : ....

2 다음 그림을 통해 알 수 있는 이중섭의 예술에 대한 생각을 써 봅시다.

• 소와 한글 자모 그림 : ....

....

....

• 은박지 그림 : ....

....

....

확장 해보기

시대와 인물

작품 속 시대 상황을 바탕으로 글쓴이의 주장을 평가하고, 현재 상황에 맞는 해결책을 제시해 봅시다.

㉮ 1945년 12월 미국, 소련, 영국의 외상이 모스크바에서 만나 한반도에 임시 민주 정부를 세워 최대 5년간 신탁 통치를 실시하기로 결정하였다. 이 소식이 전해지자 신탁 통치 수용을 둘러싸고 좌익과 우익의 대립이 본격화되었다. 모스크바 3국 외상 회의의 결정에 따라 1946년 임시 민주 정부 수립을 준비하기 위해 서울에서 미소 공동 위원회가 열렸다. 그러나 새로 수립된 정부에 참여시킬 세력을 둘러싸고 미국과 소련은 서로 대립했고 결국 위원회는 중단되었다.

이후 좌우의 대립이 더욱 극심해지자, 김규식과 여운형 등의 중도 세력은 좌우 합작 운동을 전개하였다. 이들은 이념 대립을 극복하고 통일 정부를 수립하기 위해 노력하였으나 뜻을 이루지 못하였다. 1947년 다시 열린 미소 공동 위원회가 성과 없이 끝나자, 미국은 한반도 문제를 유엔에 넘겼다. 유엔은 남북한 총선거를 통한 정부 수립을 결정하였지만 북한은 이를 거부하였다. 이에 유엔은 가능한 지역만이라도 선거를 실시하기로 입장을 바꾸었다. 남한만의 단독 선거를 반대한 김구와 김규식 등은 평양에 가서 북한의 지도자들과 협상을 시도하였지만 성과를 거두지 못하였다.

㉯ 나는 우리나라가 세계에서 가장 아름다운 나라가 되기를 원한다. 가장 부강한 나라가 되기를 원하는 것은 아니다. 내가 남의 침략에 가슴이 아팠으니, 내 나라가 남을 침략하는 것을 원치 아니한다. 우리의 부력(富力)은 우리의 생활을 풍족히 할 만하고, 우리의 강력(强力)은 남의 침략을 막을 만하면 족하다. 오직 한없이 가지고 싶은 것은 높은 문화의 힘이다. 문화의 힘은 우리 자신을 행복하게 하고, 나아가서 남에게 행복을 주기 때문이다. 지금 인류에게 부족한 것은 무력도 아니오, 경제력도 아니다. 자연과학의 힘은 아무리 많아도 좋으나, 인류 전체로 보면 현재의 자연과학만 가지고도 편안히 살아가기에 넉넉하다.

인류가 현재에 불행한 근본 이유는 인의(仁義)가 부족하고, 자비가 부족하고, 사랑이 부족한 때문이다. 이 마음만 발달이 되면 현재의 물질력으로 20억이 다 편안히 살아갈 수 있을 것이다. 인류의 이 정신을 배양하는 것은 오직 문화이다. 나는 우리나라가 남의 것을 모방하는 나라가 되지 말고, 이러한 높고 새로운 문화의 근원이 되고, 목표가 되고, 모범이 되기를 원한다. 그래서 진정한 세계의 평화가 우리나라에서, 우리나라로 말미암아서 세계에 실현되기를 원한다.

— 김구, 〈나의 소원〉

1_ 당시 시대적 상황을 고려하여, 제시문 (나)에서 가장 부강한 나라가 아닌 가장 아름다운 나라를 소원한 글쓴이의 생각이 타당한지 평가해 봅시다.

2_ 우리의 현재 상황을 고려하여 공동체적 입장에서 제시할 수 있는 '나의 소원'의 내용을 정하고, 이를 효과적으로 전달할 수 있는 방법을 이야기해 봅시다.

• '나의 소원'의 내용 :

• 효과적인 전달 방법 :

작품에 담긴 작가의 마음

작가의 생애를 알아보고, 작가가 작품을 통해 무엇을 표현하고자 했는지 생각해 봅시다.

가-1 시집 출판을 단념한 동주는 1941년 11월 29일에 〈간〉을 썼다. 작품 발표와 출판의 자유를 빼앗긴 지성인의 분노가 폭발한 것이리라. 그러나 자신을 스스로 달래지 않을 수 없었다. 그 노여움이 가라앉으면서 1942년 1월 24일에 차분히 〈참회록〉을 썼다. 어쩌면 이것이 고국에서 쓴 마지막 작품이었을지도 모른다. 1942년, 유학을 위해 일본으로 건너갔던 그는, 이듬해인 1943년 7월에 독립운동 혐의로 체포되어 2년 형을 언도받고 후쿠오카 감옥에서 복역하던 중, 조국 광복을 불과 반 년 앞둔 1945년 2월 16일, 감옥 안에서 28세의 젊은 나이로 원통하게 눈을 감았다.

– 정병욱, 〈잊지 못할 윤동주〉

가-2 산모퉁이를 돌아 논가 외딴 우물을 홀로 찾아가선 가만히 들여다봅니다.

우물 속에는 달이 밝고 구름이 흐르고 하늘이 펼치고 파아란 바람이 불고 가을이 있습니다.

그리고 한 사나이가 있습니다. / 어쩐지 그 사나이가 미워져 돌아갑니다.

돌아가다 생각하니 그 사나이가 가엾어집니다. 도로 가 들여다보니 사나이는 그대로 있습니다.

다시 그 사나이가 미워져 돌아갑니다. / 돌아가다 생각하니 그 사나이가 그리워집니다.

우물 속에는 달이 밝고 구름이 흐르고 하늘이 펼치고 파아란 바람이 불고 가을이 있고 추억(追憶)처럼 사나이가 있습니다.

– 윤동주, 〈자화상(自畵像)〉

나 1950년, 6·25 전쟁이 일어났다. 이중섭은 가족을 이끌고 부산으로 피난을 갔다. 하지만 부산의 추위 속에서 웅크리고 자는 아내와 두 아들을 보고 있자니 잠을 이룰 수 없었다. 문득 부산보다 덜 추운 제주도가 생각난 그는 가족들과 함께 제주도로 건너갔다.

제주도에 온 이중섭은 곧 정신적 안정을 되찾았다. 그는 매일 바닷가에 나가 그림을 그렸다. 아내는 이웃집 일을 도왔다. 아내가 일하러 나가면 이중섭은 두 아들을 데리고 바닷가로 나갔다. 태양과 바다, 모래와 게, 그리고 뛰어노는 아이들의 모습은 곧 그림의 소재가 되었다.

1951년 12월, 이중섭은 다시 부산으로 건너왔다. 부산에서의 생활은 불안정했다. 그가 버는 돈으로는 끼니를 이어 가기도 힘들었다. 어려움 속에서도 서로를 사랑하며 살던 이중섭의 가족은 결국 헤어지고 만다. 생활고를 견디지 못한 아내가 두 아들을 데리고 일본으로 떠난 것이다. 그때부터 이중섭은 종이든 또 다른 무엇이든 그릴 수 있으면 어디에든 그림을 그렸는데, 그 가운데 담뱃갑 속에 들어 있는 은박지에 그린 그림들이 유명하다.

첫 개인전을 끝낸 직후, 이중섭의 건강이 갑자기 나빠졌다. 그에게 찾아온 것은 육체의 병이 아니라 마음의 병이었다. 1956년, 그는 헤어진 가족을 다시 만나지도 못하고 삶을 마감하였다.

1_ 제시문 (가)-1에 나타난 시인의 삶을 고려하여, (가)-2의 시에 나타난 화자의 태도와 시의
주제를 이야기해 봅시다.

- 화자의 태도 :
....
....

- 시의 주제 :
....
....

2_ 제시문 (나)는 화가 이중섭의 말년을 정리한 글입니다. 제시문을 참고하여 다음 그림에서
이중섭이 무엇을 표현하고자 했는지 이야기해 봅시다.

....
....
....
....

삶을 돌아보다

자서전을 통해 인물의 생애에 대해 알아보고, 자신의 삶을 기록으로 남기는 것이 어떤 의미가 있는지 생각해 봅시다.

가 잠시 뒤에 이토가 열차에서 내렸다. 군대의 경례와 군악 소리가 하늘을 가르고 내 귀로 흘러들었다. 그 순간 갑자기 분한 생각이 일어나고 머릿속에서는 삼천 길 업화(業火)가 치솟았다.

'세상일이 어찌 이처럼 불공평한가! 아아. 이웃 나라를 강제로 뺏고 남의 목숨을 잔혹하게 해친 자는 이처럼 거리낌 없이 기뻐 날뛰는데, 죄 없고 어질고 약한 인종은 도리어 이처럼 곤경에 빠져야 하는가?'

더 이상 생각하지 않고 바로 큰 걸음으로 용감하게 나아갔다. 군대가 줄지어 있는 뒤편에 이르러서 바라보니, 러시아 관리들이 몇 사람을 호위하고 오는데 그 앞쪽에 얼굴은 누렇고 수염은 흰 조그마한 늙은이 하나가 있었다. 어찌 이처럼 염치없이 하늘과 땅 사이를 마음대로 다니는가. 생각건대 이는 이토 늙은 도적이 분명했다.

나는 곧 권총을 뽑아 들고, 그 오른쪽을 향하여 통쾌하게 네 발을 쏘았다. 그런 다음 생각해 보니 매우 의심스러운 마음이 들었다. 나는 이토의 얼굴을 정확하게 알지는 못하기 때문이었다. 만약 한번 잘못 쏜다면 큰일이 낭패를 볼 것이었다. 결국 다시 뒤쪽에 무리지어 있는 일본인 가운데 가장 위엄 있게 앞장서서 가는 자를 목표로 삼았다. 세 발을 연달아 쏜 뒤에 다시 생각하니, 만일 잘못하여 죄 없는 사람을 다치게 한다면 분명히 좋지 못할 것 같았다. 그래서 잠시 멈추고 생각할 즈음에 러시아 헌병이 와서 나를 붙잡았다. 그때가 곧 1909년 음력 9월 13일 오전 아홉 시 반쯤이었다.

그때 나는 바로 하늘을 향하여 큰 소리로 "대한 만세"를 세 번 외쳤고, 조금 뒤에 정거장의 헌병 분파소로 잡혀 들어갔다. 온몸을 검사한 뒤에, 얼마 지나지 않아 러시아 검찰관이 한국인 통역과 함께 왔다. 이름이 무엇이며 어느 나라 어느 곳에 살다 어디에서 왔으며 무슨 까닭으로 이토를 해쳤는지를 물었으므로, 대강 설명해 주었다.

— 안중근, 〈안중근 자서전〉

나 '똑같은 삶을 살 기회를 준다면 받아들일 것이냐'는 질문을 받을 때마다 나는 기꺼이 그렇겠노라고 대답했다. 물론 책을 낼 때 초판에서 실수한 것을 개정판에서 고치듯, 몇 가지 수정하고 싶은 것이 있기는 하다. 실수했던 것뿐만 아니라 겪지 않았다면 좋았을 불행한 사건들을 피해 갈 수 있다면 더할 나위 없겠지만, 설사 수정할 수 없다고 해도 다시 한 번 인생을 살아 보고 싶다. 하지만 인생을 다시 산다는 것은 말처럼 가능한 일이 아니다. 그래서 인생을 다시 사는 것만큼이나 가치 있는 일을 해 보고자 한다. 바로 내 지나간 인생을 회상하고 재조명하여 기록으로 남기는 것이다.

— 벤자민 프랭클린, 《프랭클린 자서전》

1_ 제시문 (가)의 서술자가 어떤 상황에서 글을 쓰고 있는지 이야기해 봅시다.

....

....

....

....

2_ 제시문을 참고하여 자신의 삶을 기록하는 것이 어떤 의미가 있는지 이야기해 봅시다.

....

....

....

....

....

자서전쓰기

■ 자신의 지나온 삶을 돌이켜 보고, 자서전을 써 봅시다.

고
전

일곱번째

......

고전

·
·
·
·
·
·
·
·
·
·
·
·

잘못을 알고서도 바로 고치지 않으면
곧 그 자신이 나쁘게 되는 것이
마치 나무가 썩어서 못 쓰게 되는 것과 같다.

이규보

고려 중기의 문신, 학자, 문인(1168~1241). 호는 백운거사(白雲居士). 호탕하고 활달한 시풍이
두드러지는 명문장가로 당대를 풍미했으며, 현재까지도 고려 시대를 통틀어 가장 뛰어난 문인으로
평가받고 있다. 대표 저서에 《동국이상국집》, 《동명왕편》, 《백운소설》 등이 있다.

이옥설(집을 고친 이야기) 理屋說 | 이규보

이 글은 집수리에 얽힌 사연과 그에 대한 글쓴이의 견해를 밝힌 글이다.
글쓴이는 행랑채를 수리한 경험을 통해 잘못을 알고
그것을 고쳐 나가는 자세의 중요성에 대해 말하고 있다.

행랑채가 퇴락하여 지탱할 수 없게끔 된 것이 세 칸이었다. 나는 마지못하여 이를 모두 수리하였다. 그런데 그중에 두 칸은 앞선 장마에 비가 샌 지가 오래되었으나, 나는 그것을 알면서도 이럴까 저럴까 망설이다가 손을 대지 못했던 것이고, 나머지 한 칸은 비를 한 번 맞고 샜던 것이라 서둘러 기와를 갈았던 것이다. 이번에 수리하려고 본즉 비가 샌 지 오래된 것은 그 서까래, 추녀, 기둥, 들보가 모두 썩어서 못 쓰게 되었던 까닭으로 수리비가 엄청나게 들었고,

한 번밖에 비를 맞지 않았던 한 칸의 재목들은 완전하여 다시 쓸 수 있었던 까닭으로 그 비용이 많지 않았다.

나는 이에 느낀 것이 있었다. 사람의 몸에 있어서도 마찬가지라는 사실을. 잘못을 알고서도 바로 고치지 않으면 곧 그 자신이 나쁘게 되는 것이 마치 나무가 썩어서 못 쓰게 되는 것과 같다. 또한 잘못을 알고 고치기를 꺼리지 않으면 해(害)를 받지 않고 다시 착한 사람이 될 수 있으니, 저 집의 재목처럼 말끔하게 다시 쓸 수 있는 것이다.

이뿐만 아니라 나라의 정치도 이와 같다. 백성을 좀먹는 무리들을 내버려 두었다가는 백성들이 **도탄**에 빠지고 나라가 위태롭게 된다. 그런 연후에 급히 바로잡으려 하면 이미 썩어 버린 재목처럼 때는 늦은 것이다. 어찌 삼가지 않겠는가.

행랑채(行廊-) 대문간 곁에 있는 집채.
도탄(塗炭) 진구렁에 빠지고 숯불에 탄다는 뜻으로, 몹시 곤궁하여 고통스러운 지경을 이르는 말.

생각해보기

1️⃣ 이 글은 '자신의 경험담'과 '그 경험에 대한 깨달음'의 구조로 구성되어 있습니다. 뒷부분이 시작되는 단락의 첫 문장을 찾아 써 봅시다.

....

....

2️⃣ 이 글의 구조를 통해 글쓴이가 말하고자 한 바가 무엇인지 써 봅시다.

• 경험 : 행랑채가 퇴락하여 세 칸을 수리했다.

↓

• 깨달음 ┌ 사람의 경우 자신의 잘못을 알고도 고치지 않으면 점점 나빠진다.
         └ 정치의 경우 백성을 좀먹는 무리를 내버려 두면 나라가 위태로워진다.

↓

• 결론 : ....

....

....

3️⃣ 현재 우리나라에 글쓴이가 강조한 '백성을 좀먹는 무리들'이 있다면 소개하고, 그 이유를 써 봅시다.

....

....

....

....

....

아, 꿩치고 피리 소리와 미끼의 꼬임에 빠지지 않는 놈이 적고,
사람치고 유혹에 넘어가지 않는 이가 적구나.

강희맹

조선 전기의 문신(1424~1483). 당대 뛰어난 문장가이자 최초의 농학자로, 맡은 일은 완벽하게
처리하면서도 겸손하여 나서기를 좋아하지 않았다. 농촌 사회에서 널리 전승되고 있던 민요나 설화
에도 남다른 식견을 가지고 있어, 당시 농정의 실상과 농민들의 애환을 노래한 〈농구십사장〉과 같은
작품도 남겼다. 문집으로 《금양잡록》, 《촌담해이》가 있고, 《세조실록》, 《예종실록》, 《경국대전》, 《동
문선》, 《동국여지승람》 등의 편찬에도 참여했다.

삼치설(꿩을 잡는 이야기) 三雉說 | 강희맹

이 글은 장끼 사냥에 대한 '나'의 질문에 대한 사냥꾼의 대답,
그리고 그 말을 들은 '나'의 깨달음의 형식으로 이루어진 글이다.
사냥꾼은 장끼의 유형을 세 가지로 나누고,
각 장끼의 유형에 해당하는 인간의 모습을 관련지어 바람직한 삶의 자세에 대해 말하고 있다.

장끼란 놈은 본래 암컷을 몹시 좋아하고 싸움을 잘한다. 한 마리의 장끼는
여러 마리의 까투리를 거느리고 산등성이나 산기슭에서 산다. 해마다 늦봄에
서 초여름 사이가 되면 까투리란 놈은 우거진 숲속에서 요란하게 우는데 장끼
가 한 번 그 소리를 들으면 어김없이 날개를 치며 날아온다. 그럴 때면 설혹
곁에 사람이 있어도 조금도 두려워하는 기색이 없다. 행여 다른 놈이 암컷을
차지할까 해서이다.

그때쯤 해서 사냥꾼은 나뭇잎으로 위장하여 장끼를 산 채로 잡은 다음 그것
을 미끼로 삼아 가지고 산기슭으로 간다. 그리고는 대롱으로 까투리 울음소
리를 흉내 내면서 미끼를 가지고 암놈을 희롱하는 시늉을 하면, 다른 수놈이
멀리서 보고는 성이 나서 갑자기 사냥꾼 앞으로 날아온다. 그때 사냥꾼은 그
물로 덮치는데 하루에 잡히는 놈이 수십 마리나 된다고 한다.

내가 사냥꾼에게 물었다.

"꿩이란 놈들은 모두 욕심이 같은가 아니면 제각기 다른가?"

사냥꾼이 대답했다.

"각기 다릅니다. 하지만 대략 세 가지로 나눌 수 있습니다. 저 산비탈과 산

기슭에 꿩이 천여 마리나 떼 지어 사는데 저는 매일 그놈들을 잡습니다. 그런데 그 가운데 그물로 한 번 덮쳐서 단번에 잡히는 놈이 있고, 두 번을 덮쳐서 두 번째에 잡히는 놈이 있고, 한 번 덮쳐서 못 잡으면 영영 안 잡히는 놈도 있습니다."

"왜 그러한가?"

"제가 가리개를 메고 숲속에 숨어서 피리를 불면서 미끼를 놀리면, 장끼란 놈이 머리를 갸웃거리며 듣다가 목을 길게 빼서 바라본 다음 날아옵니다. 그런데 마치 돌팔매가 날아와 내리꽂히는 것같이 우뚝 멈춰 서서는, 내 곁에서도 눈 한 번 깜박이지 않는 놈은 단번에 덮쳐서 잡을 수 있습니다. 이런 놈은 꿩 중에서도 가장 어리석은 놈으로 화를 입을 것을 미리 생각하지 못하는 놈입니다.

제가 피리를 한 번 불고 미끼를 한 번 놀릴 때는 못 들은 척하다가 두세 번 불고 두세 번 놀리면 그때야 마음이 동해서 땅에서 한 길쯤 날아올라 춤을 추듯 공중을 한 바퀴 돌고는 두려운 듯 날아오는데, 멈출 때도 무슨 생각이 있는 듯 조심조심하는 놈도 있습니다. 그러나 욕망에 사로잡혀 결국 내게 가까이 오고 맙니다. 나는 이때를 놓치지 않고 덮치지만 꿩이 미리 경계하고 있었기 때문에 놓치기 일쑤입니다. 이렇게 되면 자연히 화가 날 수밖에 없습니다. 다음 날 그 꿩이 경계를 늦춘 틈을 타서 가리개를 더욱 크게 고쳐 가지고 산기슭으로 갑니다. 대롱을 불고 미끼를 놀릴 때는 진짜같이 느끼도록 해서 빈틈을 보이지 않습니다. 그렇게 해야 겨우 잡을 수 있는 것입니다. 이런 놈은 꿩 가운데서 경계심이 많은 놈으로 화가 미칠 것을 미리 짐작하는 놈입니다.

어떤 놈은 인기척만 나도 울며 공중으로 올라갔다가 숲속으로 들어가서는 아예 돌아다보지도 않습니다. 이런 놈은 제일 잡기 어려운 꿩입니다. 화가 나서 내가 마음속으로 '이놈을 잡지 못하면 이 노릇을 그만두리라.' 다짐하고 날마다 숲속에 들어가 틈을 엿보지만 그놈이 사람을 꺼리는 것은 여전합니다.

나는 몸을 숨긴 다음 고목처럼 숨을 죽이고 갖은 방법을 다 써 봅니다. 그제야 그놈이 조심조심 가까이 옵니다. 하지만 욕심은 적고 경계심은 많은 까닭으로 잠깐 가까이 오다가 어느새 멀리 도망가서는 마치 저를 잡을 그물이 공중에서 자신을 덮칠 것처럼 벌벌 떱니다. 어떻게 하다가 이때다 싶어 덮쳐 보지만 놈은 벌써 그림자를 보고 번개처럼 달아난 후입니다. 그 민첩함이 귀신과 같습니다.

이렇게 섣불리 건드려 놓은 뒤에는 피리나 미끼로도 꼬일 수 없고 그물로도 덮칠 수 없습니다. 놈은 마치 암컷에 대한 욕정마저 잊은 듯 담담합니다. 그러니 내가 무슨 수로 놈을 잡을 수 있겠습니까? 매사에 신중해서 화를 멀리할 수 있는 꿩은 바로 이런 놈입니다.

나는 이 세 부류의 경우를 들어 세상 사람들을 깨우칠 교훈으로 삼을 수 있으리라 생각합니다.

쓸데없이 친구를 사귀며, 절제 없이 정에 이끌려 여색에 빠지고, 남의 충고도 듣지 않음은 물론 엄한 아버지조차 바로잡을 수 없고, 좋은 벗도 또한 책망할 수 없으며, 부끄러운 줄도 모르고 꺼리는 것도 없어 스스로 죄의 그물에 걸려도 평생토록 자기 잘못을 깨닫지 못하는 사람이 있으니, 이런 사람이 바로 단번에 덮쳐서 잡을 수 있는 꿩과 같은 무리라 하겠습니다.

처음에는 비록 욕망에 이끌렸더라도 화를 당할 우려가 있음을 알고 감히 **방종**하지 못하거나, 한 번 곤욕을 치르고 나서 가슴이 쓰리도록 후회하다가도 오히려 옛정을 잊지 못하고, 놀기 좋아하는 친구가 감언이설로 꼬이면 지난날의 부끄러움을 잊고 다시 **전철**을 밟게 되어 마침내 화의 그물에 걸리고 마는 사람이 있으니, 이런 사람은 두 번 그물을 던져서 잡을 수 있는 꿩과 같은 무리라 하겠습니다.

타고난 성품이 정숙하고 굳건하여 스스로 몸가짐을 단정히 하고, 여색을 멀리하며 음

탕하고 황당한 것을 부끄러워하며, 놀기 좋아하는 친구와 함께 있더라도 무리에 휩쓸리지 않는 사람이 있습니다. 놀기 좋아하는 친구들은 온갖 방법으로 이런 사람을 자기들과 같은 부류가 되게 하고자 할 것입니다.

이때 한번 생각을 경솔하게 하면 의식하지 못하는 사이에 거의 난잡한 경지에까지 이르렀다가 겨우 잘못을 깨닫고, 나쁜 친구들과의 교제를 끊고 유익한 친구를 사귀어 전날의 잘못을 반성하고, 날마다 자신을 새롭게 발전시킬 것을 생각하여 정신을 차리는 사람은 마침내 훌륭한 선비가 되어 이름이 한 시대를 드날릴 것이니, 바로 이런 사람이 단번에 잡히지도 않고 평생토록 화를 면하는 꿩과 같은 무리입니다.

생각해 보니, 내가 기계를 잘 만들고 신기한 기술을 부려서 많은 꿩을 잡는 것은 마치 놀기 좋아하는 사람이 착한 친구를 꾀어 내서 음탕한 곳으로 몰아 넣는 것과 같습니다."

아, 꿩치고 피리 소리와 미끼의 꼬임에 빠지지 않는 놈이 적고, 사람치고 유혹에 넘어가지 않는 이가 적구나.

어느 부모가 자식이 단번에 잡히는 그런 어리석은 꿩과 같은 사람이 되는 것을 바라겠는가? 모두가 평생 잡히지 않는 현명한 꿩 같은 사람이 되기를 원할 것이다. 반드시 이 사실을 깨달아 조금이라도 소홀함이 없도록 하여라.

방종(放縱) 제멋대로 행동하여 거리낌이 없음.
전철(前轍) 앞에 지나간 수레바퀴의 자국이라는 뜻으로, 이전 사람의 그릇된 일이나 행동의 자취를 이르는 말.

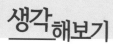

1 이 글에서 말한 꿩의 세 가지 유형과 그 유형에 해당하는 사람의 모습을 바르게 연결해 봅시다.

① 단번에 덮쳐서 잡을 수 있는 꿩 •

• ㉠ 한 번 곤욕을 치른 뒤 후회하다가도 유혹을 이기지 못하고 다시 전철을 밟는 사람

② 두세 번 만에 잡을 수 있는 꿩 •

• ㉡ 부끄러운 줄도 모르고 꺼리는 것도 없어 죄를 짓고도 평생 잘못을 깨닫지 못하는 사람

③ 처음에 잡지 못하면 끝내 못 잡는 꿩 •

• ㉢ 전날의 잘못을 반성하고 날마다 자신을 새롭게 발전시킬 것을 생각하여 정신을 차리는 사람

2 이 글을 통해 글쓴이가 말하고자 하는 삶의 지혜가 무엇인지 이야기해 봅시다.

절약하는 모범을 온 세상에 보임으로써
백성의 사치하는 풍습을 고치시옵소서.

이이

조선 중기의 유학자, 정치가(1536~1584). 호는 율곡(栗谷), 석담(石潭), 우재(愚齋). 서경덕의 학
설을 이어받아 주기론을 발전시켜 이황의 주리론과 대립하였으며 다양한 분야의 지식을 바탕으로
사회 개혁을 주장하였다. 주요 저서로는 《성학집요》, 《격몽요결》 등이 있다.

절약하는 모습을 보이소서 | 이이

이 글은 조선 최고의 유학자 이이가 선조 임금에게 정사에 대한 자신의 의견을 올린 상소문 중 일부이다.
이이는 이 글에서 당시의 사치 풍조에 대해 비판하며 임금이 먼저 절약하는 모범을 보임으로써
백성들이 사치하는 풍습을 개혁할 수 있도록 촉구하고 있다.

오늘날 백성의 살림살이가 어느 때보다도 어려우니, 나라에서는 마땅히 백
성들에게 거두어들이는 **공물**을 줄여야 합니다. 만약 지출을 줄였던 선왕들을
본받지 않으신다면, 나라의 살림을 제대로 유지할 수 없을 것입니다. 이는 마치
네모난 그릇에다 둥근 뚜껑을 덮는 것과 같으니, 이치에 맞지 않을 것입니다.

백성들 사이에서는 사치하는 풍속이 그 어느 때보다도 심해지고 있습니다.
배를 채우기 위해서가 아니라 밥상에 가득 채워 놓고 남에게 자랑하기 위해서
음식을 마련합니다. 몸을 가리기 위해서가 아니라 누가 더 화려하고 아름다
운지 경쟁하기 위해서 옷을 마련합니다. 밥상 하나를 차리는 데 드는 비용이
면 추위에 떠는 열 사람의 옷을 만들 수 있을 정도입니다.

열 사람이 농사를 지어도 한 사람을 먹이기에 부족한데, 농사를 짓는 사람
은 적고 먹는 사람은 많습니다. 열 사람이 베를 짜도 한 사람의 옷을 입히기에
부족한데, 베를 짜는 사람은 적고 옷 입을 사람은 많습니다. 어찌 백성들이 굶
주리고 추위에 떨지 않을 수 있겠습니까? 옛사람이 "사치로 인한 해로움은 하
늘이 내린 재앙보다 심하다."라고 말하였습니다. 참으로 옳은 말이 아니겠습
니까?

　전하부터 먼저 사치하지 않고 절약하는 모범을 보여서 이처럼 해로운 풍속을 바로잡으셔야 할 것입니다. 만약 그렇게 하지 않으신다면, 사치를 금지하는 법을 엄하게 시행한다 하더라도 풍속을 바로잡을 수 없을 것입니다.

　신은 예전에 성종 임금에 대한 이야기를 들은 일이 있습니다. 성종께서 병환으로 누워 계실 때 대신이 **문안**을 드리려고 들어가 보았더니, 침실에서 덮고 계신 이불이 낡아서 다 해어져 있었다고 합니다. 이 이야기를 들은 사람들은 지금도 성종 임금을 존경스럽게 생각하고 있습니다.

　엎드려 바라옵니다. 전하께서는 예전의 궁중 규범을 조사하도록 명령을 내리고, 옛 규범에 따라 궁중의 씀씀이를 정하소서. 절약하는 모범을 온 세상에 보임으로써 백성의 사치하는 풍습을 고치시옵소서. 그리하면 백성들도 진수성찬을 먹고 화려한 옷을 입는 것을 부끄럽게 여길 것입니다. 이로써 재물을 아낄 수 있고, 백성들의 어려움을 덜 수 있을 것이옵니다.

공물(貢物) 중앙 관서와 궁중의 수요를 충당하기 위하여 여러 군현에 부과하여 상납하게 한 특산물.
문안(問安) 웃어른께 안부를 여쭘. 또는 그런 인사.

생각해보기

① 글쓴이가 인식한 당시 조선 사회의 문제점이 무엇인지 써 봅시다.

....

....

....

....

② 다음 관용적 표현을 활용하여 글쓴이가 임금에게 건의한 내용이 무엇인지 써 봅시다.

> 윗물이 맑아야 아랫물이 맑다.

....

....

....

....

③ 글쓴이가 이 글에서 성종 임금에 대한 이야기를 한 까닭은 무엇인지 생각해 봅시다.

....

....

....

....

기예는 사람이 많이 모일수록 더욱 정교해지며,
세대가 흘러갈수록 더욱 발전하는 것이다.
이것은 지극히 당연한 것이다.

정약용

조선 후기의 실학자, 사상가, 시인(1762~1836). 호는 다산(茶山). 실학을 계승하고 집대성했으며, 각종 사회 개혁 사상을 제시하여 낡은 제도를 바꾸려고 노력했다. 순조 때 천주교 박해 사건에 연루되어 40세 때부터 18년 동안 전라도 강진에서 유배 생활을 했으며, 유배 기간 동안 《목민심서》, 《흠흠신서》, 《경세유표》 등을 썼다.

기예론 技藝論 | 정약용

이 작품은 조선 후기 실학자 정약용의 현실 개혁론이 집약되어 있는 글이다.
정약용은 이 글에서 청나라를 배척하는 일을 그만두고 청의 최신 기예를 받아들여
우리나라도 강대하고 부유한 국가가 되어야 한다고 강조하였다.

1

하늘이 날짐승과 길짐승에게는 발톱과 뿔을 주고 단단한 발굽과 날카로운
이빨을 주었으며 여러 가지 독(毒)을 주어서, 각기 원하는 것을 얻게 하고 외
부로부터의 습격을 막아 낼 수 있게 하였다. 그러나 사람에게는 벌거숭이로
연약하여 제 생명도 제대로 보호하지 못하도록 하였다. 하늘은 왜 천한 짐승
에게는 넉넉하게 베풀고 귀한 사람에게는 야박하게 한 것일까? 그것은 사람
에게는 지혜로운 생각과 교묘한 연구력이 있으므로 **기예**(技藝)를 익혀서 제
힘으로 살아가도록 한 것이다.

그러나 지혜로운 생각으로 미루어 아는 것에는 한계가 있고, 교묘한 연구력
으로 깊이 탐구하는 것도 순서가 있다. 그러므로 비록 성인(聖人)이라 하더라
도 수많은 사람들의 지혜를 당할 수 없으며, 하루아침에 완전한 것을 얻을 수
없다.

그렇기 때문에 기예는 사람이 많이 모일수록 더욱 정교해지며, 세대가 흘러
갈수록 더욱 발전하는 것이다. 이것은 지극히 당연한 것이다.

그러므로 시골 사람은 읍내 기술자의 솜씨를 따라가지 못하고, 읍내 사람은

큰 성이나 대도시 기술자의 솜씨를 따라가지 못하는 것이다. 큰 성이나 대도시의 사람도 서울에 있는 최신식의 묘한 기계 제작 솜씨를 따라가지 못한다.

외딴 시골 마을에 사는 어떤 사람이 오래전에 서울에 왔다가, 이제 막 만들어서 아직 완전하지 못한 방법을 우연히 얻어들었다. 그 사람은 기뻐하며 시골로 돌아가서 이를 시험해 보고, 혼자 자만에 빠졌다.

"천하에 이 방법보다 더 나은 것은 없다."

그러고는 아들과 손자들을 모아 놓고 말했다.

"서울에서 말하는 기예라는 것을 내가 모두 배워 가지고 왔으니, 이제는 서울에서 더 배울 것이 없다."

하지만 이런 사람이 하는 일이란 모두 거칠고, 나쁘지 않은 것이 없다.

우리나라에 있는 온갖 기술자들의 기예는 모두 옛날 중국에서 배워 온 것인데 수백 년 동안 칼로 벤 것처럼 딱 끊고 다시는 중국에 가서 새로운 것을 배우려 하지 않고 있다. 그러나 중국에는 새로운 방식과 교묘한 제도가 나날이 증가하고 다달이 불어나서 수백 년 이전의 옛날 중국이 아니다. 그런데도 우리는 막연하게 서로 묻지도 않고 오직 옛날의 방식만을 편하게 여기고 있으니 어찌 이렇게 게으르단 말인가.

| 수원 화성

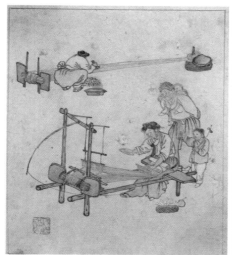

| 김홍도, 〈길쌈〉(좌)과 〈논갈이〉(우)

2

　농업 기술이 정교해지면 차지한 농토가 적어도 곡식 수확량은 많을 것이며, 힘이 덜 들면서도 잘 여물 것이다. 밭을 일구어서 갈고 씨 뿌리고 김매고 낫질하고 벗기는 것으로부터 키질하고 방아 찧고 반죽하고 밥 짓기에 이르기까지 모두 편리하게 되어 수고로움을 덜게 될 것이다.

　베 짜는 기술이 정교해지면 투입되는 물자가 적으면서도 많은 실을 얻을 수 있고, 작업을 빨리하면서도 베와 비단은 올이 촘촘하고 결이 고울 것이다. 물에 담가서 씻고 실을 뽑으며 베를 짜고 표백하는 일부터 채색으로 물들이고 바느질하는 일에 이르기까지 모두 편리하게 되어 수고로움을 덜게 될 것이다.

　병정의 기술이 정교해지면 공격하고 방어하고 식량을 운반하고 성벽 따위를 **수축**(修築)하는 모든 일이 속도가 빨라져서 위태로운 상황을 피할 수 있을 것이다.

　의원의 기술이 정교해지면 맥을 짚어서 증세를 살피고 약의 성질을 분별하여 사시(四時)의 기운을 살피는 모든 것이 옛날 사람들의 어리석음을 깨우쳐

주고 잘못된 점을 논박할 수 있을 것이다.

온갖 기술자들의 기술이 정교해지면 궁전과 여러 가지 물건을 만드는 것에서부터 성곽과 선박, 수레, 가마 따위의 제작에 이르기까지 모두 편리하고 튼튼하게 될 것이다.

진실로 그 방법을 다 알아서 힘껏 실행한다면 나라를 부유하게 만들 수 있고, 군대를 강하게 만들 수 있으며, 백성을 잘살고 오래 살게 할 수 있을 텐데, 뻔히 알면서도 대책과 방법을 세우려고 하지 않는다.

수레를 사용하는 것에 대하여 말하는 자가 있으면 "우리나라는 산천이 험하여 사용할 수 없다." 하며, 양을 목축하는 것에 대하여 말하는 자가 있으면 "조선에는 양이 없다." 하며, 말은 죽을 쑤어 주는 것이 나쁘다고 말하는 자가 있으면 "풍토가 각기 다르다." 하니, 이런 자들을 낸들 또한 어찌하겠는가.

3

옛날, 소식(蘇軾)은 **경서**(經書)를 고려에 하사하지 말고, 고려인이 구입해 가는 것도 금지하도록 건의하면서 "오랑캐가 글을 읽으면 그 지식이 풍부해질 것이다."라고 했으니, 어찌 그리도 마음이 좁고 인정이 없었던가.

그러나 이 논의가 그때에는 중국에 받아들여졌다. 이처럼 경서도 보여 주려고 하지 않았는데, 하물며 기술을 배우게 하여 그 나라가 부강해지도록 하겠는가.

옛날에는 오랑캐가 중국에 자제를 보내어 입학시킨 경우가 아주 많았다. 근세에도 **유구**(琉球) 사람들은 중국의 태학(太學)에 들어가서 10년 동안 전문적으로 새로운 문물과 기예를 배웠다. 일본도 중국의 장쑤 성과 저장 성을 오가면서 온갖 기술자들의 섬세하고 교묘한 기술을 배워 가기에 힘썼다.

이렇게 힘쓴 결과 유구와 일본은 바다의 한복판인 먼 지역에 위치해 있으면서도 그 기술만큼은 중국과 대등하게 되었다. 그리하여 백성은 부유하고 군대는 강해져서 이웃 나라가 감히 침범하지 못하게 되었으니, 나타나는 효과가 이처럼 뚜렷하다.

마침 지금은 중국의 규제가 엄격하지 않은데, 이런 기회를 놓쳐 버리고 도모하지 않았다가 만일 갑자기 소식과 같은 자가 나와서 '중국과 오랑캐의 경계를 엄격히 하여 금지하는 명령을 내리도록' 건의한다면, 예물을 가지고 가서 하찮은 기술이나마 배우려 하더라도 어찌 뜻을 이룰 수 있겠는가.

효도와 우애는 원래부터 타고난 천성에 있는 것이며, 성현들의 책에 자세히 드러나 있으니, 진실로 이를 넓혀서 충실하게 잘 실천하여 밝힌다면 예의의 아름다운 풍속을 이루게 될 것이다. 여기에는 별도로 외부의 것이 필요하지 않고, 후세 사람들에게 의뢰하지 않아도 된다. 그러나 백성들의 생활에 필요한 물건이나 온갖 기술자들의 기술은 중국에 가서 새로운 것을 배우지 않으면 어리석고 **고루한** 것을 깨뜨리지 못하여 이익을 펼 수 없을 것이다.

이것은 나랏일을 맡은 자가 마땅히 **강구**하여야 할 문제이다.

기예(技藝) 예술로 승화될 정도로 갈고 닦은 기술이나 재주.
수축(修築) 집이나 다리, 방죽 따위의 헐어진 곳을 고쳐 짓거나 보수함.
경서(經書) 옛 성현들이 유교의 사상과 교리를 써 놓은 책.
유구(琉求) 중국 차오저우(潮州), 취안저우(泉州)의 동쪽에 있었다고 전해지는 나라.
고루하다(固陋−) 낡은 관념이나 습관에 젖어 고집이 세고 새로운 것을 잘 받아들이지 않다.
강구(講究) 좋은 대책과 방법을 궁리하여 찾아내거나 좋은 대책을 세움.

생각해보기

① 이 글에서 알 수 있는 짐승과 구별되는 사람의 특징 두 가지를 찾아 써 봅시다.

....

....

....

....

② 다음 제시문에서 글쓴이가 비판하는 사람들의 특성을 각각 이야기해 봅시다.

> **㉮** 외딴 시골 마을에 사는 어떤 사람이 오래전에 서울에 왔다가, 이제 막 만들어서 아직 완전하지 못한 방법을 우연히 얻어들었다. 그 사람은 기뻐하며 시골로 돌아가서 이를 시험해 보고, 혼자 자만에 빠졌다.
>
> "천하에 이 방법보다 더 나은 것은 없다."
>
> 그러고는 아들과 손자들을 모아 놓고 말했다.
>
> "서울에서 말하는 기예라는 것을 내가 모두 배워 가지고 왔으니, 이제는 서울에서 더 배울 것이 없다."
>
> **㉯** 수레를 사용하는 것에 대하여 말하는 자가 있으면 "우리나라는 산천이 험하여 사용할 수 없다." 하며, 양을 목축하는 것에 대하여 말하는 자가 있으면 "조선에는 양이 없다." 하며, 말은 죽을 쑤어 주는 것이 나쁘다고 말하는 자가 있으면 "풍토가 각기 다르다." 하니, 이런 자들을 낸들 또한 어찌하겠는가.

• (가) :

....

• (나) :

....

3 이 글에 사용된 논증 방식에 따라 빈칸에 들어갈 알맞은 내용을 써 봅시다.

(1)

사례 1	농업 기술이 정교해지면 수확량이 많아지고 수고로움을 덜게 된다.
사례 2	베 짜는 기술이 정교해지면 생산량이 늘어나고 제품의 질이 향상되며 노동력이 절감된다.
사례 3	(㉠)의 기술이 정교해지면 모든 일이 속도가 빨라져서 위태로운 상황을 피하게 된다.
사례 4	의원의 기술이 정교해지면 과거의 잘못된 점을 논박할 수 있게 된다.
사례 5	온갖 (㉡)의 기술이 정교해지면 온갖 물건을 만드는 것이 편리해지고 물건들은 튼튼하게 된다.

⬇

결론	

(2)

사례 1	유구 사람들은 중국의 새로운 문물과 기예를 배워 부강한 나라를 이루었다.
사례 2	(㉢) 사람들은 온갖 기술자들의 섬세하고 교묘한 기술을 배워 부강한 나라를 만들었다.

⬇

결론	

전하께서 백성들을 진정 으뜸으로 여기신다면,
그들이 가난과 고달픔에서 벗어날 수 있도록 해 주십시오.

박제가

조선 후기 실학자(1750~1805). 호는 초정(楚亭). 연암 박지원을 스승으로 모시고 공부하였으며 이덕무·유득공 등과 함께 북학파를 이루었다. 시·그림·글씨에도 뛰어났으며 저서에 《북학의》,《정유고략》 등이 있다.

수레를 운행해야 합니다 | 박제가

이 글은 조선 후기 실학자 박제가가 왕명에 따라 적어 올린 《북학의》의 일부로,
백성들이 가난과 고달픔에서 벗어날 수 있도록 수레를 널리 운행해야 한다고 건의한 글이다.
글쓴이는 다양한 사례를 들어 문제 상황을 자세하게 제시하고
예상되는 반론에 대해 구체적으로 반박함으로써 주장의 실현 가능성을 높였다.

전하께서는 지난 12월, 농업 진흥책과 훌륭한 농업 서적을 구하신다는 **조서**를 내리셨습니다.

제가 살펴보니, 두메 백성들은 **화전**을 일구고 땔나무를 찍어 대느라 열 손가락이 모두 닳고, 십 년이 넘는 낡은 솜옷을 입고 있었습니다. 또 그들은 허리를 굽혀야 들어갈 수 있는 집에 살면서 소금도 치지 않은 나물을 반찬 삼아 겨우겨우 밥을 먹고 있었습니다. 이는 다만 한 고을만의 일이 아니고 여러 고을, 나아가 온 나라가 모두 그러합니다.

이와 같은 백성들의 굶주림을 물리치기 위해서는 수레를 운행해야 합니다. 우리나라는 동에서 서로는 천 리, 남에서 북으로는 그것의 세 배가 됩니다. 그 가운데 서울이 있기 때문에, 사방에서 서울로 물자가 오는 데 필요한 실제 거리는 동서 오백 리, 남북 천 리에 불과합니다. 그렇다면 육지로 오는 사람은 대략 오륙 일, 가까우면 이삼 일밖에 걸리지 않을 것입니다.

그런데도 서울에 올라온 물자가 내려가지 않아 백성들의 고통이 많습니다. 두메산골에 사는 사람들은 해안 지방의 물건을 본 적이 없어 새우젓이나 조개젓을 이상한 음식이라고 생각합니다. 전주의 장사꾼은 생강과 참빗을 짊어지

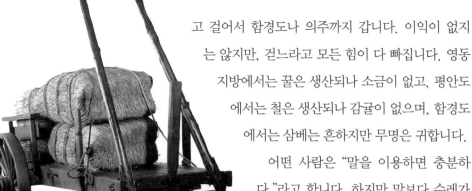

고 걸어서 함경도나 의주까지 갑니다. 이익이 없지는 않지만, 걷느라고 모든 힘이 다 빠집니다. 영동 지방에서는 꿀은 생산되나 소금이 없고, 평안도에서는 철은 생산되나 감귤이 없으며, 함경도에서는 삼베는 흔하지만 무명은 귀합니다.

어떤 사람은 "말을 이용하면 충분하다."라고 합니다. 하지만 말보다 수레가 훨씬 유리합니다. 여러 필의 말이 수레를 끌 때 끌어당기는 힘과 싣고 다니는 고달픔이 다르기 때문입니다. 더욱이 대여섯 필의 말로 운반해야 하는 것을 수레 한 채로 모두 운반할 수 있으니 몇 배의 이익이 생기는 것입니다.

또, 사람들은 걸핏하면 "산천(山川)이 험해 길이 막혀 있기 때문이다."라고 말합니다. 그러나 역사적 기록에 의하면 수레는 신라나 고려 이전에도 사용되었습니다. 또, 이 사실은 둘째치고라도 길이 험하다면, 통행할 수 있는 곳에서만 수레를 운행하면 됩니다.

전하께서 백성들을 진정 으뜸으로 여기신다면, 그들이 가난과 고달픔에서 벗어날 수 있도록 해 주십시오. 수레를 널리 운행할 수 있도록 해 주시기를 다시 한 번 간청합니다.

재주나 배운 것이 많지 않아 부끄럽지만, 두렵고 떨리는 마음으로 죽음을 무릅쓰고 삼가 말씀드립니다.

조서(詔書) 임금의 명령을 일반에게 알릴 목적으로 적은 문서.
화전(火田) 주로 산간 지대에서 풀과 나무를 불살라 버리고 그 자리를 파 일구어 농사를 짓는 밭.

1 글쓴이가 빈곤의 원인으로 지적하고 있는 것이 무엇인지 써 봅시다.

....

....

....

....

2 수레를 사용하지 않는 이유와 수레 운행의 필요성에 대해 정리해 봅시다.

• 수레를 사용하지 않는 이유 : ....

....

....

• 수레 운행의 필요성 : ....

....

....

3 글쓴이가 '두렵고 떨린다'고 말한 이유가 무엇일지 생각해 봅시다.

....

....

....

....

확장해보기

고전의 가치

고전 수필에 나타난 선인들의 삶과 지혜를 이해하고, 고전의 가치에 대해 생각해 봅시다.

가 나는 이에 느낀 것이 있었다. 사람의 몸에 있어서도 마찬가지라는 사실을. 잘못을 알고서도 바로 고치지 않으면 곧 그 자신이 나쁘게 되는 것이 마치 나무가 썩어서 못 쓰게 되는 것과 같다. 또한 잘못을 알고 고치기를 꺼리지 않으면 해(害)를 받지 않고 다시 착한 사람이 될 수 있으니, 저 집의 재목처럼 말끔하게 다시 쓸 수 있는 것이다.

이뿐만 아니라 나라의 정치도 이와 같다. 백성을 좀먹는 무리들을 내버려 두었다가는 백성들이 도탄에 빠지고 나라가 위태롭게 된다. 그런 연후에 급히 바로잡으려 하면 이미 썩어 버린 재목처럼 때는 늦은 것이다. 어찌 삼가지 않겠는가.

– 이규보, 〈이옥설〉

나 고전(古典)은 최고, 최상의 걸작이라고 지칭하는 것에서 알 수 있듯이 인류 문화와 지혜의 정수(精髓)가 담겨 있는 것이다. 다시 말하면 고전은 인간, 사회, 자연 등에 대한 성찰과 탐구와 상상의 산물 중에서도 질적으로 최고, 최상의 것이다. 따라서 우리는 고전에서 지적, 윤리적, 정서적으로 가장 가치 있는 것을 배울 수 있다.

고전은 보편성을 지니고 있다. 고전은 공간적으로는 민족과 국가를, 시간적으로는 특정한 시대를 넘어서서 가치를 지니는데, 이는 그 속에 담긴 사상이나 지혜의 보편성 때문이다. 동양 고전이 서양인에게, 서양 고전이 동양인에게 널리 읽히고, 고대에 쓰인 고전이 현대에도 지속해서 읽히는 것이 바로 고전이 보편성을 갖고 있음을 말해 준다.

고전은 항구성을 지니고 있다. 고전을 오랜 세월의 평가를 견뎌 낸 걸작이라고 하는데, 그것이 바로 고전의 항구성을 가리킨다. 지금 이 순간에도 수많은 책과 작품들이 쏟아져 나오고 있으나 10년 후에도 읽힐 책은 그리 많지 않다. 이에 비해 고전은 수십 년, 수백 년 이상 읽혀 온 것은 물론, 기원전에 지어진 것도 적지 않다. 현대의 고전들도 앞으로 수십 년 이상 계속 읽힐 것으로 평가되는 것들이다.

고전은 창조적 원천의 역할을 한다. 고전의 반열에 드는 책이나 작품 자체가 새로운 창조의 산물이지만 시대를 넘어 반복적으로 읽히고 재해석되면서 독자들에게 새로운 영감과 시각과 지혜를 끊임없이 제공한다. 동서고금을 막론하고 수많은 사상가와 작가와 예술가들이 고전을 섭렵하고 재해석한 바탕 위에서 그들 나름의 사상을 정립하고 작품을 창작해 온 것은 고전이 창조적 원천임을 잘 말해 준다.

다 고전의 진정한 가치는 고전이 지금 이곳의 우리 삶과 의미 있는 관계를 형성하는 데서 발생한다. 즉, 고전이 담고 있는 바를 이해하고 응용하여 지금 이곳의 우리가 인격을 도야하고, 삶의 주요한 문제를 해결하고 미래를 기획하는 데 실제로 활용할 때 그 진정한 가치가 발생하는 것이다. 바로 이것이 우리의 선인들이 고전을 읽었던 이유이며, 오늘날 우리가 고전을 읽어야 하는 이유다. 우리가 우리의 삶을 향상하고, 사회를 발전시키고, 바람직한 미래를 열어 나가는 데 고전은 참으로 유의미한 역할을 할 수 있기 때문이다.

오늘날은 세계가 다원화되고, 변화의 속도가 과거에 비할 수 없을 정도로 빠를 뿐만 아니라 불확실성이 점차 커지고 있다. 이런 상황에서 변화에 유연하게 대처하고 불확실한 미래에 대한 통찰력을 갖추어 우리의 삶을 발전시키기 위해서는 동서고금의 고전을 섭렵해야만 한다. 고전은 인류가 축적한 경험과 지혜 중에 최상의 경험과 지혜이고, 인류의 역사를 발전시켜 온 핵심 동력이기 때문이다.

− 〈고전의 본질과 가치〉

1_ 제시문 (가)에서 문제 삼고 있는 것과 유사한 상황을 오늘날의 사회에서 찾아봅시다.

2_ 고전이 현대에도 널리 읽히는 이유가 무엇인지, 고전의 가치에 대해 이야기해 봅시다.

비판적 읽기

작품에서 글쓴이가 주장한 바를 이해한 후, 이를 현대 사회에 적용해 타당하다고 할 수 있을지 평가해 봅시다.

가 옛날에는 오랑캐가 중국에 자제를 보내어 입학시킨 경우가 아주 많았다. 근세에도 유구(琉球) 사람들은 중국의 태학(太學)에 들어가서 10년 동안 전문적으로 새로운 문물과 기예를 배웠다. 일본도 중국의 장쑤 성과 저장 성을 오가면서 온갖 기술자들의 섬세하고 교묘한 기술을 배워 가기에 힘썼다.

이렇게 힘쓴 결과 유구와 일본은 바다의 한복판인 먼 지역에 위치해 있으면서도 그 기술만큼은 중국과 대등하게 되었다. 그리하여 백성은 부유하고 군대는 강해져서 이웃 나라가 감히 침범하지 못하게 되었으니, 나타나는 효과가 이처럼 뚜렷하다.

마침 지금은 중국의 규제가 엄격하지 않은데, 이런 기회를 놓쳐 버리고 도모하지 않았다가 만일 갑자기 소식과 같은 자가 나와서 '중국과 오랑캐의 경계를 엄격히 하여 금지하는 명령을 내리도록' 건의한다면, 예물을 가지고 가서 하찮은 기술이나마 배우려 하더라도 어찌 뜻을 이룰 수 있겠는가.

– 정약용, 〈기예론〉

나 다산은 17~18세기 실학자들의 사상을 종합하고 집대성한 학자였다. 그는 정치, 경제, 사회에 대한 여러 가지 뛰어난 개혁론을 주장했을 뿐만 아니라, 자연 과학을 발전시켜 나가야 한다는 선진적인 생각을 가지고 있었다. 〈기예론〉은 그의 이러한 생각이 잘 반영된 논설이다.

당시 중국에는 이미 서양 기술이 들어와 널리 유행하고 있었으며, 다산이 받아들이고자 한 중국 기술 중에는 이러한 서양 기술이 포함되어 있었다. 중국 중심의 세계관을 가지고 있던 동양 사회에서 서양 기술의 유입은 전에 없는 충격이 아닐 수 없었다. 다산은 세계사적 상황을 누구보다도 잘 인식하고 서양 기술을 하루빨리 수용해야 한다고 생각했다. 그는 선진 기술의 도입을 이론적으로만 전한 것이 아니라, 스스로 이를 실천에 옮기기도 했다. 그가 거중기와 활자를 만들고 종두법을 실험한 것 등은 좋은 예라고 하겠다.

– 한우근·이성무, 《사료로 본 한국 문화사》

다 오늘날 국민들이 편리하고 풍족한 생활을 누리기 위해서는 선진 기술을 적극적으로 받아들여야 한다. 선진 기술을 받아들이면 국가를 부유하게 만들 수 있고 결과적으로 국민들을 잘 살게 할 수 있을 것이다. 그리고 기술을 자체적으로 개발하는 데 소요되는 비용은 기술 도입의 대가로 지불하는 로열티에 비해서 엄청나게 크다. 또한 자체적인 기술 개발에 적합할 정도의 우수한 인력은 매우 부족하다. 그러므로 도입 기술을 소화할 수 있는 정도의 능력에 해당하는 수준, 즉 전문 분야에 관한 상식을 갖춘 인재를 양성하던 대중 교육을 세계 최고 수준의 전문 지식을 갖춘 엘리트 교육으로 전환해야 한다.

라 다른 나라의 선진 기술을 배우려는 태도도 중요하지만 원천 기술과 저작권이 강조되고 있는 오늘날의 현실에서는 우리의 독자적인 기술력을 높이는 데 투자를 하는 것이 더 중요하다. 기술 선진국들의 혁신 능력은 과거보다 가속화되고 있다. 결과적으로 하나의 제품 유형이 시장에 처음 도입되어 소비자에게 선을 보이고 구매되다가 시간이 지난 후에 다른 경쟁 유형의 제품에 밀리어 시장에서 사라지기까지의 시간을 나타내는 제품 수명이 점점 단축되고 있는 것이다. 선진국에서 수입하던 제품을 모방 생산하여 시장에 보다 싼 값으로 팔려고 할 때에 이미 그 제품은 시장에서 사라지고 있는 현상을 자주 목격할 수 있다.

무엇보다 우리가 원하는 수준의 기술은 이제는 선진국이 더 이상 주고 싶어 하지 않는 기술이므로 혁신의 원천인 기술을 우리 스스로 개발할 수밖에 없게 되었다.

1_ 제시문 (가)와 (나)를 참고하여 (가)의 글쓴이가 〈기예론〉을 통해 말하고자 한 바가 무엇인지 써 봅시다.

2_ 오늘날의 시대 상황을 고려했을 때 〈기예론〉에서 글쓴이가 주장한 내용이 타당하다고 볼 수 있을지 이야기해 봅시다.

세상을 바꾸는 힘

조선 시대 선비들이 죽음을 무릅쓰면서까지 상소문을 올린 이유를 생각하며, 오늘날 한국 사회가 직면해 있는 사회 문제를 해결하기 위한 건의문을 써 봅시다.

가 전하께서는 예전의 궁중 규범을 조사하도록 명령을 내리고, 옛 규범에 따라 궁중의 씀씀이를 정하소서. 절약하는 모범을 온 세상에 보임으로써 백성의 사치하는 풍습을 고치시옵소서. 그리하면 백성들도 진수성찬을 먹고 화려한 옷을 입는 것을 부끄럽게 여길 것입니다. 이로써 재물을 아낄 수 있고, 백성들의 어려움을 덜 수 있을 것이옵니다.

– 이이, 〈절약하는 모습을 보이소서〉

나 어떤 사람은 "말을 이용하면 충분하다."라고 합니다. 하지만 말보다 수레가 훨씬 유리합니다. 여러 필의 말이 수레를 끌 때 끌어당기는 힘과 싣고 다니는 고달픔이 다르기 때문입니다. 더욱이 대여섯 필의 말로 운반해야 하는 것을 수레 한 채로 모두 운반할 수 있으니 몇 배의 이익이 생기는 것입니다.

또, 사람들은 걸핏하면 "산천(山川)이 험해 길이 막혀 있기 때문이다."라고 말합니다. 그러나 역사적 기록에 의하면 수레는 신라나 고려 이전에도 사용되었습니다. 또, 이 사실은 둘째치고라도 길이 험하다면, 통행할 수 있는 곳에서만 수레를 운행하면 됩니다.

전하께서 백성들을 진정 으뜸으로 여기신다면, 그들이 가난과 고달픔에서 벗어날 수 있도록 해 주십시오. 수레를 널리 운행할 수 있도록 해 주시기를 다시 한 번 간청합니다.

재주나 배운 것이 많지 않아 부끄럽지만, 두렵고 떨리는 마음으로 죽음을 무릅쓰고 삼가 말씀 드립니다.

– 박제가, 〈수레를 운행해야 합니다〉

다 조선의 상소 제도는 언로 개방의 핵심이 되었다. 상소 제도에는 사회적으로 공론을 조성하여 소통의 장을 마련하고 갈등을 치유하는 순기능이 있었다. 물론 권력의 도구 내지는 정쟁의 수단으로 활용되는 등 역기능도 있었다.

조선의 상소문에는 선비들의 이상과 꿈 그리고 왕에게 쓴 소리를 하는 올곧은 선비 정신이 담겨 있다. 미완의 개혁가 조광조의 꿈이 있고, 흥망의 조짐과 국난의 기미를 미리 살핀 율곡 이이의 통찰력이 있으며, 자신의 상소가 받아들여지지 않았음에도 국난이 닥치자 목숨을 바친 조헌의 기개가 담겨 있다. 또한 서얼은 신분 차별의 시정을 요구하는 만인소(萬人疏)를 통해 신분 상승의 기회를 얻기도 했다.

이처럼 조선 선비들의 상소문은 조선 왕조 5백 년의 밑거름이 되었을 뿐 아니라 임금과 백성들의 중간자적 입장에서 정치적 소통의 역할을 지향하였다. 우리는 상소문에서 한 시대를 살아간 지성인들의 고뇌에 찬 시대 의식과 올곧은 선비의 기상, 그리고 백성들의 애환을 엿볼 수 있다.

– 구자청, 《상소문을 읽으면 조선이 보인다》

라 '도끼에 맞아 죽더라도 바르게 간하고, 가마솥에 삶겨서 죽더라도 옳은 말을 다하면 이 사람이 바로 충신이다.'

조광조가 그의 저서 《포박자(抱朴子)》에서 언급한 이 글은 선비 정신의 정의라고 할 수 있다. 조선의 선비들은 나라의 기강을 세우고 임금의 마음을 바로잡기 위해 도끼를 매고, 멍석을 짊어지며 죽음을 각오하는 상소를 올려 충정을 표출하였다. 관료 선비들의 충정은 임금에게 의로운 길을 열어 주었다. 이들은 이욕(利慾)에 사로잡혀 백성의 피를 짜내는 탐관오리들을 내쫓기 위해 임금에게 간곡한 어조로 상소를 올려 백성들을 보호하였다. 상소는 정의의 문학이자 칼보다 무서운 글발이었으며 중앙 관료층이 주도한 관각 문학의 핵심이었다.　　　　　　－ 문화재청, 〈한국 선비 정신의 문화유산 '상소문'〉

1 _ 제시문 (가)와 (나)의 글쓴이가 죽음을 무릅쓰면서 상소를 올린 까닭을 생각해 봅시다.

....

....

2 _ 우리 주변의 문제 상황에 대해 청와대 게시판에 건의하는 글을 써 봅시다.

• 문제 상황과 건의 사항 :

....

....

• 건의 사항이 이루어지면 좋은 점 :

....

....

....

건의문 쓰기

■ 학교나 지역 사회의 문제점을 파악하고, 이에 대한 해결 방안을 제시하는 글을 써 봅시다.

수록 작품 출처

단원명	작가 및 작품 이름	출처
세 번째 **기행**	곽재구, 〈땅끝에서 바다로 이어지는 신비의 바닷길〉	디자인하우스, 《남도땅 멋길 맛길》, 2000.
	신경림, 〈민요 기행 1-진도에서 보길도까지〉	문이당, 《민요 기행 1》, 2005.
	김훈, 〈시간과 강물-섬진강 덕치마을〉	문학동네, 《자전거 여행 1》, 2014.
	이민영, 〈아름다운 성곽 도시를 여행하는 방법〉	이랑, 《자전거로 세상을 건너는 법》, 2011.
네 번째 **문화·예술**	이형준, 〈조선 왕조의 뿌리, 종묘〉	시공주니어, 《교과서에 나오는 유네스코 세계 문화유산》, 2010.
	최순우, 〈부석사 무량수전〉	학고재, 《무량수전 배흘림기둥에 기대서서》, 2008.
	유홍준, 〈에밀레종〉	눌와, 《유홍준의 국보순례》, 2011.
다섯 번째 **비평·감상**	이어령, 〈'진달래꽃' 다시 읽기〉	아르테, 《언어로 세운 집》, 2015.
	장영희, 〈희망을 버리는 것은 죄악이다〉	샘터, 《내 생애 단 한 번》, 2010.
	정민, 〈울림이 있는 말〉	마음산책, 《책 읽는 소리》, 2002.

수록 사진 출처

페이지	사진 이름	출처
89	고사관수도	국립중앙박물관
134	씨름	국립중앙박물관
160	에밀레종	문화재청
163	서당	국립중앙박물관
216	마지막 유언을 남기는 안중근	독립기념관
219	안중근 유묵	국립중앙박물관
235	황소, 흰 소	공유마당
239	도원	공유마당
241	서귀포의 환상, 부부 2, 물고기와 노는 세 아이	공유마당
243	은박지 그림	공유마당
271	길쌈, 논갈이	국립중앙박물관